KB237141

요하네스

FANTASY FRONTIER SPIRIT

요하네스 1

지천우 판타지 장편 소설

초판 1쇄 찍은 날 § 2007년 3월 10일
초판 1쇄 펴낸 날 § 2007년 3월 13일

지은이 § 지천우
펴낸이 § 서경석

편집장 § 문혜영
편집책임 § 최하나
편집 § 문정흠

펴낸곳 § 도서출판 청어람
등록번호 § 제1081-1-89호
등록일자 § 1999. 5. 31
어람번호 § 제1-0805호

주소 § 경기도 부천시 원미구 심곡1동 350-1 남성B/D 3F (우) 420-011
전화 § 032-656-4452 팩스 § 032-656-4453
http://www.chungeoram.com
E-mail § eoram99@chollian.net

ⓒ 지천우, 2007

ISBN 978-89-251-0595-6 04810
ISBN 978-89-251-0594-9 (세트)

※ 파본은 구입하신 서점에서 교환하여 드립니다.
※ 저자와 협의하여 인지를 붙이지 않습니다.

Johanes
요하네스
1
지천우 판타지 장편 소설 [입학하다]
FANTASY FRONTIER SPIRIT

Contents

"이게 뭐야?"

하녀에게 소리쳤다.

"안드레 주방장님께서 직접 만드신 '재상의 최고급 스테이크[Prime Minister's prime steak]입니다."

'재상의 최고급 스테이크'는 초대 재상이 즐겨 먹었던 스테이크의 종류였다. 원래는 사우던 프라임 스테이크(Southern prime steak)라고 불렸지만, 어느 날 한 기자가 그 이름으로 기사를 낸 이후부터는 '재상의 최고급 스테이크'라고 불렸다.

권력의 피라미드에서 황제의 바로 아래인 재상도 좋아할

정도로 이 스테이크가 맛있다는 건 알고 있다.

하지만······.

"누린내가 너무 심해!"

내가 소리치고 있음에도 불구하고 표정 하나 바뀌지 않으며 입을 여는 하녀.

"메옥(Meoak) 지방에서 구해온 최상급 와인으로 고기의 누린내를 처리했습니다. 그뿐만 아니라 고기의 잡맛 역시 없앴으며, 담백한 맛을 살렸습니다."

메옥 지방의 와인은 온 대륙에서 알아준다. 지방의 토양이 주로 자갈이나 모래로 이루어져 온기를 오래 머금고 있음은 물론, 배수가 잘되고 전형적인 해양성 기후를 띠기 때문에 알비뇽 포도가 자라는 최상의 조건을 지닌 유일한 지역이었다.

탄닌 성분은 오랜 숙성을 가능케 하기 때문에 깊고 그윽한 향과 함께 부드러운 맛을 자랑한다. 이러한 이유로 메옥 지방의 와인은 평범한 사람은 상상도 할 수 없을 정도로 비싼 가격에 거래된다.

그런 최상급 와인을 겨우 고기의 누린내를 없애는 데 사용했다는 말이다. 모르긴 해도 고기의 누린내는 저 멀리 다른 행성 너머로 건너가 버렸을 것이다.

나도 그 정도는 알고 있다. 그런데 일개 하녀도 그걸 알고 있다니.

'젠장.'

나는 여전히 눈에 힘을 주었다.

"누린내를 처리했다고? 그럼 내가 없는 누린내를 가지고 지금 트집 잡고 있다는 거냐?"

하녀를 싸늘하게 노려봤다.

감히 내 말에 꼬박꼬박 말대꾸를 하다니.

"물론 아닙니다. 그럼 요리를 다시 하라고 할까요?"

하녀는 그릇을 다시 집어서 가져가려는 시늉을 했다. 그녀의 손이 그릇에서 가까워지면 질수록 점점 '이건 아닌데' 라는 생각이 든다.

'젠장!

"아니야! 오늘은 그냥 먹지. 시간은 금이다. 겨우 음식 따위가 금에 비할 바가 아니지. 다음부터 더 신경 쓰도록 일러. 그럼 이제 나가봐!"

나는 황급히 하녀의 손을 쳐냈다. 빌어먹을, 하녀 주제에 지지 않고 계속 말대답을 하다니!

쾅!

"아니, 저게 문을 쾅 닫아? 나한테 불만이라도 갖고 있다는 거야, 뭐야!"

문 밖의 하녀가 들을 수 있을 정도로 크게 소리쳤다. 그리고 잠시 분을 삼킬 시간을 가졌다.

"후우, 나니까 참고 먹는다."

정확하게는 이 스테이크가 식기 전에 먹고 싶었다. 하녀는 나중에라도 골려줄 수 있었다.

나이프로 스테이크를 썰려던 찰나,

덜컹!

누군가가 문을 거칠게 열고 들어왔다.

나는 다시 눈에 쌍심지를 켜고는 그 상대를 노려보았다. 밥 한 끼 먹는 게 이렇게 어려울 줄 누가 알았을까?

옅은 금발에 중년의 나이에도 확연하게 드러나는 근육 선. 용병들처럼 우락부락한 건 아니지만 탄탄하고 유연한 게 눈에 보인다.

"아버지?"

무의식적으로 얼굴이 굳어졌다.

지금까지 아버지가 직접 찾아온 일은 그야말로 한 손에 꼽을 수 있었다. 그리고 내가 기억하기로는 그가 찾아오는 때는 항상…….

'악몽이었지.'

가슴 깊은 곳에서부터 모락모락 피어오르는 불안감을 애써 지웠다.

"무슨 일이죠?"

세상은 우리 아신 가(家)를 우러러보지만, 이 집안은 별 볼일 없다. 마신을 죽인 사람이 우리의 집안에 있었지만, 그건 천 년 전이었을까? 사실 그게 사실인지 아닌지도 모르겠다.

이 빌어먹을 집안에 정말로 마신을 죽일 만한 사람이 있었다고?

'웃기고 있네.'

아니, 나는 마신도 믿지 않는다. 여기는 인간만 산다. 마물이나 마왕, 마신 같은 건 꿈에서나 찾아볼 수 있는 놈들이다.

"생일 축하한다."

언제나 그렇듯 무미건조한 음성이었다.

"……."

형식적인 인사와 함께 아버지는 봉투를 하나 휙 던졌다.

마치 거지에게 돈을 던지는 것과 비슷해 보였다.

우리는 이런 사이다. 가족? 내가 경험해 본 가족은 이 빌어먹을 가문이 유일하기 때문에 내가 알기로 가족은 핏줄로 이어진 감옥이었다. 아버지는 간수장이고 나는 죄수였다.

"이건 뭐죠?"

나는 최대한 비릿한 미소를 띠어 보이며 말했다.

"오늘로서 네 나이가 열여덟이 되었다. 고등 검술 교육기관에 들어갈 나이지."

"그런데요?"

아버지의 눈에 이채가 스쳐 지나간다.

내 안의 불안감이 점점 커져만 간다.

그것도 급속도로.

"네가 입학할 곳이 정해졌다."

고등 검술 교육기관은 말 그대로 고등 검술을 가르치는 교육기관이었다. 기초적인 검술은 보통 가문이나 작은 학원에서 배운다. 굳이 배울 필요는 없었다. 대부분 고등 검술 교육기관에서 다시 배우기 때문이다.

대신 고등 검술 교육기관에 들어가기 이전에는 몸과 마음을 제대로 단련해야 했다. 근력, 지구력, 체력은 물론 정신력까지 수련하지 않으면 고등 검술 교육기관에서 버틸 수가 없다.

물론 이 모든 건 검사가 되고자 하는 사람들에게나 해당되었다.

"전 검사가 될 생각이 없는데요."

그랬기 때문에 나는 지금까지 수련을 한 적이 한 번도 없다. 다른 애들이 비싼 전문 훈련사까지 고용하며 십팔 년 동안 몸과 마음을 단련하는 가운데, 나는…….

'뭘 했더라?'

잘 생각은 안 나지만 허송세월을 보낸 건 확실했다. 어떤 수련도 하지 않고 대충 십팔 년을 보내기는 했지만 내 체형이나 건강에 문제가 있지는 않았다. 그렇다고는 하지만 내가 고등 검술 교육기관의 고된 훈련을 버틸 수 있을 정도로 강한 것은 당연히 아니었다.

물론 나는 그 사실에 아무런 문제도 없었다. 검사야 모두가 원하는 직업이고 이 대륙에서 엄청난 대우를 받는다는 사실을 알고 있었지만, 그건 남들이 원하는 거지 내가 원하는 게 아니었다.

땀을 흘리며 이리저리 방정맞게 뛰어다니고, 자기가 들 수 있는 것보다 무거운 걸 들려고 하는 바보 같은 짓을 내가 할 이유는 없었다.

남들이 모두 한다고 자신까지 따라 해야 한다는 법은 절대 없다.

그게 바로 나의 신념이다.

그런데 지금 아버지가 하는 말은 나의 신념을 철저하게 무시했다.

"뭐라고요?"

혹시나 잘못 들었나 싶었다.

"요하네스에 세 달 후."

"……."

나는 나의 귀를 의심했다. 분명히 그럴 리가 없지만 혹시 '요하네스' 라고 말하신 건 아니겠지?

이 대륙에 명성을 떨치고 있는 고등 검술 교육기관은 총 세

곳이었다. 빛의 신전에서 성기사를 배출해 내는 '베네하임'과 황궁에서 권력가의 자제들만이 입학하는 '모나크', 그리고 베일이 가려져 있으면서도 그 명성이 모두에게 알려진 '요하네스'.

"무슨 요하네스에요!"

나도 모르게 버럭 소리를 질렀다.

하지만 이미 아버지는 시야에서 사라지고 없었다. 대륙에서 인정받는 검사라서 그런지는 몰라도, 홀연히 사라지는 그런 능력이 있었다. 인기척도 없이.

베네하임, 모나크와 함께 동등하게, 아니, 오히려 그보다 조금 높게 쳐주는 요하네스였지만, 나는 요하네스를 가장 밑에 놓았다. 아니, 애초에 요하네스를 베네하임, 모나크와 함께 비교하는 사람들을 이해할 수 없었다.

베네하임은 푸른 언덕 위의 하얀 성임과 동시에 신전이었다. 교육 아카데미 시절 베네하임과 모나크에 견학을 간 적이 있었는데, 가본 사람은 안다. 베네하임의 거대한 성벽의 웅장함과 내부 건물들의 화려함을. 말 그대로 아름다움의 극치였다.

모나크는 말할 것도 없었다. 베네하임의 고전적인 아름다움과는 달리 현대적이고도 화려함과 우아함이 공존하는 작은 성에서 학생들은 가르침을 받는다. 오로지 대륙 최고의 검사들에게 배우고, 또 가장 규모가 작아 직접적인 가르침을 받는다. 소수의 정예라는 말이다.

요하네스에 대해서는 오로지 풍문만을 들었다. 요하네스는 공개 방문을 허용하지 않는다. 물론 견학도 없다. 그들만의 방식으로 학생 후보를 뽑아 그들을 초청한다. 베네하임과 모나크는 오로지 상류층만이 입학할 수 있지만, 요하네스는 재능만 된다면 그 어떤 신분으로도 입학할 수 있다.

그야말로 오합지졸이 모인 곳이란 말이다. 하류층에서 걸출한 검사가 배출될 리 없다. 기껏 해봐야 하급 용병 정도겠지.

그뿐만 아니라 요하네스의 교육 방식은 타 기관과는 크게 다르다. 일단 입학 시 신체 포기 각서는 물론 자유 의지 포기 각서도 쓴다고 한다. 그 이유에 대해서는 알려지지 않았지만, 바보가 아닌 한 유추는 가능하다.

학생을 완전히 감옥에 가둬놓는 꼴이다.

물론 이런 엄청난 제약에도 불구하고 요하네스의 명성이 자자한 이유는 딱 하나 있다. 대체적으로 교수진을 밝히지 않았지만, 그중 우연히 소문난 교수들의 명성은 엄청났다. 하지만 소문난 교수들은 딱 두 명. 분명히 나머지는 별 볼일 없을 것이다. 그렇지 않고서야 학교의 명성을 더욱 알릴 수 있는 기회를 무시하지 않을 테니까.

그 이외에도 신분에 구애받지 않는 열린 교육 방식 및 별 같잖은 이유를 대지만, 무엇보다도 요하네스에는 마법사가 교수진에 포함되어 있었다.

마법사.

이 대륙에 알려진 마법사는 단 세 명밖에 없었고, 그중 어느 큰 단체에 속한 사람은 요하네스의 마법사 한 명뿐이었다.

사실 마법사의 힘이 어떤 것인지는 아무도 구체적으로 모른다. 단지 상식적으로는 이해할 수 없고, 그들이 이 세상에 끼칠 수 있는 영향력이 어마어마하다는 사실만 알고 있다.

검술 교육기관에 무슨 마법사냐고 묻는 사람은 없다. 마법사가 마음만 먹으면 일정 검사에게 특별한 힘을 부여할 수 있다는 사실은 고대 마신을 죽였던 시절에 이미 증명되었다.

하지만 풍문으로는 그 마법사가 마신을 떠올릴 만큼 사악해서 지하에서 생체 실험을 진행하고 있다고 한다.

요하네스에 몸담은 마법사라면, 불법적인 생체 실험을 위해서 위장한 거라고 생각할 수도 있다.

요약하자면,

'요하네스는 죽어도 가지 않아!'

검사가 될 생각도 없다. 그냥 이렇게 편하게 앉아 여생을 보내고 싶다.

그럴 만한 재산도 있다. 명성은 이미 내 핏줄과 함께 가지고 있으니 나에게 피와 땀을 요구하는 건 이 세상에 존재하지 않는다.

'그런데 아버지가 나를 검사로 훈련시킬 생각이나 가지고 계셨어?

이해할 수 없었다.

오래전에 나 역시 아버지에 의해 전문 훈련원을 고용한 적이 있었지만, 내가 몇 주 후 적성에 맞지 않아 관두자 아버지 역시 별 반대를 하지 않았고, 강요하지도 않았다.

그런데 십여 년이 지난 지금에 와서 뜬금없이 고등 검술 교육기관에 입학시킨다고?

그것도 요하네스에?

죽어도, 죽어도 받아들일 수 없어.

제1화
시작

달의 옅은 빛과 하늘만의 고유한 색에 의해 보랏빛이 은은한 밤이었다.

"이름."

감정이 느껴지지 않는다.

마치 사람을 대하는 게 아닌 것처럼.

"크리스티안 줄리어스 아신. 그리고 앞으로 나한테 물을 때는 조금 더 공손히 하도록."

아신이라는 성만 들어도 고개를 바닥에 닿을 정도로 깍듯하게 인사하는 놈들이 많다. 천하의 건달 쓰레기라도 공손해지고, 제 잘난 맛에 도도하게 구는 것들도 찰싹 달라붙는다.

'너도 마찬가지겠지?'

제아무리 있는 척 폼 잡고 있어도 그건 내 이름을 듣기 전에나 그렇다.

흑의의 복면에 의해 눈 이외에는 신체의 그 어떤 부분도 드러내지 않는 사내는 대수롭지 않게 서류에 이름을 적고는 고개도 안 든 채 여전히 무감정한 어조로 말했다.

"타라."

"……."

내가 예상했던 장면은 이렇지 않았다. '어이쿠, 아신 가의 도련님이십니까. 제가 무식해서 몰라뵀습니다'로 시작해서 지금의 안하무인 낯짝을 당장에 버릴 줄 알았는데.

나는 귀를 깨끗이 팠다. 눈도 제대로 비볐다.

"아신이라니까! 그 아신! 천 년의 절대 가문! 황실의 명령을 거역할 수 있는 유일한 가문! 아신을 몰라?"

그렇지 않고서야 이 건방진 놈의 태도를 이해할 수가 없었다.

그제야 사내는 나를 바로 쳐다봤다. 흔히 볼 수 없는 새까만 눈동자였다.

"첫째."

놈이 손가락 하나를 폈다.

"요하네스에선 성은 못 쓴다. 핏줄에 의한 특권 역시 없다."

뭐라고?

내 윤택한 삶을 유지시켜 주고, 나를 남보다 더 낫게 해주는 유일한 한 가지가 바로 핏줄. 그 지옥 같은 요하네스에서 나의 유일한 버팀목이 될 그…….

"둘째."

손가락 하나를 더 편다.

그리고 그가 눈에 힘을 준다. '건방지게 어디서 눈을 부라려!' 라는 말이 입 안에서 맴돈다. 이미 속으로는 백만 번도 더 말했지만 이상하게 입이 벌어지지 않는다.

손이 덜덜 떨리고 몸이 저절로 움츠러든다.

"내가 하는 말에 말대꾸는 물론 의문을 품으면……."

꿀꺽.

놈에게도 들릴까? 목젖에서 침이 넘어가는 소리가?

"죽는다."

"……."

입이 쫙 벌어진다.

이 세상에서 그 누구도 감히 나에게 이렇게 말한 적이 없었다. 이 세상에서 나를 가장 심하게 대하는 사람은 아버지였고, 그 역시 나한테 이런 망발을 한 적이 없었다.

이런 어처구니없는 일을 당했음에도 불구하고 나는 아무 말도 하지 못했다. 감히 나한테 이딴 식으로 대하다니. 평상시 같으면 온갖 독설을 다 내뱉었을 텐데……

"빨리 타라."

아무 말도 나오지 않는다.

정말 완전히 얼었다.

나는 천천히 흑색 마차 위에 올라탔다. 낡았지만 튼튼한 원목으로 만들어져 있었다.

'이게 아닌데…….'

쾅!

어느새 마차 문은 닫혔고, 앞으로 나아가기 시작했다. 지금까지 달려온 길도 험했지만 앞으로의 길이 훨씬 길고 험할 거라는 생각이 들었다.

'그럴 리가 없지.'

덜컹!

"아야!"

쿠션도 없는 등 받침대에 머리를 부딪쳤다. 도대체 이 마차가 나를 어디로 이끌고 가는지는 몰라도 판판한 평지가 아님에는 분명했다. 뒤로 쏠리는 걸 보면 점점 높게 가는 것 같기도 하고.

"제기랄."

내가 원하지 않는 한 요하네스로 갈 리 없다고 확신하고 있었지만, 일은 이렇게 진행되었다. 지난 세 달간의 경험을 보아 내가 무엇을 원하든 나는 결국 요하네스에 입학할 수밖에 없다.

그건 분명히 확실했다.

처음에는 그냥 아버지가 나에게 장난을 치는 줄 알았다. 물론 나에게 장난을 치신 적은 단 한 번도 없지만, 그렇게 생각하고 일상 생활을 즐겼다.

하지만 입학 날짜가 이 주 앞으로 다가오자 나는 아버지가 절대로 장난 따위를 치려는 게 아니라는 걸 확신하게 되었다. 아버지가 나에게 검을 고르게 했고, 경장 역시 여러 벌 준비해 놓으셨다.

물론 이제 내 자신을 책임질 나이가 되었기 때문에 검을 하사하고, 또 그냥 입으라고 경장을 사주신 건 절대 아니다. 나는 절대로 경장을 입지 않는다. 최신 유행하는 화려한 정장이 아니면 손도 대지 않는다. 그리고 아버지도 나의 취향에 대해 별다른 이의를 제기하지 않으셨다. 그런데 갑자기 경장이라니! 그것도 싸구려로 무더기!

분명히 그는 나를 요하네스에 입학시킬 생각이었다.

'도대체 왜?'

나는 아버지의 뜻을 꺾기 위해 온갖 짓을 다 해보았다.

정말로 내가 할 수 있는 건 다했다.

크게 희생해서 단식 투쟁을 해보기도 했다. 아침을 먹지 않으면 하루 종일 기운이 없고 두통이 생기지만, 그래도 요하네스에 들어가는 걸 방지하기 위해선 그 정도의 큰 희생도 치를 수 있었다.

물론 아버지가 눈 하나 깜짝하지 않자 그렇게 효과적인 투쟁 방법이 아니라는 걸 깨닫곤 조금 늦은 아침을 먹기는 했다.

그 다음으로는 내 방에서 조금도 움직이지 않았다. 매일이 파티였고, 쇼핑이었다. 고위 관료들의 자제와 티파티도 했고, 이곳저곳의 무도회에 참석하여 사교계의 샛별로 빛을 발하는 나였다.

내가 갑자기 방에서 나오지 않으면 내가 얼마나 요하네스를 싫어하는지 그가 이해할 수 있으리라 생각되었다. 그리고 나를 위해서라도 그런 어처구니없는 망상을 증발시켜 버리리라고 확신했다.

하지만 이 투쟁 방법도 그렇게 효과적이지 못했다. 나는 내 생애 십팔 년 만에 내가 어디를 다니는지 아버지는 전혀 신경조차 쓰지 않고 있었다는 사실을 알게 됐다.

나는 그날 파티에 나갔다.

이후 나는 내가 생각해 낼 수 있는 모든 방법으로 아버지와 투쟁을 벌였다. 하지만 내가 꺼내 든 그 어떤 패도 아버지에게 치명적이기는커녕 그 어떤 영향조차 주지 못한다는 걸 깨달았다.

결국 나는 나의 마지막 패를 골랐다.

가출을 통해 이 윤택한 삶을 버리기로. 물론 아버지가 그 결정을 번복할 때까지만. 그렇다. 나는 정말로 최고급 요리와 화려한 파티들을 포기할 수 있을 정도로 요하네스를 싫어했던 것이다.

물론 가출이라고 해봐야 내 절친한 친구의 집에 잠시 몸을 맡긴 것뿐이었지만.

나는 여전히 절친한 친구의 집에서 최고급 요리를 먹고 있었고, 화려한 파티에도 참석했다. 난 잠시 이사를 했을 뿐이었다.

하지만 안타깝게도 너무도 뻔한 패였는지, 아버지에게 '1주 후 입학'이라는 짧은 전보를 받고 나서는 조금 더 극단적인 방법이 필요하다는 걸 깨달았다.

나는 정말로 윤택한 삶을 버려야 했다.

이후 나는 도보로 최대한 멀리 걸었다. 돈은 충분히 있었다. 이때부터 나의 험난한 가출 여행은 시작되었다. 나는 정말로 일주일간 아버지에게서 벗어났다고 확신하고 있었다. 아버지가 의견을 굽히면 좋지만 그렇지 않아도 입학 날짜를 넘기면 그도 어떻게 할 수 없을 거라 생각하고 있었다.

처음에는 최고급 호텔에서 머물려고 했지만, 지난번 친구네서 아버지에게 뒤통수 맞은 일을 생각해 보니 아버지의 눈에 닿는 곳은 최대한 피해야 했다. 나는 허름한 여관에 머물렀다. 믿기지 않을 정도로 위생 상태가 나빴고, 도대체가 이걸 어떻게 사람이 먹는 요리인지 모르겠다. 우리 집 애완동물들에게 먹이는 것보다도 질이 떨어지는 음식이 나왔다.

나는 그래도 참기로 했다.

일주일.

일주일만 버티면 되었다.

하루를 무사하게 보내자 일주일도 버틸 수 있을 거라고 생각되었다. 하지만 그때부터 일은 틀어지기 시작했다. 평민보다 못한 건달들이 내 고귀한 모습을 보고는 돈을 뜯기로 마음먹은 것이다. 내 인생에 파리만도 못한 놈들이 그깟 몇 푼 때문에!

내가 아신 가의 자제라는 걸 명백히 말했음에도 불구하고 놈들은 나를 비웃었다. 나중에 그 녀석들을 만나기만 하면……!

나는 결국 알거지가 되어서 그 촌스럽고 지저분한 여관에서 쫓겨났다. 정말로 쫓겨났다. 이 나를! 크리스티안 줄리어스 아신을!

내 험난한 여정은 거기서 끝나지 않았다.

씻지도 못한 초라한 몰골로 뒷골목을 배회하는 중이었다. 새옷도 아니고 씻지도 않은 몰골로는 중심가를 돌아다닐 수 없었다. 나는 언제나 완벽한 모습으로 남에게 보여야 한다. 비록 하찮은 평민에게라도.

거기서 나는 또 다른 아웃사이더들을 만나게 되었다. 더러운 옷과 때에 찌든 얼굴은 물론 악취까지 나는 비렁뱅이들이었다.

놈들은 내 옷을 빼앗아갔다.

내 여정은 여기서 끝나지 않았다.

알몸인 상태에서 노예 중계업자가 들이닥쳤다. 내 완벽한 몸매에 침을 흘리더니 나를 팔아버리겠다며 눈을 반짝이는 게 아닌가!

나는 반항을 해보았지만 단련되지 않은 내 육체는 놈의 무식할 정도로 덩치가 좋은 부하들에 의해 무산되었다. 정말 못 배운 것들이 힘만 센 격이었다.

나는 노예 중계업자에게 끌려가 하루 만에 고가로 입찰되는 영광(?)을 얻었다. 이 몸이 귀한 건 알아가지고… 가 아니라 정말 기분이 더러웠다.

내가 이끌려 간 집은 상당히 눈에 익은 곳이었다.

바로 우리 집이었다.

여기서 나는 아버지에 의해 협박을 당하게 되었다.

"어디를 가든 결국 너는 다시 여기로 끌려오게 되어 있다."

"……."

"너는 원래 이곳으로 팔린 게 아니지만 내가 잠시 너를 빌리기로 했다. 요하네스에 입학하기로 동의하면 내가 너를 완전히 사겠다. 하지만 동의하지 않는다면 네 주인에게 널 그냥 넘기겠다."

"……."

"참고로 네 주인은 산토리다."

산토리는 남색으로 유명한 부자이다. 먹고 자고 놀기만 하는지 그의 뱃살과 턱살은 나의 고귀한 입에서 저절로 욕이 나오게 만들었다.

아버지는 그런 놈에게 나를 넘길 생각을 하고 있었던 것이다.

나에게 선택권은 그렇게 많지 않았다. 나는 알거지가 되어 있었고, 이 세상에서 가장 더럽고 천박하기 짝이 없는 옷을 입고 있었으며, 나는 아신 가의 자제 크리스티안이 아니라 산

토리의 장난감 크리스티안으로 전락할지도 모르는 신세였
다.

결국 나는 요하네스에 입학하기로 했다. 다니다 견디기
힘들 정도로 질이 떨어진다고 생각되면 자퇴를 할 수도 있었
고, 대충 지내다 말썽을 일으켜 퇴학을 당할 수도 있었다.

물론 아버지는 나의 이런 생각을 이미 알고 있었는지 여전
히 나의 노예 문서를 버리지 않고 있었다. 나는 여전히 노예
의 신분이란 말이다. 이 천하의 크리스티안이 말이다.

아버지는 내가 요하네스로 떠나기 전에 마지막으로 위험
천만한 한마디를 남겼다.

'졸업장과 이 문서를 교환하겠다.'

"그때까지는 계속해서 나를 노예로 두겠다는 말 아니야!"

얼마나 열 받는지 그 말이 절로 입 밖으로 튀어나왔다.

아버지가! 아들을!

이건 상식적으로 이해할 수 없었다.

"젠장!"

요하네스.

나를 옭아매는 족쇄의 이름이었다.

2

요하네스는 생각보다 멀었다. 하루 이틀 거리의 여정이 아니었다. 나는 마차 안에서 잠도 자고 밥도 먹어야 했다. 하루에 딱 한 번 볼일을 보기 위해서 멈췄을 뿐 그 외에는 항상 움직이고 있었다.

어디로 가는지 대충이라도 알고 싶었지만 창문은 바깥에서 가려져 있었고, 방향 감각을 잃어버린 지 오래였다. 이 마차가 이 귀한 몸을 어느 지방으로 데려가는지 짐작도 못하겠다는 말이다.

그때 마차가 멈췄다.

"내려라."

달이 구름에 가려져 있어서일까? 유난히 어두운 밤이었다.

언제나 그렇듯 마차를 몰며 나를 감시하듯 다루는 인물은 복면을 하고 있는 사내였다. 깊고 검은 눈의 건방지기 짝이 없는 사내.

"여기서부터는 배를 탄다."

어둠에 익숙해진 눈으로 주위를 둘러봤다.

나는 내 눈을 믿을 수가 없었다.

눈앞의 바다와 같이 넓은 호수는 물론 호수의 중앙에 있는 섬의 모습에 입이 닫히지 않는다. 정확하게는 그 섬 위의 건물과 그 규모에 놀랐다.

마치 황궁처럼 웅장했다. 고대의 양식에 따른 내성을 둘러

싸고 있는 외성의 높이는 정말 할 말을 잃게 했다. 가끔 흥이 나면 바깥에서 파티도 즐기고, 여기저기 쇼핑도 가려던 계획은 이미 물 건너갔다. 저 성벽을 몰래 넘는다는 건 당연히 불가능하고, 여기가 어딘지는 몰라도 이런 촌구석에 내 욕구를 만족시켜 줄 만한 곳은 눈을 씻고 찾아봐도 없다.

"젠장."

꽤 가까워 보였는데 작은 섬 위에 이르기까지는 배로 30분 가량 걸렸다.

가까이서 보니까 성벽은 훨씬 높았다. 저절로 몸을 움츠러들게 만들었다. 그게 다가 아니었다. 어두워서 그런 건 줄 알았는데 이 성은 검은 돌로 만들어져 있었다. 검은 대리석 같기도 했지만 분명히 대리석은 아니었다.

이런 돌을 어떻게 무더기로, 아니, 커다란 성 한 채를 지을 수 있을 정도로 많이 모았는지는 몰라도 벌써부터 요하네스가 싫어지기 시작했다.

이 꺼림칙한 느낌들.

그 망할 노예 문서만 아니었어도!

"교수님."

"……!"

갑자기 허공중에서 작은 목소리가 들린다. 갈라지고 쉰 목소리가 소름 끼친다. 저런 목소리로 감히 내 앞에서 입을 열

다니!

나는 음성의 발원지를 쳐다봤다. 어두워서 안 보였을까, 아니면 하늘에서 떨어졌을까, 땅에서 솟아났을까? 분명히 아무도 없던 거대한 성문 앞에 창백한 안색의 사내가 서 있었다. 얼굴에 살이 많지 않은 데도 불구하고 늘어져 있었고, 눈동자의 초점은 맞춰져 있지 않았다.

'미쳤나?

왜 이런 이상한 놈이 여기에 있는 것인지 나를 여기까지 데려온 건방진 사내한테 물으려 했지만, 그때 문득 뇌리를 스치는 의문이 하나 있었다.

"교수님?"

요하네스의 교수진은 대륙에 꽤나 이름을 날리고 있었다. 그것도 알려지지 않기로……. 그렇다. 요하네스의 교수진이 누구로 편성되어 있는지 아무도 모른다는 말이다. 그중에서 알려진 교수가 두 명 있기는 하지만, 거대한 검술 교육기관에 교수가 단 두 명만 있을 리는 없다. 분명 적어도 수십 명인데, 그중 나머지는 모두 베일에 가려져 있었다.

아마 나를 여기까지 데려온 놈도 베일에 가려진, 분명히 별 볼일 없는 교수진 중 한 명인 모양이었다.

교수는 뒤도 쳐다보지 않고 말했다.

"입학생은 모두 모였나?"

저놈은 누구한테나 저렇게 명령조로군. 자기가 누구라고 저렇게 빳빳한지. 겨우 요하네스의 교수라고 으스대는 거면…….

'내가 집에만 가봐라!'

나는 이를 갈았다.

"예. 저 아이도 입학생입니까?"

기분 나쁜 음성으로 나를 가리키며 말하는 사내.

'저 아이? 게다가 삿대질까지?'

기껏 해봐야 문지기 주제에 나를 보고 '저분'이라 칭하지 않고 대수롭지 않게 말하며, 내가 무슨 물건인 것처럼 삿대질까지 한다.

나는 심호흡을 했다.

그래도 마음이 가라앉지 않는다.

"야, 문지기!"

지금까지 교수만을 보고 있던 문지기가 나에게로 시선을 돌렸다. 내가 막 '지금 넌 내가 아신 가의 자제라는 걸 알고 그딴 식으로 말하는 게냐! 당장에 바닥에 머리를 박고 용서를 구하면 살려주겠다'라는 내 자비심에 충만한 말을 쏘아주려던 찰나였다.

"……!"

문지기의 눈이 가늘어졌다. '이 동네에서는 사람을 노려보는 게 취미인가!' 라는 말이 또 속에서 맴돈다. 이 동네에서는 이상하게도 말문을 막는 독특한 포스를 가진 이들이 많다. 물론 위축되는 감정도 덤으로 온다.

'젠장.'

벌써 두 번째다. 내가 하고 싶은 말을 내뱉지 못하겠다. 지금까지 이런 적이 없었는데…….

"왜 저 아이는 따로 옵니까? 원래 신입생들은 한꺼번에 오지 않습니까?"

놈은 여전히 나를 노려보고 있었다. 나의 온몸을 훑는 게 소름 끼친다. 요하네스가 끔찍한 건 알았지만 이렇게까지 천한 녀석들만 모여 있다니!

"조금 특수한 경우다. 자세한 사항은 나중에 일러주겠다."

특수?

'호오오!'

역시 이 뻣뻣대마왕도 내 핏줄을 특수하게 생각하고 있었다. 꼴에 또 조금 세게 나온 거였어? 생각보다 귀여운 구석이 있군.

입가에 절로 미소가 걸린다.

이 녀석들에게 조금이나마 위축되었던 내가 한심하다. 결국에는 그렇고 그런 놈들인데.

끼이이!

문지기는 더 이상의 질문 없이 문을 열었다. 물론 그 높이의 끝이 보이지 않는 거대한 성벽의 문을 연 게 아니라, 성문에 사람만 드나들 수 있을 만한 작은 문을 열었다.

"따라와라."

나는 여유있는 미소를 보이며 뒤를 돌아보고 있는 교수를 쳐다봤다. 그것도 잠시, 나는 발걸음을 옮겼다. 어쩌면 요하네스의 생활도 괜찮을 수도 있겠다. 남들이 나를 존경만 한다면야 이곳에서도 살아남을 수 있겠지.

성안으로 들어가면서 나는 문지기의 어깨를 토닥거려 주었다.

이 몸은 네가 함부로 할 수 있는 대상이 아니야.

문에 의해 바깥과 이어지는 통로에서 느끼는 거였지만, 이 성벽은 정말 무식하다고 여겨질 정도로 두꺼웠다. 이 세상에 전쟁이 나는 것도 아닌데 무슨 성벽이 이렇게 두꺼운지.

외성 안에는 내성이 있었다. 외성의 규모만큼이나 내성 역시 내가 직접 눈으로 본 곳 중에서 가장 컸다. 어쩌면 황궁보다는 조금 작을지도 모르겠다. 내성은 외성과 마찬가지로 검은 암석으로 지어져 있었고, 이음새가 보이지 않을 정도로 정교했다. 보통은 벽돌로 성을 짓는데, 이건 애초에 성만 한 거대한 암석을 깎은 느낌이었다.

성에는 하늘을 찌르는 탑도 보였고, 꽤나 멋진 색의 유리로 이루어진 창도 보였다. 전체적으로 묻어나는 음침한 느낌을 제외하고는 인상적인 부분이 많았다.

내성의 주위에는 연무장이 곳곳에 있었고, 그 이외에 예배당으로 보이는 건물과, 아마도 도서관인 듯한 건물이 따로 있었다.

아마도 내성에는 기숙사와 강의실도 있는 모양이었다.

"저기다."

교수가 가리키는 곳은 가장 넓은 연무장이었다. 그 연무장에 꽤나 많은 수의 무리가 모여 있었다.

'저 녀석들이 입학생?'

그들과 점점 가까워지면서 나는 표정을 굳힐 수밖에 없었다.

저 녀석들, 완전히······.

"오합지졸들 아니야?"

저절로 비웃음이 새어 나온다. 요하네스의 대부분의 학생이 평민이라는 사실은 알았지만, 이건 완전히 평민 중에서도 하류층만 골라서 온 거 아니야?

제대로 옷을 차려입고 있는 놈을 손으로 꼽을 정도였다. 나머지는 열여덟 살이 되었음에도 불구하고 코를 흘리고 있거나 옷은 너덜너덜 해졌으며, 위생 상태는 그야말로 치명적인 무기로 사용될 수 있을 정도였다.

"이건 지옥이야……."

천하의 요하네스라고 해서 조금이나마 기대를 했던 내가 바보다. 그래도 학교 꼴은 하고 있을 줄 알았는데, 이건 완전히 청소년 노숙자를 위한 자선 기관이었다.

개중에는 그래도 '정상인'으로 보이는 놈들도 있었지만, 대부분은 하루 밥 세 끼는 제대로 챙겨 먹는지 궁금해질 정도로 가난에 찌든 놈들이었다.

"하류 인생들. 쯧쯧."

나는 팔짱을 끼며 멀리서 그들을 바라만 봤다. 눈을 어디에 두어야 할지 모르겠다. 가만히 바라만 보고 있어도 역겹고 헛구역질이 난다.

"저런 놈들 때문에 세상이 이렇게 혼잡한 거야."

그때 검은 눈의 교수가 뒤를 돌아보았다. 내가 한참 동안이나 따라오지 않아서인 모양이다.

"대충 방이나 알려줘. 저런 놈들과 같이 있기 싫어. 진짜 요하네스의 질은 너무 떨……!"

분명히 교수와 나의 거리는 적어도 이십여 미터 이상이었다. 하지만 눈을 한 번 깜빡인 사이에 그는 내 코앞에 서서 나를 노려보고 있었다. 그 특유의 건방진 '사람 얼려 버리기' 눈빛으로 말이다.

그는 조용히 두 손가락을 펼쳐 들었다.

"……?"

나는 얼어붙은 채 놈을 가만히 쳐다만 봤다. 뜬금없이 손가락을 펼쳐 들고 난리야.

"둘째!"

잠시 멍한 기분을 느껴야 했다. 싸늘한 기운을 발산하는 놈이 도대체 무슨 말을 하는지 알 수 없었다.

"둘째가 뭔지 벌써 잊었나?"

놈의 눈이 예리하게 반짝인다. 정말 오금을 저리게 하는 눈빛이다.

"아! 그 내 말에 말대꾸하면… 그 어쩌고저쩌고?"

내 말에 말대꾸를 하거나 의문을 품으면… 죽는다. 아마 정확하게 그 문장이었다. 건방진 자식, 이 몸이 누구라고.

"기억하는군. 그렇다면 그 말의 뜻이 무엇인지도 알겠군."

"말대꾸하지 말라는 거잖아!"

정말 짜증이 머리끝까지 기어오른다. 어쩌다가 내 신세가 이렇게 전락했는지.

"내 말에 복종하라는 뜻이다. 따라와라."

"……."

속으로는 '미친놈, 내가 왜 네 명령에 복종해야 되냐? 단단히 미쳤구나'라고 말하고 있다 못해 고함치고 있었지만, 이 상하게도 내 발은 앞으로 움직이고 있었다. 빌어먹을.

교수는 나에게 줄을 서라고 지시하고는 무리의 가장 앞으로 갔다. 정확하게는 연단 위에 섰다. 나는 최대한 무리에게서 떨어져 서 있었다. 꽤나 거리를 두고 있다고 생각했지만, 안타깝게도 악취는 가시질 않았다.

나도 모르게 걸음이 그들에게서 점점 떨어진다.

그때였다.

"크리스!"

무미건조한 음성이 들려온다. 어딘가 친숙한 음성인데?

나는 음성이 들려오는 지점을 올려봤다.

아니나 다를까.

연단 위에 서 있는 복면의 교수였다.

"크리스티안이야! 어디서 멋대로 줄여서 불러!"

나도 모르게 언성이 높아졌다. 일개 평민의 이름처럼 크리스라고 부르다니! 크리스티안처럼 귀티 나는 이름을 크리스로 줄여서 빈티 나게 말하는 건 분명히 저 간사한 교수의 계책이리라.

"……."

광속으로 타오른 나의 분노는 그에 준하는 속도로 사그라졌다.

안타깝게도 내 목청이 생각보다 좋은지 천여 명의 입학생들이 나에게 시선을 집중하고 있었다. 물론 나는 시선을 즐긴다. 하지만 그건 상대가 나의 화려함에 취한 시선을 할 때지, ‘저놈, 뭐야? 미친 거 아니야?’ 라는 시선은 사양이다. 특히 평민 중의 평민들에 의해 말이다.

입학생들이 끼리끼리 웅성거리는 게 귀에 들린다. 소수는 ‘교수가 저 아이를 알아?’ 와 같은 내용을 나누고 있었지만 대부분은 나의 놈들과는 다르게 깨끗하고 귀티 나는 모습을 보고 ‘호오, 이런 곳에 저런 귀한 놈이 웬일이래?’, ‘부자 아버지한테 버림받았나?’ 라며 나를 헐뜯고 있었다.

겨우 평민들이 아신 가의 나를.

나는 다시 분노에 온몸을 부들부들 떨었다. 당장에 이 녀석들의 목을 쳐버리고 싶은 심정이었다. 수치심에 얼굴이 뜨거웠다.

점점 시끄러워지는 입학생들의 입을 다물게 한 건 차가운 음성이었다. 크지도 작지도 않았지만 뒤에 서 있는 나까지 또렷이 들을 수 있었다.

“한 번만 더 떠들면 쫓아내겠다.”

신기하게도 하찮은 평민들은 그 한마디에 입을 다물었다. 겨우 이 요하네스에 남으려고, 입학이라도 해보려고 저런 뻣뻣대마왕에 야만인 놈의 말에 복종한다.

'하긴.'

놈들에게는 여기가 희망이고 꿈일 것이다. 따뜻한 곳에서 잠을 자고 하루 세 끼 배부르게 먹는 게 평민들의 유일한 소망인데, 이곳에서는 그 모든 소망을 충족시켜 줌과 동시에 이 세상에서 가장 대우를 받는 검사가 될 수 있는 길을 열어준다.

그런데…….

"정말 쫓아낼 거냐?"

흐뭇한 미소가 저절로 걸린다. 이 비렁뱅이의 소굴을 벗어날 수 있다고?

진작 말해주지 그랬어.

그때 교수가 품을 뒤졌다. 그의 손에 들린 건 끈에 묶인 서류였다.

"……?"

나는 멍하니 교수를 바라봤다.

질문을 했는데 서류는 왜 꺼내는지? 서류에 답이 적혀 있는 건가?

그때 교수가 서류를 펼쳐 들었다. 어처구니가 없었다. 맨 뒤에 서 있는 내가 저 앞에 깨알처럼 쓰여 있는 글씨를 읽을 수 있을 거라고 생각하는 건가?

아니, 여기서는 깨알처럼 쓰여 있는 것조차도 보이지 않는다. 그냥 빈 공간만 보일 뿐이다.

나는 오래 지나지 않아 교수의 의도를 파악할 수 있었다.

"……."

가장 앞에 선 무리에서부터 웅성웅성대더니 결국에는 그 웅성거림이 내가 있는 뒤쪽에까지 전해졌다.

"노예 문서라는데?"

"누구의?"

"크리스티안 줄리어스 아신이래!"

"아신?"

"그래, 그 아신!"

내 온몸이 굳었다. 뻣뻣대마왕의 시선과 마주할 때와는 조금 다른 이유에서였다.

'왜 저걸 저놈이 갖고 있는 건데?

분명히 아버지가 갖고 있던 노예 문서인데, 그 문서가 뻣뻣대마왕에게로 인수되었다? 그렇다면 이제 내 주인은 산토리가 아니라 뻣뻣대마왕?

"너도 그런 쪽으로 관심이 있는 거냐?"

뻣뻣대마왕이 산토리와 같은 의도를 가지고 내 노예 문서를 갖고 있는 건지 궁금했다. 뻣뻣대마왕이 여전히 복면을 쓰고 있어서 그의 얼굴을 제대로 본 적은 없지만, 그래도 산토리보다는 이상적인 몸매를 지녔으니까 생각보다 괜찮을…….

나는 고개를 절레절레 흔들었다.

요하네스의 저질스런 분위기에 내 머리가 어떻게 되어가고 있다.

'잠깐!'

나는 여유로운 미소를 지으며 뻣뻣대마왕을 향해 걸어가기 시작했다. 나를 뚫어져라 쳐다보고 있던 입학생들이 길을 비켜주었다.

천박한 것들이 그래도 양심은 있군.

나는 연단 위에 서 있는 뻣뻣대마왕을 올려봤다. 정말 가소롭다.

"그 서류, 가짜지?"

아버지가 노예 문서를 그에게 주었을 리 없다. 나는 그와 아버지가 만났다는 사실조차 믿을 수가 없었다. 아무리 요하네스의 교수라고는 하지만 대륙의 재상과 만남을 가질 수 있는 위치는 아니었다.

"……."

뻣뻣대마왕은 특유의 '아이스 빔'을 쏘아댔다. 정말 온몸이 굳는다. 이 느낌에 점점 익숙해져 가는 내가 한심했다.

"네가 보도록."

놈은 나에게 서류를 건네주었다.

센 척하기는. 어차피 가짜라는 걸 다 알고 있는데.

"……."

나는 눈을 비볐다.

가끔씩 눈이 제 기능을 발휘하지 못할 때가 있다.

"뭐, 뭐야?!"

진짜다. 그것도 노예상의 인장과 공공기관의 인장이 찍혀 있는 원본. 이런 위험천만한 것을 아버지가 이 위험천만한 놈에게 주었다고?

"당장에 찢어버리겠어!"

나는 정말로 그 서류를 찢으려 했다. 막 찢으려던 내 손에서 썰렁한 느낌이 들었다. 분명히 내 손에는 서류가 쥐어져 있었고, 분명 헛것을 보고 느낀 게 아닌데 지금은 그 서류가 사라지고 없었다.

나는 멍한 눈으로 뻣뻣대마왕을 올려봤다.

"뭐냐?!"

정말 깜짝 놀랐다. 귀한 몸이 천한 것들 앞에서 엉덩방아를 찧으며 넘어질 뻔했다. 서류는 뻣뻣대마왕이 쥐고 있었다. 그는 그걸 돌돌 말더니 다시 품에 갈무리했다. 나는 그 과정을 멍하니 지켜볼 수밖에 없었다.

"너는 갈 데가 없다. 앞으로 또 한 번 말썽을 일으키면 이곳의 청소를 시키겠다. 이곳의 학생이 되겠나, 아니면 하인이 되겠나? 이번 일에 대한 선택권은 네게 주겠다.”

“…….”

감정이 없고 항상 **뻣뻣한 뻣뻣대마왕**인 줄 알았더니 이거 초사악대마왕이다. 얼음왕국 초사악뻣뻣대마왕.

어깨가 축 늘어진다.

내가 이렇게 무기력하게 당할 수는 없는데. 그것도 천한 평민 떼거지 앞에서 이렇게 당할 수는 없는데. 이 모든 게…….

‘요하네스!’

저주스럽다.

앞으로 내가 십 년간 다녀야 할 이 교육기관이.

3

검은 눈만큼이나 새까만 흑발이 어깨에까지 가지런히 내려오는 사내가 입학생들을 싸늘하게 훑었다. 그의 시선은 마치 예리한 칼날과도 같았다. 그런데 생긴 건 엄청 곱상했다. 삼십 후반이라는데, 이십대라고 해도 믿겠다. 머리카락이 짙고 까매서인지는 몰라도 놈의 피부는 나보다 더 희었다. 나도 피부가 희다는 말은 참 많이 들었는데.

뻣뻣대마왕은 입학식을 혼자서 처리했다. 교수진이 모두 나오지도 않았고, 교장이라는 작자도 보이지 않는다. 이 크리스티안 아신이 입학을 하는데 코빼기도 보이지 않는다? 건방지기 짝이 없는 학교다.

"…3개월간 공통 과정을 이수한 이후에는 특별한 세 과정 중 하나를 골라야 한다. 앞으로의 3개월을 잘 보내도록. 삼 개월간은 이스트 윙에서 방을 내줄 것이고, 그 후에는 기숙사에 배정받게 된다. 일정은 각 방 안의 서류에 쓰여 있다. 이스트 윙으로는 코베가 안내할 것이다. 이스트 윙을 제외한 모든 구역은 신입생들에게 제한되어 있으며, 나와 코베의 허가 없이는 이동할 수 없다. 그럼 그렇게 알도록."

정신이 잠시 소풍을 갔다 왔다.

여기는 감옥이다. 누가 최고의 검술 교육기관이라고 했던가.

모나크는 각자의 방을 자기가 선택하며, 어느 정도의 취미 생활도 허락되고, 기관의 모든 구역을 다닐 수 있다. 기관에는 학생들의 여가 생활을 위해 온갖 카페와 쇼핑몰이 있었다.

배정?

내가 알기로 배정은 임의로 정해준다는 뜻이다. 자기가 선택하는 게 아니란 말이다.

그리고 허가 없이는 이동할 수 없다고? 내가 어디를 가든 도대체 무슨 상관인가!

그때 뻣뻣대마왕이 말을 이었다.

“그리고 각 방에는 인원에 맞춰 ‘신체 포기 각서’ 와 ‘자유
의지 포기 각서’ 가 마련되어 있다. 모두 서명을 한 즉시 코베
에게 주어야 한다. 코베.”

코베에게 모든 일을 떠맡기고 자리를 떠나는 뻣뻣대마왕
이었다.

코베.

건방진 문지기였다. 창백한 얼굴의 왕싸가지. 꼭 뻣뻣대마
왕의 하수인인 양 허리를 90도로 접어 각듯하게 인사한다.

“모두들 따라와!”

신경질적인 목소리.

내가 이걸 참아야 한단 말인가!

“…….”

놈은 내 마음을 읽을 수 있는 걸까? 놈이 나를 내려다봤다.
그것도 정확하게 두 눈으로 똑바로.

참는 자에게 복이 온다는 말을 믿지 않는 나인데…….

4

“뭐야, 이 열약한 시설들은?”

내 생애 이런 방은 처음 봤다. 아무리 신입생들이 잠시 동
안 쓰는 방이지만 침대가 누렇고, 그 위는 누더기 이불이 있

는 게 도대체 이게 어떻게 방이냐고?! 화장실에서는 참으로 의심스러운 냄새가 나고, 벽에는 곰팡이가 슬어 있었다. 태어나서 곰팡이라는 걸 실제로 처음 봤다.

학교는 학교인지, 정말 여러 가지 방법으로 나를 가르치는 곳이다.

"그리고 이 좁은 방에서 어떻게 다섯 명이 자라는 거야?"

침대가 다섯 대 붙어 있기는 했지만 그 이외의 공간은 전혀 없었다. 그냥 여기서는 잠만 자라는 뜻인가? 이런 돼지우리에서?

창문은 또 왜 이렇게 좁은지. 정말로 이곳이 감옥이 아닌지 궁금해진다.

덜컹!

문을 거칠게 열고 들어오는 자가 있었다. 안 그래도 신경질 나 죽겠는데 시건방지게 내가 있는 방을 인기척도 없이 들어와?

나는 들어온 자를 노려봤다.

"……."

들어온 자는 '아이스 빔'의 소유자 중 한 명, 코베였다. 놈은 나의 시선을 맞받아쳤다. 나는 최대한 자연스럽게 시선을 돌렸다.

물론 하찮은 문지기 따위와 마주 보고 있다는 사실이 역겨워서였다.

"신체 포기 각서와 자유 의지 포기 각서를 넘겨라."

"왜 항상 명령조냐? 문지기 따위가 그딴 식으로 명령해도 되는 거냐?"

목소리가 살짝 떨린다.

물론 코베 따위의 눈치를 살피고 있기 때문이 아니다. 그냥 이상하게도 떨린다.

더 이상 참을 수 없었다. 아니, 무엇보다도 신체 포기 각서와 자유 의지 포기 각서라니? 그리고 사실 자유 의지 포기 각서가 이 세상에 존재나 했던가.

아신의 이름을 대면 대충 넘어갈 수 있는 줄 알았다. 그렇기 때문에 요하네스를 만만하게 본 건데.

'젠장. 마신을 죽여줬는 데도 이런 대접을 받아야 해?'

내가 마신을 죽인 건 아니지만, 이 세상 사람들은 천 년 전 우리 가문의 사람이 죽였다는 사실에 감사해하며 우리를 우러러봤다. 물론 우리의 말이면 끔뻑 죽는 건 당연했다.

그런 면에서 요하네스는 내가 처음으로 경험해 보는 '아신'과 단절된 곳이었다.

비천한 평민들이 우글우글거리는, 나와 수준 차이가 너무 나는 하류 세상.

"하인을 선택하든지 학생을 선택하든지, 네가 유일하게 네

의사로 선택할 수 있는 부분이다. 어느 쪽을 선택하든 네게 자유 의지와 신체에 대한 권리는 없다. 왜 발악을 하는지 모르겠다.”

“…….”

누가 초사악뼷뼷대마왕의 직속 부하가 아니라고 할까 봐…….

나를 이런 식으로 대하다니.

나는 입술을 깨물며 서류에 대충 서명했다. 언젠가는 이 모든 일을 갚아줄 때가 오리라. 이 치욕을…….

코베는 내 서류와 룸메이트 자격도 없는 하류 인생들의 서류를 챙기고는 나갔다.

인생이 허탈하다.

“이게 뭐야?!”

나의 현재 상황에 대해서 비관을 하던 도중 나는 침대 위에 놓여진 종이를 발견하게 되었다.

기가 막혀서 벌어진 입이 다물어질 기미가 보이지 않았다.

앞으로 3개월간의 일정이 간단한 표로 그려져 있었다. 간단하고 단순한 표였지만, 그 의미까지 단순한 건 아니었다.

“이건 완전히 막노동 아니야! 사람이 이런 일정표에 살아

갈 수 있기나 하는 거야?"

일정은 새벽 5시 30분부터 시작된다. 아침을 먹기 전까지는 조깅과 근력 단련을 병행한다. 여기서 가장 놀라운 사실은 아침 식사를 30분 만에 마쳐야 한다는 사실. 식사는 적어도 1시간 30분이 걸리는 일이다. 어떻게 그걸 30분에 마칠 수 있단 말인가!

점심때까지는 두 개의 강의를 들어야 하고, 점심을 먹고 나서—역시 30분밖에 주어지지 않는다—연무장에서 야외 강의를 두 번 더 들어야 하며, 저녁을 먹은 후에도—친절하게도 40분이다—한 가지 강의를 더 들어야 한다.

모든 수업이 8시에 끝난다는 말이다. 이건 상식적으로 어딘가 어긋난다.

나는 항상 9시에 일어난다. 5시 30분은 내가 달콤한 꿈을 즐기는 때란 말이다.

그리고 이 일정에서 가장 말이 안 되는 부분은 바로 취침 시간이 11시로 정해져 있다는 것. 나는 밤이 되면 눈이 반짝이고 온몸에 기운이 솟아난다. 밤늦게까지 파티를 즐기는 생활 때문에.

어쨌든 이건 완전히 감옥이었다.

"이런 일정은 절대로 따를 수 없어."

쾅!

나는 벽을 세게 때렸다. 화가 머리끝까지 치솟았다.

"아, 씨!"

벽을 때리니까 주먹이 아프다.

새삼 나의 무기력함이 느껴진다.

"벽을 아무리 때려도 이 일정을 따를 수밖에 없을걸? 자유 의지 포기 각서를 썼잖아. 그리고 네가 말썽을 일으키면 아까 그 교수님이 또 뭐라고 할 거 아니야."

다른 네 명이 얌전히 방에 처박혀 있어서 잊고 있었는데, 나에겐 룸메이트들이 있었다. 물론 룸메이트라고 생각하기 는 싫었지만, 어찌 되었든 앞으로 3개월간은 같이 있어야 했 다.

"너."

나는 갈색 머리의 놈을 가리켰다. 얼굴이 넓적하고 코가 눌 린 듯해 보였다. 평민이라는 걸 온몸으로 보여주는 별 볼일 없는 놈이었다.

"......?"

"이름이 뭐냐?"

놈은 기분 나쁜 미소를 지어 보였다. 꼴에는 조금 따뜻해 보이는 미소를 지어 보이는 것 같았다. 정말 가소롭다. 그리 고 이 어색한 분위기, 짜증난다.

"그렉."

참 평민다운 이름이다.

"그렉, 내가 먼저 묻지 않는 한 절대로 입을 열지 마. 적어도 나한테는."

"……."

놈의 입이 쫙 벌어졌다. 놈이 나에게 원하는 게 뭐였는지는 몰라도 이런 건 아닌가 보군. 제 주제를 잘못 알고 있는 모양이다.

"왜 그래? 나랑 좀 친해져 볼까 해서 말을 건 건데 내가 너무 명령조인가? 네가 이해해. 나는 평생을 이렇게 살아왔거든. 최고의 가문에서 최고의 대접을 받으면서. 앞으로도 이렇게 살아갈 거야. 네가 나랑 친해질 수 있을 거라고 생각하냐? 아신 가의 자제와? 후후, 어이가 없어서 웃음이 다 나온다."

그렉의 표정이 점점 더 일그러졌다. 현실은 냉혹하다. 그 사실을 최대한 빨리 깨우치는 게 이런 평민들에게는 좋다. 나와 놈들은 다른 세계에서 살고 있고, 앞으로도 그럴 것이다.

"재수없는 놈."

그렉은 다시 자신의 침대에 가만히 앉았다. 현실을 깨달은 비참해 보이는 표정이다. 고통스럽기는 하겠지. 하지만 그게 나와 놈의 차이였다. 애초에 나와 친해질 수 있을지도 모른다는 생각을 가지고 있었다니……

어이가 없어서 고개가 절레절레 흔들어졌다.

"상류층에게 그딴 식으로 말하지 않는 게 좋아. 나 같은 사람을 적으로 만나면 골치 아프거든."

나는 옅은 미소를 띠었다.

그리고 나서는 침대에 누웠다. 이 따분한 곳에서 할 수 있는 건 없었다. 여기서 아무리 나가려 해도 내가 갈 수 있는 곳은 복도뿐이었다. 그 이외의 곳으로 가려면 코베의 허락을 받아야 했다. 이 구질구질한 곳에서 갈 곳이 어디 있다고 그 코베한테 허락을 받으러 가야 하나. 있을 수 없는 일이었다.

주위에서 밀려오는 악취에 저절로 눈살이 찌푸려진다.

"짜증나. 이불에서도 냄새가 나!"

이곳은 청소라는 걸 안 하나? 그러고 보니 하녀 한 명을 본 적이 없다.

"……"

문득 아주 불길한 생각이 들었다.

"청소도 우리가 하는 건 아니겠지?"

온몸이 부르르 떨린다.

떨치기 힘든 불안감이었다.

밤이 점점 깊어져 가면서 나는 내가 청소를 하고, 애완동물 먹이보다 저급한 음식을 먹으면서, 이 세상에서 가장 비위생

적인 방에서 10년을 살아가는 내 모습을 상상했다.

'지옥이야.'

만약 지옥이 이 세상에서 재현되고 있었다면 지금 이 장소, 이 시각에 내가 경험하고 있다고 생각했다.

나는 옆을 바라봤다.

꾀죄죄한 룸메이트들. 10년 후에는 나와 같은 졸업생으로 기억될 거고, 지금 당장에는 저런 것들과 매일 마주해야 한다. 내가 좋아하는 화려한 파티와 내 수준에 맞는 친구들은 적어도 10년간 없다.

아아……!

내 전성기여!

5

땡땡땡!

요란한 종소리가 골을 울렸다. 정말 머리가 지끈지끈거렸다. 도대체 몇 시야?

한없이 무겁게 느껴진 눈꺼풀을 떴다.

모든 게 흐릿하게 보였지만 나는 내 룸메이트들이 옷을 차려입고 있다는 사실을 깨달았다. 그때 내 뇌리를 스치는 사실.

‘5시 30분.’

아직 해도 안 떴다. 온몸이 천근만근 무겁게 느껴졌고, 움직일 기미도 보이지 않았다.

“끄응.”

노력했다.

정말로 이 감옥의 일정을 따라주기 위해서 몸을 일으키려 노력은 해봤다.

나는 다시 자리에 누웠다.

이 악취가 나는 침대가 편하게 느껴질 때도 있구나.

눈을 감고 찰나의 시간이 지난 시점이었다. 적어도 나에게는 그렇게 느껴졌다.

덜컹!

누군가가 문을 거칠게 열고 들어왔다. 정신이 몽롱하여 어쩌면 꿈일지도 모르고, 환청을 듣고 있는 걸 수도 있었다.

“첫 번째 체력 단련 시간을 빼먹는 일은 현명하지 않은 짓이다.”

누가 내 귀를 이쑤시개로 찌르는 듯한 느낌이었다. 이게 만약 꿈이라면 정말 악몽 중에서도 악몽에 속했다.

“당장 일어나라.”

이상하다. 지금까지는 꿈과 현실의 경계가 모호했다. 그 어느 쪽으로 단정 짓기 힘든 상태였는데, 그의 그 한마디를 들으니 경계가 확실해졌다. 현실이었다.

나는 어느새 자리에서 벌떡 일어나 있었다. 여전히 희뿌연 상들만 눈에 잡혔지만 눈앞의 사내가 누구인지는 보지 않아도 알 수 있었다.

"이거 영광이네? 교수가 직접 깨워주러 오고."

머리카락이 찰랑거리고 옷매무새가 흠 잡을 데 없을 정도로 깔끔한 뻣뻣대마왕이었다. 보아하니 6시 정도 된 듯싶은데 저렇게까지 준비를 하기 위해서는 몇 시에 일어나야 할까?

벌써부터 질리는 사람이었다.

"처음은 봐줄 수 있다. 지금 당장 나와라."

"……."

아침부터 짜증이 치밀어 올라온다. 나에게 이렇게 함부로 대하는 것도 모자라 상관처럼 나보고 이래라저래라 하는 건 나와 맞지 않았다.

"싫다면?"

나도 모르게 퉁명스러워진다.

퉁명스러우면 또 어떤가. 설마 아신 가의 자제를 패기라도 하겠는가?

"학생으로서의 본분을 포기하겠다는 말인가?"

특유의 '아이스 빔'이 시전되어 있었다. 항상 느끼는 거지만 놈의 검은 눈은 나를 얼어붙게 하는 특성이 있었다. 물론 원활한 사고 역시.

"…아니."

젠장.

또다시 내가 꼬리를 내리다니……. 정말 이러려는 게 아니었는데…….

나는 바보가 아니다. 내가 맞다고 대답하면 놈은 분명히 노예 문서를 꺼내 들고 사악한 미소를 지으면서 '후후, 그럼 노예로서 나의 시중을 들라' 라고까지는 하지 않겠지만, 그딴 식으로 나를 협박할 게 분명했다.

"그렇다면 나와라. 앞으론 내가 되묻는 일이 없었으면 좋겠군."

부탁이 아니라 아주 그냥 협박이었다. 적어도 그의 싸늘한 어조는 그랬다.

6

"아, 짜증나! 추워 죽겠어!"

경장만을 입고 있기 때문에 싸늘한 새벽 공기는 몸을 오들오들 떨게 했다. 나는 귀한 몸이라 추위에 익숙하지 못했다.

항상 따스한 모닥불로 몸을 데우는데…….

신입생 천여 명이 모두 가장 큰 연무장에 모여 있었다. 숨을 헐떡이는 걸 보아서 꽤나 가벼운(?) 조깅을 한 모양이다.

'운이 좋군.'

나는 아마 일부러 땀을 빼는 야만적인 행위에 동참하지 않아도 되는 모양이었다. 어쩌면 뻣뻣대마왕 식의 편의가 이런 게 아닐까? 은근슬쩍 힘든 수련이 지난 후에 부른다. 꽤나 귀엽군.

뻣뻣대마왕에 대한 재평가를 내리고 있는 바로 그때, 놈은 다시 재평가를 하게 만들었다.

"이 연무장을 기본 열 바퀴에 늦은 벌로써 열 바퀴 더 뛴다."

나는 기가 막혀서 소리쳤다.

"첫날은 봐줄 수 있다면서!"

분명히 자기가 자기 입으로 내뱉었다. 지금 와서 말을 바꾸는 건 정말로 사악하다.

뻣뻣대마왕은 부대마왕인 코베를 쳐다보며 입을 열었다.

"아침 훈련에 늦은 학생들을 보통 어떻게 처리하나?"

코베는 스산한 미소를 지었다.

"늦은 시간을 분으로 계산해서 열 바퀴를 곱합니다."

"그럼 크리스가 총 돌아야 하는 바퀴 수는?"

'크리스티안이라니까!' 라고 골백번 외치고 있었지만, 지금의 분위기를 봐서는 가만히 있는 게 최선의 선택이었다.

"삼백 바퀴입니다."

코베가 말을 마치자 뻣뻣대마왕은 나를 쳐다봤다. 놈이 눈으로 말하는 내용은 뻔했다. '자아, 봐줄까, 아니면 봐주지 말까?'. 정말로 초사악뻣뻣대마왕이다.

"하아!"

나는 한숨을 쉬면서 연무장을 돌기 시작했다. 처음에는 잘 몰랐는데 이 연무장, 정말 상당히 넓었다. 한 바퀴 뛰었는데 숨이 헐떡여지는 건 물론 심장이 고장난 듯 미친 듯이 뛰었다.

두 바퀴를 뛰면서는 땀을 바가지로 흘린 것만 같았고, 세 바퀴를 뛰면서는 호흡 곤란을 느꼈다. 네 번째 바퀴를 뛰면서는 옆구리에서 통증을 느껴야만 했고, 다섯 바퀴를 채 못 채우고 바닥에 엎어졌다.

"헉헉!"

평소에 운동을 했으면 몰라도 오랜만에, 어쩌면 생애 처음으로 이렇게 오랫동안(?) 뛰고 나니 힘들어 죽을 것 같다. 입에 침이 마르는 느낌이 결코 좋지 않았다.

도대체 왜 몸을 이렇게 자학(?)하는 걸까?

몸을 이런 식으로 자학하면서까지 검사가 되어야 하는 건가? 이렇게 자학한다고 해서 검의 마스터로 인정받아 검사가 된다는 보장도 없는데 말이다.

연무장을 바라보니 입시생들은 가벼운 스트레칭을 하고 있었다. 고귀한 나는 괴로워 죽을 것 같은데 하찮은 평민들은 편히 스트레칭이나 하고 있었다.

정말 짜증이 난다.

"으음?"

눈이 휘둥그레진다.

어제는 잘 몰랐는데 입학생들 사이엔 여자도 많이 끼어 있었다. 베네하임과 모나크에서도 여자의 입학을 허용한다는 말은 들은 적이 있었지만, 요하네스에서만큼 높은 비율로 뽑지는 않았다.

그리고 그들 중에는 평민답지(?) 않은 여인도 끼어 있었다.

긴 다리를 쭉쭉 펴면서 스트레칭을 하는 게…….

"꿀꺽."

요하네스도 꽤 괜찮은 곳인 듯싶다.

"분명히 뛰라고 했지 앉아서 쉬라고 한 적은 없는데?"

요하네스에서 처음으로 달콤한 순간을 맞이하고 있었는데 그 순간을 와장창 깨는 인물이 있었으니, 당연히 뻣뻣대마왕이었다. 항상 무게를 잡고 있는 건 물론 표정까지 굳히고 있는 뻣뻣대마왕은 나를 잡아먹을 듯이 무섭게 내려다보고 있었다.

"잠시 쉴 수도 있잖아! 내가 무슨 철인도 아니고! 나 같은 고급 인력은 머리를 쓰는 거야, 머리! 알아? 무식하게 몸으로 때우지 않는다고!"

아직도 옆구리가 찔리는 듯이 아팠다. 갑자기 너무 빨리 뛴 모양이었다.

"쉬면 네 수련 시간만 길어질 뿐이다. 그리고 수련은 길어질수록 괴롭지. 괴로운 걸 즐긴다면 모를까, 당장에 뛰는 걸 권하겠다."

놈의 말이 '너, 쉬면 이따가 개고생시킨다' 라고 들린 건 내 성격이 뒤틀려서일까?

"젠장, 이런 무식한 단련이 어디 있어! 그냥 무작정 달리기라니!"

힘들어 죽겠는데 계속하라고 하니까 짜증이 날 수밖에 없다.

"이 무식한 단련은 가장 기초적인 훈련이다. 네가 하찮게 여기는 평민들도 쉽게 하는 훈련이란 말이다. 고귀한 네가 이 훈련을 힘.들.어.서. 못한다는 건 아니겠지?"

"……."

나는 내 귀를 의심했다.

"지금 나랑 저따위 평민들이랑 비교하는 거냐? 크리스티안 줄리어스 아신을?!"

어디서 힘이 솟아났는지는 모르겠지만 옆구리의 통증도 가셨고 다리에 힘이 넘쳐 났다.

내가 비록 지금 이런 신세로 전락했지만, 그래도 한때는 사교계의 샛별 크리스티안님이었다. 이깟 달리기에 지쳐 쓰러질 내가 아니란 말이다!

나는 연무장을 힘차게 뛰었다.

"헉헉!"

스무 바퀴를 다 뛰고서 나는 깨달았다. 나는 분명히 초사악 뻣뻣대마왕에게 속았다. 놈은 교묘한 언변으로 나를 속여서 이 자학을 지속하게 했다.

머리 속이 하얗게 물들어갔다. 아무런 잡념도 떠오르지 않았다. 그냥 빨리 이 고통이 사그라졌으면 좋겠다는 생각뿐이었다.

이딴 단순한 육체노동은 평민들이나 하는 것! 애초에 나와 같은 상류층에게 어울리는 행동이 아니었다.

"그 다음은 스트레칭이다."

내가 뛰는 동안 신입생들에 대한 지도를 다 끝마쳤는지 다시 내 옆에 서 있는 뻣뻣대마왕이었다. 내가 힘들어하는 걸 즐기는 게 분명했다.

스트레칭이 어려워봤자 얼마나 어려울까. 나는 군말 않고 놈의 지시에 따랐다. 놈의 말대로 내가 쉬면 쉴수록 괴로움의 시간은 길어진다.

뻣뻣대마왕은 가볍게 팔목과 발목을 돌리는 걸로 시작해서 허리도 돌리고, 팔도 쭉쭉 펴는 순으로 스트레칭을 시작했다.

나는 스트레칭을 하면서 깨닫는 게 있었다.

보기는 쉬워도 하는 건 어려웠다. 하면 할수록 나는 내 몸이 얼마나 뻣뻣한지를 깨닫게 되었다. 평민 놈들은 쉽사리 하던데…….

매일 아침 이런 짓을 해야 한다고 생각하니 절로 한숨이 나왔다.

7

머릿속이 텅 비었다. 아무 생각도 하고 싶지 않았다. 평민들과 함께 발가벗고 샤워를 했다는 사실을 그냥 넘겨 버릴 정도로 힘들었다. 벌써부터 온몸에 힘이 빠져 있었다. 이제 겨우 아침 식사를 먹을 8시였는데 말이다.

침대에 누우니 일어나기 싫었다.

"밥 먹으로 안 가?"

조심스럽게 묻는 놈은 그렉이었다. 넓적얼굴이 낯짝도 두껍군. 보통 상류층에서 그 정도의 모욕을 줬으면 바로 철천지원수가 되는데 이 평민 놈은 꽤나 독한 모양이다.

"안 가."

저번처럼 경고를 줄 기운도 남아 있지 않았다.

그렉을 포함한 네 명의 룸메이트는 우르르 식당으로 향했다. 어제 밤새 내 눈치 보면서 이야기를 나누더니 꽤나 친해진 모양이다. 끼리끼리 잘들 논다.

지금부터 내가 쉴 수 있는 시간은 40분가량. 식사 시간이 정말 기가 막히게 짧다. 40분 정도 쉬어봤자 더 힘들 것만 같은데……

눈꺼풀이 점점 무거워진다.

하인을 부려먹고, 살인적인 맛을 지닌 고귀한 요리를 먹으면서 윤택한 삶을 살고 있다. 어제의 악몽을 잊은 채 수준 높은 친구들과 파티를 즐기고 있었다. 우아한 여인들과 즐겁게 춤도 추고 가벼운 농담도 한다.

"크리스."

평범한 갈색 머리의 여인이었지만 그녀의 눈은 너무도 아름다웠다. 그녀의 예쁜 입술 사이로 내 이름이 나오니 나도 모르게 전율이 느껴졌다.

"크리스!"

나는 고개를 갸웃거렸다.

여인의 목소리가 조금 굵어졌다. 그럴 리가 없지만 마치 남자의 것처럼.

"……!"

그때 경악할 만한 일이 일어났다. 여인의 작은 얼굴이 감당할 수 없을 정도로 커진 것도 모자라 넓적해졌다.

"이건 여자야, 괴물이야?"

나는 기겁을 하며 일어났다. 누가 바위를 깨는 데 쓰는 망치로 내 머리를 두드린 충격이 느껴질 정도로 정신이 혼미했다. 제정신을 차리고 보니 주위의 풍경이 사라져 있었다. 고급 샹들리에와 우아한 여인들의 궁전에서…….

"이 쓰레기 같은 방, 동물도 이런 데에서는 안 자겠다."

나는 혀를 찼다.

그때 나는 나를 다시 지옥으로 부른 자를 두 눈으로 똑똑히 볼 수 있었다.

"넓적얼굴, 내가 묻지 않는 한 나한테 말하지 말랬지?"

저절로 얼굴이 찌푸려진다. 어차피 지옥으로 올 거였으면 최대한 늦게 오는 건데……. 아직 그 갈색 머리의 여인에게 어떤 짓을(?) 해보지도 못하고.

아니, 그 갈색 머리의 여인은 넓적얼굴로 변했으니 이제는 마음에 안 든다.

"미, 미안."

넓적얼굴은 평민답게 어깨도 살짝 벌어지고 덩치도 좋은데 남자다운 구석이 없었다. 평민들이란…….

"그럼 이제 깨우지 마."

알아서 굽히고 들어오니 이것도 익숙하지 않다. 예전에는 모두가 넓적얼굴 같았지만 이 요하네스에는 변종만 있었다. 건방진 뻣뻣대마왕에서부터 부대마왕까지.

"그, 근데… 이제 오전 수업을 들어야 할 시간이야."

말을 더듬는 게 점점 짜증이 난다. 아니, 그것보다도…….

"벌써 40분이 지났어? 5분이 아니라?"

잠깐, 아주 잠깐 잠이 들었는데 나의 휴식 시간이 눈 깜빡할 사이에 사라지다니. 그 황금 같은 시간이 증발해 버리다니!

'어떻게 안 나갈 수 없나?

아프다고 꾀병을 부려봤자 뻣뻣대마왕의 예리한 눈은 속이기 힘들다. 나는 상류층이고, 귀찮아서 안 나갔다고 세게 나가면 놈은 '선택해라. 노예냐, 학생이냐?' 라고 시건방진 협박을 하겠지.

"이 빌어먹을 뻣뻣대마왕!"

속이 부글부글 끓는다.

"오전의 두 수업은 다른 교수님들이 하신다던데."

"……."

나는 잠시 넓적얼굴의 아름다운 목소리… 는 아니지만 그의 거칠고 못난 입에서 나온 아름다운 문장을 찬찬히 음미했다.

"다시 말해봐."

넓적얼굴은 나를 이해할 수 없다는 듯이 쳐다보고 있었지만, 평민 따위의 궁금증을 풀어줄 생각은 추호도 없었다.

"제임스 라이오넬 교수님 말하는 거 아니야? 라이오넬 교수님은 신입생들의 오전 훈련이랑 오후 첫 번째 수업만 담당하신다고 하던데. 게시판에 공지되어 있어."

제임스 라이오넬?

요하네스에서 성은 금지되어 있다면서 자기는 쓰네? 라이오넬 집안에 대해서는 들어본 적이 없는데. 하긴, 겨우 요하네스의 교수 놈의 집안을 들어봤을 리가 없지.

'제임스가 뭐야, 제임스가?

뻣뻣대마왕이랑 전혀 어울리지 않는 고상한 이름이다. 암흑의 포스와는 전혀 관련이 없는 이름…….

나는 다시 자리에 누웠다.

제임스 라이오… 아니, 뻣뻣대마왕이 없는 오전이라!

"난 자련다. 이런 기쁜 소식이 있을 때만 깨워. 기쁜 소식이 없이 날 깨우면… 각오하는 게 좋아."

퀴퀴한 냄새가 나는 침대였지만 이상하게도 지금은 상관없었다. 기분이 너무나 좋았다. 지옥에서도 쉴 시간은 주는 모양이다.

"그, 그런데… 한 가지가 더 있는데……."

나는 다시 눈을 떴다. 뭐라고 갈굴까 잠시 생각하다가 나에게 좋은 소식을 알려준 상으로 넓적얼굴의 말을 들어주기로 했다.

"뭔데?"

"라이오넬 교수님이 '지켜보겠다. 다음에는 선택권이 없다'라고 전해주라고 하셨어. 비록 너한테 하는 말이었지만, 정말 교수님 같은 분이 나에게 말을 걸어주실 줄은……!"

넓적얼굴이 감격에 겨워 눈물을 글썽글썽거리는데, 정말 욕을 바가지로 쏟아 부어주고 싶었다. 아무것도 먹은 게 없어서 그렇지 위산이라도 토해낼 수 있을 것만 같았다.

물론 넓적얼굴의 살인적인 표정 변화에 대해서는 그렇게만 감상을 마쳐야 했다.

"……."

'지켜보겠다. 다음에는 선택권이 없다'라니? 뻣뻣대마왕은 독심술이라도 있는 거냐! 내가 그렇게 단순하단 말인가? 내 생각과 앞으로의 행동을 그대로 알아맞히는 놈이 점점 무서워진다.

나는 자리에서 벌떡 일어났다.

"젠장! 쉬고 싶어도 쉴 수가 없네."

내 마음대로 하지 못하는 게 이렇게 괴롭게 느껴질 줄은 몰랐다. 이 세상의 모든 게 내 마음대로 되는 줄 알았는데, 지난 18년 동안 믿어 의심치 않았는데, 이 요하네스와 뻣뻣대마왕이 나의 세계를 붕괴시켰다.

그래, 좋아. 천하의 크리스티안, 이 정도에서 무너지지 않는다.

꼬르륵.

"……."

왜 시련은 한꺼번에 찾아오는 걸까. 넓적얼굴 앞에서 이게 무슨 추태인가. 지금까지 항상 고상하고 우아한 모습만을 보이고 있었는데 이 위장이 말을 안 듣는다.

그때 넓적얼굴이 호들갑을 떨었다. 바지춤에서 무언가를 꺼내려고 하는데, 내 앞이라고 긴장을 했는지 손이 덜덜 떨려 내가 다 답답할 정도로 한참이나 걸렸다.

넓적얼굴이 손에 꺼내 든 건 빵이었다. 내가 본 빵 중에서 가장 맛없어 보이는 호밀 빵이었다. 부드러운 밀가루 빵이 아니면 안 먹는데, 이건 분명히 내 혀를 혹사시킬 것이다.

"이거, 나중에 먹으려고 챙겨놓은 건데 네가 먹어. 아침 안 먹으면 이런 데에서는 힘들 거야."

"……."

나는 넓적얼굴이 나름대로 미소를 지어 보이며 내 손에 빵을 쥐어주는 장면을 멍하니 지켜봐야만 했다. 지금의 상황이 너무도 한심하고 어이가 없었다.

"꿀꺽."

배는 고프고, 아침을 안 먹으면 두통이 생기는데……. 게다가 무엇보다도 아침부터 땀을 뺐더니 이런 빵이라도 먹을 수 있을 것 같았다.

나는 손에 들린 호밀 빵을 물끄러미 바라봤다. 이런 음식을 보고 침이 고이는 내가 한심하다. 최고급 스테이크가 아니면 거들떠보지도 않았는데.

먹으면 안 되는데, 내 마지막 자존심인데…….

내 의사와는 달리 손은 계속해서 호밀 빵을 내 입 쪽으로 천천히 이끌고 올라왔다.

그때 나는 넓적얼굴의 표정을 볼 수 있었다. 이 천하의 나를 '기특하다'는 듯이 바라보는 놈의 그윽하고도 역겨운 눈길.

나는 황급히 제정신을 찾았다.

이 요하네스의 요기는 정말 나의 정신을 오염시키고 있었다.

휙.

나는 재빨리 호밀 빵을 바닥에 던졌다. 던질 생각까지는 없었는데 조금 당황한 나머지 그렇게 되었다. 호밀 빵은 데구르르 굴러 먼지가 앉은 쪽을 향해 갔다.

넓적얼굴은 그 호밀 빵을 망연자실하게 쳐다봤다. 정말 실망을 많이 한 얼굴이었다.

"내가 이딴 걸 먹을 거 같아? 나는 아신 가의 크리스티안이란 말이다. 그리고 네가 주는 빵 따윈 죽는 일이 있어도 먹지 않아. 알았어? 나와 너의 수준 차이를 항상 잊지 마."

말을 하고 나니 조금 심했다는 생각이 들었지만, 그래 봐야 평민한테 하는 말이었다. 나는 상류층이니까 저런 하류 인생한테는 함부로 말할 수 있는 자격이 있다.

넓적얼굴은 여전히 어두운 표정으로 빵을 향해 달려갔다. 놈은 빵을 다시 집어 먼지가 가득한 바닥만큼이나 더러운 옷으로 닦기 시작했다.

'다시 먹으려는 건……?'

저절로 표정이 굳어졌다. 잠시 잊고 있었다. 여기에 모인 평민들은 대부분 굶주려 왔다. 아마 놈들에게는 저런 빵도 귀중한 식량이겠지, 생명을 연명하게 하는. 그래도 검술 기관이니만큼 굶을 리는 없을 텐데…….

요하네스는 황궁의 전폭적인 지원을 받는 유일한 검술 기관이었다. 모나크는 고위 관료들의 재정 지원을 받고, 베네하임은 신전에 의해 재정 지원을 받는다.

모나크에 입학하는 놈들이 모두 유명한 가문의 자제들이라 입학비, 식비, 유흥비 등 모든 게 걱정이 없다. 게다가 이 대륙에서 가장 막강한 재력을 지닌 신전에 의해 운영되기 때문에, 고위 상류층이든 운 좋게 눈에 띄어 베네하임에 입학하게 된 평민이든 엄청나게 고급스런 생활을 할 수 있었다.

반대로 요하네스는 황궁의 전폭적인 지원을 받지만 재정적인 부분에 대해서는 최소의 한도만큼만 준다. 요하네스는 오로지 학생의 자질만을 고려하기 때문에 이 세상에 90퍼센트나 되는 평민이 대부분이다. 그것도 가난한. 놈들이 식비나 숙박비 이외의 모든 교육비를 충당할 방법이 있을 리가 없었다.

그러니 요하네스의 이런 거지 같은 꼴은 당연했다.

아무리 이런 상황이지만 재정적으로 꽤나 시달리는 요하네스에서 학생을 굶주리게 할 리는 없었다. 분명히 세 끼가 충분히 나올 테고, 검술 기관이니 고기도 자주 나올 것이다.

'그런데 왜?'

앞으로 굶을 걱정이 없을 텐데 왜 저렇게 먹을 것에 연연하는지 이해할 수 없었다.

"너, 정말 너무한다."

나는 뒤를 돌아봤다. 룸메이트 중 한 명이고, 최근 넓적얼굴과 친하게 지내는 누리끼리한 금발의 뱁새눈이었다. 이름이 알렉스라고 했던가? 평민 이름 따위를 기억할 이유는 없지.

"뭐냐, 뱁새눈?"

말은 했지만 나도 모르게 몸이 움츠러든다. 무엇인가 크게 잘못한 느낌. 하지만 그럴 리가 없었다. 나는 애써 어깨를 펴고 당당하게 섰다.

뱁새눈은 비릿한 미소를 띠었다.

"그래, 네가 우리를 이해하는 건 무리지. 매일매일 무엇을 먹을까, 이건 맛없고, 저건 좀 그렇고, 까다롭게 불평만 하는 너보고 우리를 이해해 달라는 건 불가능을 바라는 거지. 그래도 솔직히 이건 아니잖아? 어떻게 인간의 탈을 쓰고서 이런 짓을 할 수가 있어?"

건방지게 나를 가르쳐 들려 하는 뱁새눈에게 무슨 말이라도 쏘아붙이고 싶었다.

하지만 입이 열리지 않았다.

가슴 한편이 너무도 답답하게 느껴졌다.

"그렉은 너한테 최대한 잘해주려고 했어. 이 멍청이는 너무 순해 빠져 가지고 네 비위를 최대한 맞춰주려고 했다고. 넌 아직도 네가 아신 가의 크리스티안이라고 생각하냐? 너, 남들이 널 어떻게 생각하는지 알기나 해? 부잣집 개망나니, 집에서 버림받아 여기까지 왔네. 그런 소문 들어본 적도 없어?"

놈은 피식 웃었다.

"하긴, 친구가 있어야 그런 말을 해주지. 너한테 말을 거는 사람이 없으니 남들이 널 어떻게 생각하는지 꿈엔들 알겠냐. 네가 평민을 하찮게 여기는 걸 잘 알고 있어. 그렉은 그걸 알고도 네가 배고파 하고 있어서 너에게 빵을 준 거라고. 배고픔이 얼마나 고통스러운 건지 잘 알기 때문에 그렉은 자기가 먹으려고 남겨둔 빵을 너한테 주었다고. 네깐 놈에게는 겨우 싸구려 빵 하나겠지만 우리한테는 이 세상에서 가장 소중한 식량이야."

뱁새눈은 말을 마치고 나서도 한참 동안 나를 노려봤다. 놈에게는 '아이스 빔' 같은 포스가 없었다. 하지만 '아이스 빔'과 같은 느낌이 들었다.

뱁새눈은 그렉의 어깨에 팔을 둘렀다.

"신경 꺼. 원래 저런 놈이란 거 알고 있었잖아. 저놈은 그냥 외톨이라고. 앞으로 10년 동안 외톨이로 지낼 그런 놈이니까 마음 넓은 네가 이해해.”

그렉은 망연자실한 표정이었다. 여전히 빵을 옷으로 닦고 있었다.

뱁새눈은 그렉과 함께 방을 나갔다.

두 하찮은 평민이 나가는 모습을 보면서도 나는 움직일 수가 없었다.

‘내가 너무했나?’

그렉의 표정을 잊기 힘들다. 우리 집 하인들은 내가 뭐라고 해도 눈 하나 깜짝하지 않았는데, 도대체 저 그렉 놈은 왜 그런 거야?

나는 고개를 절레절레 흔들었다.

‘하찮은 평민들.’

그래 봐야 놈들은 평민이다. 감히 나를 ‘부잣집 개망나니’라고 표현하다니.

나는 이를 갈았다.

저런 놈들한테까지 무시를 받으니 기분이 더러웠다. 내가 너무 한심했다. 아니, 무시를 받은 부분은 이상하게도 무덤덤한데 기분은 더럽다.

난 잘못한 게 없다. 단지 그렉 놈이 제 주제를 몰랐던 것뿐이다.

'그런데 왜……'

왜 이렇게 마음이 무겁게 느껴지는 걸까.

이제 와서.

8

오전 수업이 어떻게 지나갔는지 모르겠다. 검술에 대한 기초적인 이론과 역사에 대해서 배운 것 같기는 하지만, 그 어떤 내용도 내 머릿속에 저장되지 않았다. 지루하기도 했지만 머리가 너무 복잡하다.

"해가 서쪽에서 떴나."

무미건조한 음성이다. 참으로 무뚝뚝하고 공손이라는 건 저기 옆집 개한테 넘겨준 건방진 교수. 어울리지도 않는 제임스 라이오넬이란 이름의 소유자. 무엇보다도 30대라는 게 이해가 안 되는 동안의 얼굴.

"나, 기분 안 좋으니까 저리 가."

이 큰 기관의 교수가 이렇게 한가한지 몰랐다.

"이상하군. 어디 아픈가?"

전혀 걱정하지 않는 목소리다. 아니, 놈의 굳게 닫힌 입에 미소가 살짝 걸리는 것 같기도 했다. 아주 살짝. 그것도 잠시여서 잘못 본 것일 수도 있다. 설마 내 모습을 즐기는 건 아니겠지?

"오전 수업에 얌전히 참석하다니, 놀랍군. 널 위해 준비해 놓은 청소거리가 있었는데……."

"야, 그걸 지금 농담이라고 하는 거냐?!"

"누가 농담이라고 했나?"

"……."

확실히 뻣뻣대마왕의 어조에는 장난기가 눈곱만큼도 없었다. 너무나 진지했다. 정말 아쉬운 기색이 역력하게 묻어 나왔다.

"인간의 탈을 쓴 악마야, 악마."

나는 혀를 찼다.

이 몸이 조금 어두운 표정을 짓고 있으면, '아니, 도련님. 무슨 문제라고 있습니까? 제가 이 한 몸 바쳐 어떻게 해서라도 문제를 풀어드리겠습니다' 라고 머리를 조아리고 말해야지, 아무런 감정 없이 '어디 아픈가?' 라고 말하면 내가 웃을 줄 알았냐?

"점심시간이 거의 끝난다. 점심때 꼭 고기를 먹어야 오후 수업을 견뎌낼 수 있지. 너처럼 아무것도 먹지 않고는 꽤 힘들 거야. 어쩌면 쓰러질지도."

나는 멍하니 놈을 쳐다봤다.

"너, 그 마지막에 흡족한 미소는 뭐야? 내가 쓰러지길 바라는 거냐?"

놈은 대답하지 않았다. 내 말을 무시한 채 유유히 멀어져 가는 놈의 모습에 나는 이를 갈았다.

"젠장."

다음 수업은 뺏뺏대마왕이 가르친다. 내색은 안 하지만 분명 놈은 나를 골려줄 생각에 즐거워하고 있었다.

어차피 밥은 먹어야 한다.

나는 입학한 이후 처음으로 교내 식당으로 향했다. 분명히 썩어빠졌을 텐데.

9

"……."

눈앞의 광경에 정신이 혼미했다. 이건 전쟁이었다. 완전히 아수라장이었다. 늦게 먹는 놈은 죽임을 당하는 게임인가? 완전히 먹을 거에 환장한 놈들이었다. 끊임없이 먹어대는 평민 놈들을 보며 나는 정신을 차릴 수가 없었다.

내가 다 배가 불러지는 기분이었다.

"여기서는 어떻게 밥을 먹는 거지?"

나는 주위를 둘러봤다. 이상하게 생긴 그릇이 한곳에 쌓여 있었다. 그 옆으로는 줄이 있었고, 앞에는 음식이 쭉 놓여 있었다.

나는 놀라운 광경을 목격하게 되었다.

"저게 그릇이야?"

줄을 선 평민들은 그 그릇을 들고 음식 앞에 섰다. 그 뒤편에는 평민 아줌마들이 서 있었는데, 음식을 조금씩 퍼주고 있었다.

"식단의 종류가 없는 건 아니겠지?"

나도 모르게 무럭무럭 자라는 불안감이 입 밖으로 새어 나왔다.

어디든 메뉴가 있기 마련이다. 그 메뉴 중에서 취향에 맞춰 자신이 시켜 먹는 건 당연했다. 지난 견학 때를 떠올려 보면 베네하임과 모나크의 식단은 꽤나 화려했고, 그럭저럭 먹을 만했다.

그런데 여기서는 그냥 음식을 퍼준다. 아무런 주문도 오고 가지 않았다.

"……."

여기는 지옥이었다.

내 민감한 혀를 무뎌지게 할 지옥.

나는 천천히 줄을 향해 다가갔다. 제대로 씻기는 한 건지 기름기가 남아 있는 식판을 들고 음식을 받기 시작했다.

나는 계속해서 이동하면서 음식이 식판에 쌓여갈 때마다

뻣뻣대마왕을 욕했다.

"이게 고기냐?!"

분명히 뻣뻣대마왕은 고기라고 했다. 내 생에 이렇게 빨간 고기는 처음 봤다. 고기는 언제나 제대로 익혀서 갈색이 될 때 먹어야 한다. 그런데 이런 빨간색의 고기는 도대체 정체가 무엇인지…….

"아이야, 햄 처음 보니?"

햄?

남성인지 여성인지 잘 구분이 안 가는, 정말 무지막지하게 생긴 분이 말했다. 음식을 퍼주는 하인인 모양이다.

나는 내 기억을 더듬었다.

"그 햄!"

평민들이 먹는 싸구려 고기. 보통 사람들이 안 먹는 돼지의 잡다한 부위를 섞어서 만드는, 그 개도 안 먹는다는 햄!

나는 내 눈을 믿을 수가 없었다.

"호호, 나름대로 잘사는 아이같이 생겼는데 햄을 처음 먹나 보구나. 감격에 겨워하기는. 그동안 어렵게 살았나 보구나. 매일 이 귀한 햄을 먹을 수 있으니까 그렇게 너무 감동하지 않아도 된단다."

"……."

나는 그 평민을 가만히 노려봤다. 지금 나랑 농담하자는 건가?

"아이야, 이제 가서 먹어라. 원래는 그러면 안 되지만, 이 따가 더 퍼다 줄 테니까 빨리 먹어라. 10분 후에 점심시간이 끝나잖니."

나는 평민에게 떠밀리다시피 하여 줄에서 벗어났다. 정말 어처구니가 없어서 절로 웃음이 나온다.

꼴에 인심을 쓰는 건가? 나한테? 이깟 햄 따위로?

나는 씁쓸히 웃으면서 앉을 자리를 물색했다. 여기저기 음식 쓰레기가 묻어 있는 자리들. 평민들은 고상함과 우아함에 대한 개념이 조금도 없는 모양이다.

"……."

나는 주위를 둘러봤다. 빈 테이블이 있기는 했지만, 나머지 테이블은 한 자리도 남김없이 모두 꽉 채워져 있었다. 테이블도 많은데 삼삼오오 나눠서 앉으면 좋으련만, 굳이 테이블을 꽉 채웠단 말이다.

내 상황에서 보자면 나는 스무 명이 앉을 수 있는 테이블에 혼자 앉아야 한다는 말이 되었다.

'그래, 어차피 평민들이랑 같이 앉을 생각은 없었어.'

이 귀한 몸이 평민들이랑 앉아서 같이 먹는다는 건 생각할 수도 없는 일.

어차피 잘되었다.

“휴우.”

근데 내가 선택해서가 아니라 어쩔 수 없이 혼자 앉는 기분은 조금 색달랐다.

비참하다, 크리스티안.

가만히 앉아서 이 ‘햄’을 포크로 쿡쿡 찔러봤다. 빨간 고기라 제대로 익혀 있는 건지도 잘 모르겠다. 돼지고기를 제대로 익히지 않으면 건강에 치명적인데.

“먹어도 죽지 않아.”

나는 음성의 발원지를 쳐다봤다. 놈이 내 앞자리에 앉았다. 눌려진 코, 넓적한 얼굴. 그야말로 어디를 봐도 정이 안 가는데 이상하게도 놈이 반갑다.

“넓적얼굴?”

아까 놈의 실망한 표정이 떠올랐다. 나랑 다시는 얘기하지 않을 줄 알았는데.

“아아, 지금 나한테 묻는 거 맞지? 지금은 대답해도 되는 거야?”

내가 아까 경고했던 말을 놈은 비꼬고 있었다.

“건방지긴.”

이상하게도 입에 미소가 걸린다.

놈은 내 표정을 한 번 살피더니 다시 음식을 먹기 시작했다. 그 ‘햄’이라는 걸 참 잘도 먹고 있다. 아니, 조금 무섭다고 느껴질 정도로 가공할 만한 속도로 먹었다.

'그래, 죽기야 하겠어?

가슴이 뻥 뚫린 느낌이다.

기분이 좋으니까 이 정도의 희생은 감수하겠어.

10

점심을 거의 버리다시피 하고는 오후 야외 수업을 들을 준비를 했다. 이번에도 늦으면 뻣뻣대마왕은 또 달리기를 시킬 게 뻔했다.

운동하기 편한 경장으로 차려입고는 구석에 처박아놓은 검을 집어 들었다. 보통 검보다 얇았다. 상당히 가벼운 걸 보면 검의 중심이 잘 잡혀 있는 모양이다.

"아들한테 이딴 싸구려 검이나 주다니."

그 이외에는 아무런 특징도 없는 검이었다. 예기로 번뜩이는 검도 아니었고, 그렇다고 진귀한 보석이 박혀 있지도 않았다. 화려함도 없었고 실용적인 것 같지도 않았다. 아니, 가볍다는 점에서는 조금 실용적이기는 하지만 보검만의 포스가 없었다.

요약하자면…….

"나한테는 너무 평범한 검이야."

우리 가문의 창고 구석에 박혀 있는 검을 나에게 준 아버지를 이해할 수가 없었다. 그리고 그가 나에게 준 방법도 사실 좀 이상했다. 그냥 하녀를 시켜서 나한테 가져다 주면 되지 왜 나보고 직접 가서 집으라고 했는지…….

'그때 아버지가 조금 이상하긴 했어.'

내가 검을 집어 들었을 때 아버지에게 미묘한 감정의 빛이 띠었다는 사실을 잊기 힘들었다.

"안 가?"

넓적얼굴이 나를 부른다.

"건방진 녀석, 내가 알아서 간다."

이제는 아무리 쏘아붙여도 영향을 받는 모습이 아니었다. 그 짧은 시간 동안 어떤 심경 변화가 있었을까, 아니면 평민들은 원래 조금 변덕스러운 건가?

"그렉, 도대체 왜 저런 놈이랑 상종하는 거야?"

뱁새눈이었다.

뱁새눈에게 뭐라고 하려다 나 역시 그 부분이 궁금하다는 사실을 깨닫고는 가만히 넓적얼굴을 바라봤다.

"다 같은 룸메이트잖아, 적어도 3개월간은. 그리고 앞으로 10년간은 이 학교를 같이 다닐 건데 다 사이좋게 지내면 좋잖아?"

나는 쓴 미소를 지었다.

이 평민은 현실에 대해서 무엇인가를 크게 착각하고 있었다. 모두 사이좋게?

나는 굳이 그를 깨우쳐 주려는 말은 하지 않았다. 확실한 건 나와 저놈이 친해질 이유도 필요도 없다는 것. 그냥 한 명의 멍청한 평민이다.

"오전에 배운 검술에 대한 이론을 잘 들었다면, 왜 우리가 18세가 되는 해부터 검술을 시작하는지 잘 알고 있겠지?"

신입생들은 모두 한꺼번에 같은 교수에게 배우지 않는다. 약 1,000여 명이나 되는 거대한 숫자이기 때문에 열 개의 그룹으로 나누어 각각 다른 담당 교수에게 배운다. 물론 안타깝게도 오후 첫 야외 수업 담당 교수는 뻣뻣대마왕이었다.

"크리스, 대답해 보겠나?"

"……."

저놈, 지금은 포커페이스이지만 분명히 속으로는 웃고 있을 거다.

"몰라!"

뻣뻣대마왕은 잠시 이해할 수 없다는 표정을 지었다.

"이상하군. 분명히 오전에 다루었을 텐데. 거기, 그렉 군. 혹시 자네는 알고 있나?"

왜 평민 넓적얼굴은 그렉 군이고, 상류층 크리스티안은 그냥 크리스라고 부르는지 이해할 수가 없었다.

질문을 받은 그렉은 한참 동안 머뭇거렸다. 아는 눈치이기는 한데 덩치에 안 맞게 부끄러워하고 있는 모양이다. 얼굴까지 새빨개져 가지고.

"야, 넓적얼굴. 빨리 대답해!"

내가 다 답답해진다.

"그, 그게 생체 에너지와 과, 관련이 있다고."

한참을 뜸들이고 나서 하는 말이 겨우 저거다. 저렇게 짧은 문장 때문에 3분을 기다리게 하다니. 정말 대책없는 넓적얼굴이었다. 넓적얼굴이 뻣뻣대마왕의 성깔을 잘 모르는 모양인데, 그런 식으로 대답하면…….

"훌륭한 대답이다."

"……."

잠시 할 말을 잃었다.

내 귀가 잘못된 게 아니라면 분명 놈은 '훌륭한 대답이다'라고 말했다. '무식한 녀석, 가서 20바퀴 뛰고 와!' 와 같은 말이 아니다.

'차별하는 거냐?!'

뻣뻣대마왕이 지금 나한테만 뻣뻣하게 구는 건지도 모른다는 엄청난 의심을 하게 되었다.

　"평범한 사람에게는 불가능한 힘과 움직임을 가능하게 하는 게 바로 생체 에너지다. 생체 에너지는 18세가 될 때까지는 성장과 동시에 폭발적으로 늘어나며, 그 이후에는 수련의 성과에 따라 늘어난다. 대부분 18세가 되는 시점에서는 그 양이 다르겠지만, 각자가 몸에 내포할 수 있는 생체 에너지의 한계에 이르게 된다. 이 시점이 되기 이전에 생체 에너지를 이용한 수련을 하면 오히려 생체 에너지가 자연적으로 쌓이는 걸 방해할 수 있음은 물론, 평생 검사의 길은 꿈도 꾸지 못할 정도로 폐인이 될 가능성이 있기 때문에 검술에 대한 정식적인 교육은 모두 18세에 시작한다. 물론 이 부분은 오전에 다 다루었지만 중요하기 때문에 거듭 강조하는 것이다. 이해하겠나?"

　나를 특별히 지명하지는 않았지만 뻣뻣대마왕의 눈은 정확하게 나를 노려보고 있었다. '이해하기 힘들면 질문하도록'이라고 묻는 게 분명했다.

　생체 에너지. 조금은 생소한 개념이다. 검사들을 특별하게 해주는 힘. 바위를 벨 수 있게 하고 강인한 체력을 선사해 주는 강력한 힘.

　"이해했으니까 대충 넘어가!"

　가시 돋친 말에 100여 명의 입학생들이 나에게 시선을 모았다.

‘아주 조금 심했나?

사실 놈에게 존칭을 하지 않는 건 내가 유일했다. 아마 그 때부터 나에 대한 ‘허황된’ 소문들이 나돌기 시작한 것 같았다. 물론 나는 상관없었다. 놈들은 평민이니까 당연히 교수에게 깍듯이 대해야 하고, 나는 최상류층의 자제이니 내 멋대로 행동해도 된다.

하지만 가르치는 입장에 있는 상황에서는 이래라저래라 하는 건 약간 도를 넘어섰다. 그래도 아신 가의 크리스티안이 그 상대라면 넘어갈 수 있는 일이다.

“헉!”

이 뻣뻣대마왕은 정말 틈을 주면 안 된다. 잠시 눈을 돌리면 어느새 내 바로 앞에 와 있다. 적어도 20m는 되는 거리였는데.

“깜짝아! 앞으로 ‘간다’ 라고 좀 말해주고 오면 안 돼? 심장이 다 벌렁벌렁하네.”

뻣뻣대마왕 특유의 비기 ‘아이스 빔’ 이 시전되고 있었다. 나를 가만히 노려보고 있는데 움직일 수가 없다. 이런 기술을 배우면 참 유용하겠는데, 이것도 가르쳐 주려나?

그가 갑자기 손가락 하나를 펼쳤다.

“첫째.”

놈의 행동에 저절로 비웃음이 새어 나오려다 말았다. 이

‘아이스 빔’은 말문을 막는 최고의 비기였다.

“나는 이 학교의 교수다. 그 사실을 존중하든 말든 신경 쓰지 않겠다. 그렇지만 내 수업을 방해하는 건 용납하지 않겠다.”

나는 시선을 어디에 두어야 할지 몰랐다. 어디에 두어도 불편하기 짝이 없는 상황이었다.

“둘째, 내 수업을 방해할 때마다 수행해야 하는 벌칙이 있다. 오늘은 첫 수업이니 가볍게 시작하겠다. 20바퀴.”

나는 잠시 동안 눈만 멀뚱히 뜨고 있었다.

“내 말이 어렵나?”

뻣뻣대마왕은 상당히 진지했다. 100여 명이나 되는 평민 앞에서 이렇게 공개적인 망신을 주어야 한단 말인가!

아침에 입학생 전체가 모여서 스트레칭을 했던 가장 큰 연무장보다는 작았지만 여기도 꽤나 컸다. 아직도 다리가 뻐근한데 내일 아침이 어떻게 느껴질지 참으로 궁금했다.

“정말?”

나는 놈의 눈을 한 번 쳐다봤다. 점점 위험한 기운을 모락모락 피우고 있었다.

나는 다시 한 번 연무장의 둘레를 계산해 봤다. 내가 만약 여기를 20바퀴나 더 뛰면…….

“싫다면?”

정말 죽음이다. 내가 이 지옥에 끌려온 것도 억울해 죽겠는데 계속 개처럼 뛰어다니라고 하는 건 솔직히 너무한다. 이 고귀한 몸의 발에 물집이 잡힐지도 모른다고!

"청소를 하겠나? 화장실의 위생 상태가 최악이더군."

나는 황급히 뛰기 시작했다. 설마 이 크리스티안에게 화장실 청소를 시키겠느냐만, 그래도 혹시 모른다. 억울한 건 나지만 더 이상의 불이익을 볼 수는 없었다.

"빌어먹을."

첫 바퀴를 채 못 돌고 있는데 벌써 현기증이 난다. 속도 그리 좋은 편이 아니었다. 그 망할 햄이 조금 수상하기는 했다.

하늘이 노랗다. 정말 이 세상에 태어나서 처음으로 하늘이 노란 것을 보게 되었다. 여전히 한계 이상으로 뛰면 옆구리가 뭔가에 찔리듯이 아팠고, 호흡이 너무 거칠어 폐가 다 아팠다.

"꿈쩍도 할 수가 없어."

정말 죽고 싶었다. 그 생각 이외에는 아무것도 떠오르지 않았다.

"이제 시작이야. 흐흐."

나는 초점이 흐릿한, 정말 꺼림칙한 목소리의 코베를 올려다봤다. 노란 하늘에 부대마왕. 여기는 지옥이 확실했다.

“너, 왜 음흉하게 바뀌었어?”

나를 보면서 음흉하게 비웃는 코베의 모습은 충분히 그와 어울리기는 했지만, 지금까지 봐온 모습과는 판이하게 달랐다. 이전까지는 꼭 뻣뻣대마왕 투였는데 지금은 음흉대마왕이다.

“사람을 다뤄야 하는 태도는 그 사람이 어떤 사람이느냐에 따라 다르지. 라이오넬 교수님은 존중을 받아 마땅하지만, 네 놈처럼 제 주제를 모르는 놈들은 ‘특별한’ 대접이 필요하지. 흐흐흐.”

안 그래도 목소리가 거슬리는데 이제는 스산하게 웃기까지 한다.

“꼭 말끝마다! ‘흐흐흐’ 하고 웃어야 되냐? 아니면 그렇게 웃지 않고서는 네가 미쳤다는 사실을 증명하기 어렵다고 생각하는 거냐? 후후, 그런 문제라면 굳이 음흉하게 웃지 않아도 돼.”

내 방식으로 상대를 비꼬는 법이다. 뻣뻣대마왕은 너무 명령조라 싫은 것뿐인데 이놈은 조금 달랐다. 그냥 이놈 자체가 싫다.

코베는 표정을 굳혔다. 얼굴의 늘어진 살이 더욱 도드라져 보여 징그러웠다. 정말 역겨웠다. 뻣뻣대마왕처럼 잘생겼으면 또 봐줄 수 있을 텐데.

"으윽!"

코베가 내 멱살을 잡아 일으켰다. 몸이 상당히 야위어서 만만하게 봤더니 놈에게서 느껴지는 힘이 상당했다.

"뭐 하는 짓이야?! 놔!"

코베의 미소가 짙어졌다.

"떨고 있지? 호호, 앞으로 이 느낌에 익숙해지는 게 좋을 거다."

털썩!

놈은 나를 바닥에 내팽개쳤다. 나는 그가 유유히 사라지는 걸 가만히 지켜볼 수밖에 없었다. 그가 사라진 지 한참이 지났는 데도 몸이 부들부들 떨렸다. 처음에는 공포에 의해서였다. 하지만 시간이 지날수록 나는 분노를 느꼈다.

놈은 나에게 모욕을 주었다. 이런 치욕은 뻣뻣대마왕이 나에게 하는 것과는 차원이 달랐다.

"젠장."

코베에게 찍혔다. 앞으로 그와 마주칠 일이 많을 텐데.

나는 눈을 지그시 감았다. 외지에 와서 남에게 이런 위협을 당하면서도 아무것도 하지 못하는 내 무기력함에 눈이 촉촉이 젖는다.

"모두 주목!"

내가 벌칙을 수행하는 동안 남은 평민들은 가벼운 스트레칭을 하면서 몸을 풀고 있었다. 빌어먹을 뻣뻣대마왕은 나에게 쉴 시간도 안 주려는 모양이다.

"지금부터 기본 자세를 가르치겠다. 모두 검을 들어라. 쥐는 자세부터 알려주겠다. 검을 준비해 오지 못한 사람은 앞으로 나와서 하나씩 지급받도록."

나는 연무장 구석에 처박아둔 내 검을 찾아왔다. 낡은 칼집에 잘 넣어져 있는 검. 검의 둥그런 가드와 편안한 손잡이가 왠지 마음에 들었지만 전체적으로 싸구려 같다는 느낌을 지울 수 없었다.

나는 주위를 둘러보았다.

"하긴."

저절로 비웃음이 새어 나온다. 100명 중 나를 포함해서 세 명을 제외하고는 모두가 검을 지급받으러 나갔다. 밥도 제대로 못 먹는 놈들이 어디서 쓸 만한 검을 구해올 수나 있을까.

나는 자연스레 남은 두 명에게 시선이 닿았다. 한 명은 남자였다. 남자에게는 별 관심이 없었다. 특히 덩치가 그렉보다 훨씬 좋은 우락부락한 놈한테는.

"호오!"

나는 남은 한 명에게서 시선을 뗄 수가 없었다. 여자, 그것도 하찮은 평민에 지나지 않는 여자가 아니었다. 햇빛에 반

사되어 눈이 따가울 정도로 윤기가 나는 붉은 머리에 칭찬해
줄(?) 만한 몸매를 지닌 특별한 여인이었다.

색이 바랜 경장을 봐서는 나와 같은 상류층은 아닌 모양이
다. 그 점이 아주 조금 아쉽기는 했지만 그녀의 이상적인 몸
매에는 눈을 뗄 수가 없었다. 가까이서 보고 싶은 마음이 무
럭무럭 자라고 있었지만, 어느새 검을 지급받은 평민 놈들에
의해 그녀가 가려지고 있었다.

'요하네스도 나쁘지 않군.'

저절로 흐뭇한 미소가 지어진다.

코베 때문에 마음이 계속 무거웠는데 그 무게를 한꺼번에
떨치게 만든 여인이었다.

"크리스, 집중 못하나?!"

"……."

정말 눈도 좋다. 연무장의 가장 앞에 서서 내가 딴 짓을 하
고 있는지 바로 알아차리다니.

나는 입술을 질끈 깨물었다.

"검을 쥐는 방법은 간단하다. 손잡이에 보면 잡기 편하게
굴곡이 형성되어 있다. 검을 쥔 채로 팔을 쭉 펴면 검의 면 부
분이 아닌 검날이 자신의 팔과 일자를 그려야 한다. 모두 잡
아보도록."

뻣뻣대마왕은 지시를 내리고는 한 명씩 자세를 봐주고 있

었다. 물론 코베 역시 다른 쪽에서부터 봐주고 있었고.

나는 처음으로 검을 꺼내 들었다.

"……."

햇빛 때문인가? 검날이 유난히 희어 보였다. 영롱한 광채를 내는 것 같기도 했고.

"어?"

나는 갑자기 몸이 가벼워짐을 느꼈다. 참으로 형용하기 힘든 기분이었다. 온몸이 뻐근하고, 특히 속이 안 좋았는데 그 거슬리는 기분이 모두 사라지고 넘쳐 나는 힘을 느낄 수 있었다.

휘잉!

검을 가볍게 이리저리 휘둘러 봤다. 가볍기도 하고 중심도 제대로 잡혀 있어서 그런지 휘두르는 게 전혀 어색하지 않았다. 한두 번 휘두르다 보니 점점 신이 났다. 이번에는 좌우가 아닌 내 멋대로 검을 휘둘렀다. 주위에 좁게 선 평민들을 아슬아슬하게 스쳐 지나갔지만 맞은 건 아니니까.

캉!

내 흰 검과 보통 철검이 불꽃을 일으켰다. 불꽃을 일으킬 정도로 세게 휘두른 건 아닌데 참으로 요상한 현상이었다.

"무슨 짓이냐?!"

귀를 괴롭히는 스산한 음성. 날카롭기까지 해서 눈살을 찌

풀릴 수밖에 없었다.

코베였다.

"간단하게 준비운동을 했는데? 검 한두 번 휘두른 거 가지고 호들갑 떨기는."

아까는 코베가 두렵기만 했다. 또다시 놈과 눈이 마주치면 어떻게 처신을 해야 할까 고민까지 했다. 하지만 검을 잡은 이후에는 이상하게도 그런 근심이 완전히 사라졌다.

코베는 '아이스 빔'을 시전하고 있었지만 이번만큼은 몸이 얼지 않았다. 생각도 제대로 할 수 있었고, 억지로 어깨를 펴지 않아도 당당하게 서 있을 수 있었다.

나는 내 검을 유심히 바라봤다.

'생각보다 괜찮은 검인데?'

검이 좋은 건지, 아니면 내가 5분 동안 엄청난 성장을 보여서 더 이상 코베에게 주눅 들지 않게 된 건지는 몰라도 이 검, 상당히 마음에 들었다.

쥐고 있으면 마음이 편안해진다고나 할까? 이전에는 찾아보기 힘들던 여유마저 생긴다.

"코베, 무슨 일이냐?"

앞줄에서부터 학생들을 봐주고 있던 뻣뻣대마왕이 다가왔다. 코베의 '아이스 빔'도 이겨냈는데 뻣뻣대마왕도 두렵지 않았다.

“이놈이 갑자기 미친 듯이 검을 휘둘렀습니다. 그래서 저는 단순히 막았을 뿐입니다.”

“…….”

나는 잠시 말문이 막혔다. 완전히 틀린 말을 한 건 아니지만 놈의 말은 마치 ‘이놈이 갑자기 미친 듯이 검을 저에게 휘둘러서 막았을 뿐입니다’ 로 들렸다. 정말 간사한 놈이었다.

“난 그냥 검을 적절한 힘으로 쥐었는지 이리저리 휘둘러 봤을 뿐인데, 음흉대마… 아니, 코베가 발광했을 뿐이야.”

나는 최대한 억울하다는 표정을 지어 보였다. 당연히 코베의 창백한 얼굴이 새빨갛게 달아오르며 무시무시한 눈빛으로 나를 노려봤지만 조금도 무섭지 않았다.

“왜, 맞잖아?”

나는 그에게 미소를 띠어 보였다. 놈을 비웃는 게 역력히 드러날 수 있게.

“이게 지금 조교를 놀리나!”

그때였다. 코베의 몸이 살짝 흔들린다는 생각이 듦과 동시에 놈이 사라졌다. 그 사실을 입 밖으로 꺼내기도 전에 나는 손끝에서 강한 반발을 경험해야 했다.

캉!

코베가 나를 향해 검을 휘두른 것이었다. 나는 전혀 그럴 의도가 없었지만 이상하게도 나는 그의 검을 막고 있었다. 그의 움직임을 조금도 볼 수 없었고, 언제 검을 휘둘렀는지도 몰랐다.

또다시 나와 놈의 검에서 커다란 불꽃이 튀었다.

"멍청아, 죽을 뻔했잖아!"

코베는 내 말에는 아랑곳하지 않고 뻣뻣대마왕을 노려보고 있었다. 항상 주인한테 충실한 애완동물인 코베가 뻣뻣대마왕을 노려보는 모습에 나도 조금 놀랐다.

"왜 막으셨습니까?!"

코베가 씩씩거리며 외쳤다. 놈이 이렇게까지 흥분한 건 처음 봤다. 창백한 얼굴에 스산한 분위기의 놈이라 이렇게까지 흥분하리라고는 생각해 본 적이 없었다. 아까처럼 극도로 음흉하면 모를까.

"야, 코베! 너, 눈이 뒤통수에 달렸냐? 내가 네놈의 검을 막았잖아!"

분명히 내가 막았다. 그런데 왜 애꿎은 뻣뻣대마왕에게 따지는지 모르겠다.

코베는 나의 말을 듣자 코웃음을 쳤다.

"네가 내 검을 막았다고 생각하고 있냐? 으흐흐, 이거 우스워 죽겠군. 네가 아직도 멀쩡한 이유는 라이오넬 교수님이 내 검을 흘리셨기 때문이지 네가 막아서가 아니다. 내 검을 보기나 했냐?"

놈의 비아냥을 들으면서 나는 얼굴이 점점 붉어지는 걸 느꼈다.

그렇다면 날 살려준 건 뻣뻣대마왕? 아니, 그것보다도……

"너 지금 날 죽이려고 했냐?"

나는 코베를 향해 검을 겨누었다. 감히 나를 죽이려고 하다니!

그때 뻣뻣대마왕이 나섰다.

"그 검, 치우지 않으면 후회하게 될 것이다."

조금도 흔들리지 않는 눈동자로 나를 노려보는 뻣뻣대마왕. 코베의 '아이스 빔'은 조금도 먹히지 않았는데, 원조 '아이스 빔'과 마주하게 되자 나는 다시 온몸이 굳었다. 사고 기능 역시 멈추었고, 일 초가 일 분으로 느껴지는 그런 시간이 지속되고 있었다.

결국 난 벌벌 떨리는 손으로 검을 내렸다.

그러자 뻣뻣대마왕은 '아이스 빔'의 방향을 코베에게로 선회했다. 새빨갛게 달아오른 얼굴에서 다시 창백해지다 못해 핼쑥해진 모습을 보니까 웃음이 나온다. 뻣뻣대마왕의 뒤에 서서 나는 코베에게 혀를 쏙 내밀었다. 다시 새빨갛게 될 기미가 있기는 했지만 놈은 여전히 '아이스 빔'의 영향을 받고 있었다.

나는 놈을 보며 안타깝다는 감정이 묻어 나오게 혀를 찼다. 놈이 정말로 약이 올라 죽으려고 한다.

"코베, 이런 행동은 용납되지 않는다. 미성숙한 학생을 상대로 검을 휘두르면 이 학교에서 어떻게 처벌하는지 잘 알고 있겠지?"

뺏뺏대마왕의 말에 한기가 느껴졌다. 그 처벌이 무엇인지는 몰라도 그 말을 들은 코베가 움찔거리며 온몸을 벌벌 떠는 걸 보면 보통 살벌한 처벌이 아닌 모양이다.

'제발 보여줘!'

나는 속으로 되뇌었다. 뺏뺏대마왕은 그 처벌을 지금 코베에게 할 기세였다. 모르긴 해도 팔을 베거나 다리를 절단하거나, 쇠 조각이 끝에 달린 채찍으로 놈의 등을 사정없이 내려치는… 그런 흐뭇한(?) 체벌일 텐데.

"꿀꺽."

나도 모르게 기대감에 부풀어 올라 버렸다. 나는 뺏뺏대마왕의 아름다운 손을 유심히 바라봤다. 그의 동작 하나하나를 눈에 담아두고 싶었다.

"앞으론 조심하도록."

"……."

나는 내 귀를 의심했다.

그리고 유유히 다시 제자리로 돌아가는 뺏뺏대마왕의 뒷

모습을 담고 있는 눈을 의심했다.

"그걸로 다야? 그 '어떤 체벌'을 안 내려? 아신 가의 자제를 죽일 뻔했는데 놈의 모가지를 안 치냐고!"

그때 갑자기 그가 뒤를 돌아봤다. 물론 그에게 하는 말이었지만 이렇게 갑자기 반응할 줄은 몰랐다.

"지금 수업을 방해하는 건가?"

"꼭 그런 건 아니고……."

말을 해도 꼭 저런 식으로 해야 되나? 나도 모르게 위축된다. 이 검만 들고 다니면 '아이스 빔'을 모두 튕겨낼 수 있을 줄 알았는데, '아이스 빔'에도 원조가 있고 모방품이 있는 모양이다.

이번에도 수업을 방해하면 뭐라고 했더라……. 그래, 20바퀴라고 했지? 또 20바퀴를 돌면 죽어버릴지도 모른다. 괜히 대들어봐야 내 손해인 건 잘 알고 있다.

하지만 그래도 할 말은 해야겠다. 내가 언제부터 남의 눈치를 봐가면서 이 말 저 말 가려서 했는지…….

"학생이 궁금한 게 있으면 대답해 줘야 하는 거 아니야?"

나는 목소리를 높였다. 놈 앞에서 주눅 드는 것도 신물이 난다.

"그러니까 지금 학생으로서 나한테 물었으니 나는 교수로서 답을 하라는 건가?"

어째 뻣뻣대마왕의 목소리가 점점 무거워지는 느낌이 들었다. '괜히 대들었나?' 하는 생각도 들고. 어느새 흘린 식은 땀으로 이마가 젖어 있었다.

"그 질문이 이 수업과 관련이 있나? 오로지 수업에 관련된 질문만 대답해 주겠다."

"……."

'그딴 게 어디 있어? 이 몸이 물으면 넌 바로 대답하는 거다!' 라는 말이 속에서 메아리치지만, 원조 '아이스 빔' 은 그걸 용납하지 않았다.

"그래도 대답은 해주겠다. 네가 죽었나?"

"뭐?"

"네가 죽었냐는 말이다."

"……."

나는 잠시 뻣뻣대마왕의 눈을 똑바로 쳐다봤다. 눈동자가 조금도 움직이지 않는 게 그의 공포 분위기를 증폭시켜 주고 있었다.

"아무런 피해가 없었다. 코베의 목숨을 취하기 위해서는 그만한 명분이 있어야 한다. 예를 들자면, 코베가 너를 우연히 죽여서 억울하기는 하겠지만, 자신이 저지른 어처구니없는 '실수' 에 대한 대가를 치러야지. 이렇게 인과가 있어야 그에 대한 응보가 따른다. 내가 코베를 처벌하는 모습을 보고 싶다면 먼저 네 목을 가져오도록."

"……."

잠시 몸이 얼어붙었다. 물론 '아이스 빔'이 시전되고 있는 상황이었지만, 그의 '믿을 수 없을 정도로 건방지고 주제를 넘어선' 발언에 또다시 얼었다.

"코베가 나를 죽였으면 그건 '우연히 실수로' 죽인 거고, 그에 대한 대가로 죽음을 맞이하면 '억울'한 거냐? 만약 누가 내 몸에 피 한 방울이라도 내면 그날로 아신 가의 기사단이 이 요하네스를 쑥대밭으로 만들 거다!"

나한테 이딴 식으로 말하다니…….

온몸이 분노로 부들부들 떨렸다. 안하무인이라는 건 알았지만 이 정도로 경우가 없는 줄은 몰랐다. 요하네스의 학생들은 물론 교수까지도 기품과 개념이 없는 줄은 꿈에도 몰랐다.

"그래서 불만이 있다는 건가?"

"……."

뜨겁게 달아오른 머릿속이 그 한마디에 차갑게 식었다. 뻣뻣대마왕은 항상 진지하다. 조금도 비집고 올라갈 틈을 내어 주지 않았고, 아무리 고귀한 나라도 함부로 대하는 데 망설이지 않는다. 만약 모든 교수들이 이놈 같다면 앞으로의 십 년은 백만 년처럼 느껴질 것이다.

"됐어. 멍청한 평민 놈이 실수한 거니까 내가 용서해 주겠어."

상류층은 언제나 당당해야 한다. 몸은 놈의 기운에 덜덜 떨고 있지만, 항상 고개를 바로 들고 눈을 바로 마주 봐야 한다.

평민들은 백 번을 죽었다 깨어나도 이해하지 못할 나만의 자존심이었다.

코베가 날 무시무시하게 노려본다.

나는 그런 코베를 내려다보며 작게 웃어줬다. 마치 놈을 군림하고 있는 입장인 것처럼. 언젠가는 깨닫겠지, 나의 고귀함과 놈의 비천함을.

"……."

주위의 시선이 느껴진다, 경멸의 시선이. 그 누구도 나를 우러러보고 있지 않았다. 이 더러운 느낌을 떨쳐 버리고 싶은데 그게 쉽지 않다. 많이 받아본 시선. 가문에서 생활할 때 하인들이 나를 이렇게 쳐다봤고, 가끔 외출을 나갈 때 평민들이 날 이렇게 쳐다봤다.

평민들.

나는 그들을 '나의 고귀함을 이해하지 못하는 멍청한 놈들'이라고 오래전에 판정했다. 지금도 물론 그렇게 생각한다.

하지만 마음이 무겁다. 옆에서 나를 실망한 듯이 쳐다보는 넓적얼굴의 시선에, 그리고 내가 그들을 쳐다보듯 그들이 나를 쳐다보는 시선에.

혼자 남겨진 기분이다.

"주목."

이 시건방지기 짝이 없는 분위기를 깬 건 뻣뻣대마왕이었다. 놈의 말 어딘가에는 상대를 한번에 집중시키는 건 물론 그의 페이스에 말려들게 하는 신비한 힘이 있다. 괜히 대마왕이 아니었다.

"무엇을 하든 가장 중요한 건 기초다. 기초 없이는 그 어떤 고급 기술도 제 힘을 발휘하지 못한다. 오늘 내가 가르칠 건 베기. 내가 하는 그대로 따라 할 수 있도록 노력해라."

사르르.

뻣뻣대마왕의 새까만 검이 검집에서 미끄러져 나왔다. 단순한 동작이었는 데도 사람의 시선을 끄는 마력이 깃들어 있었다.

'역시 마왕이야, 마왕.'

나는 고개를 세차게 저어 정신을 차리려 했다.

하지만 이어진 놈의 베기에 다시 정신을 빼앗겼다.

단순한 동작이다. 왼쪽에서 오른쪽으로 느리지도 빠르지도 않게 검을 휘두른다. 놀라운 점은 검에 떨림이 전혀 없고, 자세도 깔끔하다는 느낌을 준다. 검술을 잘 아는 내가 아니지만 단순한 동작임에도 불구하고 놈이 하니까 가슴이 설렐 정도로 멋지다. 쉽게 따라 할 수 있는 동작이지만, 놈처럼 특별하게 보이도록 하는 건 절대 쉽지 않다. 그 정도는 나도 알고 있다.

'아니야! 그냥 놈이 요사스러운 거야!'

인정할 수 없었다. 모나크나 베네하임의 교수가 아닌 놈을 인정할 수 없었다. 겨우 이 쓰레기 같은 요하네스의 교수가 고귀한 나를 놀라게 했다는 사실을 받아들일 수 없었다.

"……!"

놈의 베기는 점점 빨라졌다. 계속해서 빨라지더니 결국에는 그의 검이 여러 개로 늘어났다. 여전히 검은 검로에서 벗어나지 않았고, 아무런 떨림도 없었다.

'검이 좋은 건가?'

뻣뻣대마왕 주제에 저런 실력이 있다고는 생각할 수 없었다. 아니, 분명히 내 눈이 착시 현상을 일으키고 있는 것이리라.

"기초도 이렇게 응용될 수 있다. 이제부터 베기를 연습하도록 하겠다. 지금부터 시작하도록."

항상 명령조다.

평민들은 놈이 보여준 '사기'를 보고 감동먹었는지 신이 나 검을 휘두르기 시작했다. 물론 모두 하나같이 어설펐다. 검이 이상하게 흔들리기도 하고, 일직선이 아니라 아주 원을 그리는 놈들이 있는가 하면, 팔 자를 그리는 놈도 적지 않았다.

"쯧쯧, 역시 평민들."

핏줄은 못 속인다. 어떻게 팔하고 손이 따로 노는지 이해가 가지 않는다.

"그럼 넌 잘하냐!"

안 그래도 자기 생각대로 휘둘러지지 않아서 짜증이 났는지 뱁새눈이 소리를 꽥 질러댔다. 그 가는 눈으로 내가 보이기는 하는 건지 참으로 의심스럽다.

"지금 나를 의심하는 거냐? 나참, 어이가 없어서. 눈 감고도 너보다는 잘하겠다. 일자를 그리랬지 언제 네모를 그리라고 했냐? 하하하!"

뱁새눈이 더 가늘어졌다. 아니, 감은 건가? 정확하게 구분하기 힘들다. 몸을 부르르 떨고 있는 뱁새눈에게서 따가운 시선이 느껴지기는 하는데, 그럼 눈을 뜨고 있다는 건가?

"그럼 너는 얼마나 잘하는지 좀 보자. 혼자 아무것도 안 하면서 욕하는 건 누구나 하겠다. 안 그래?"

뱁새눈이 주위 평민들을 부추겼다. 안 그래도 나를 고깝게 보는 놈들인데, 모두 뱁새눈의 말에 키득거리면서 나를 보고 있다.

나는 슬슬 긴장되기 시작했다.

아까 대충 휘둘러 보니까 어렵지는 않았는데, 그 꼴이 어떤지는 나도 확실치 않았다. 분명히 내가 하는 거니 멋지기는 할 텐데, 조금이라도 실수를 하면 분명 평민 놈들은 나를 비웃을 것이다.

더러운 평민들이 나를!

"왜 가만히 있어? 고귀한 네가 얼마나 잘하는지 보려고 이렇게 구경꾼들이 모였잖아. 우리 하찮은 평민들에게 가르침 좀 내려달라고. 아아, 맞다. 너는 입만 산 개망나니였던가?"

"킥킥킥."

"푸하하!"

평민들이 다시 나를 비웃는다. 처음에는 10여 명만 뱁새눈의 말에 신경을 쓰며 나를 바라보고 있었는데, 웃음소리가 커지자 어느덧 20여 명으로 늘어났다.

얼굴이 빨갛게 달아오른다.

이런 치욕은 절대로 참아낼 수 없다.

나는 검을 들었다.

"나를 비웃었냐?"

싸늘한 미소가 입에 저절로 걸렸다.

나는 뱁새눈을 향해 검을 한 번 휘둘렀다. 내 검이 조금 긴 편이었지만, 뱁새눈은 3m 정도 떨어져 있었기에 아무런 걱정도 하지 않고 있는 힘껏 휘둘렀다. 놈의 겁먹은 표정을 보고 싶었기 때문이다.

"컥!"

갑자기 뱁새눈이 얼굴을 두 손으로 감싼 채 바닥에 엎어졌다. 나는 놈의 행동을 이해할 수 없었다. 나한테 맞았다는 걸 보여주기 위해서인지, 아니면 그냥 갑자기 아파서 쓰러진 건지 구분할 수 없었다.

주위의 평민들이 뱁새눈에게 천천히 다가갔다.

물론 나는 멀리서 뱁새눈의 모습을 보며 혀를 찼다. 내 자세가 생각보다 멋지다는 걸 인정하기 싫어서 단순히 연기를 하고 있는 게 분명했다.

"꺄아아!"

갑자기 한 여자가 뱁새눈을 한 번 내려다보더니 골이 흔들릴 정도로 크게 소리를 질렀다. 그녀의 비명 소리와 함께 다른 이들의 시선도 뱁새눈에게 집중되었다. 그러니까 수업의 진행에 차질이 생겼고, 결국에는,

"무슨 일이지?"

뺏뺏대마왕의 관심까지 샀다. 앞에서 학생들의 자세를 일일이 봐주던 놈은 어느새 뒤로 와서 뱁새눈의 근처에 섰다.

뺏뺏대마왕의 질문에 평민들은 모두 나를 쳐다봤다.

나는 이 사태를 이해할 수 없었다.

나는 조심스럽게 뱁새눈의 주위를 둘러싸고 있는 무리를 뚫고 그에게 점점 다가가기 시작했다. 왜 이렇게 호들갑을 떠는지 나도 직접 봐야겠다.

한 걸음 한 걸음을 떼면서 조금씩 피어오르는 불안감. 나를 '찢어 죽일 듯이' 쳐다보는 평민들의 눈길이 어깨를 점점 무겁게 짓누르기 시작했다.

'왜?'

의문을 가지고 나는 뱁새눈을 내려봤다. 분명히 아무렇지도 않은 얼굴로 연기나 하고 있을 게 확실…….

"……!"

뱁새눈은 더 이상 얼굴을 가리고 있지 않았다. 지금도 확실하지는 않지만 분명히 눈이 감긴 채 의식을 잃은 상태였다. 그렇다고 단순히 내 검에 겁을 먹어 의식을 잃은 건 아니었다.

"왜 피, 피가 나?!"

나도 모르게 목소리가 높아졌다. 손이 조금씩 떨리기 시작했다.

뱁새눈은 얼굴을 알아보기 힘들 정도로 많은 피를 흘리고 있었다. 왼쪽 볼에서 코, 오른쪽 볼까지 그어진 상처에서 끊임없이 피가 쏟아지고 있었다.

　나를 향한 평민들의 눈에는 '살인자' 라고 쓰여 있었고, 뱁새눈을 애처롭게 내려다보고 있던 넓적얼굴은 그야말로 분노에 가득 차 있었다. 멍청하다고 여겨질 정도로 순진했던 놈이 나를!

　뿐만 아니라 뱁새눈을 지혈하기 시작한 뻣뻣대마왕 역시 나를 노려보고 있었다. 항상 똑같은 모습으로 노려보고 있기에 그가 무슨 생각을 하고 있는지 알 수 없었지만, 분명히 이 평민 놈들과 크게 다르지 않을 것이다.

　"내가 안 했어! 나, 난 단순히 검을 휘둘렀을 뿐이라고!"

　그때 뒤늦게 온 코베가 소리쳤다.

　"단순히 검을 휘둘러서 무방비 상태의 학생을 공격했겠지?"

　코베의 앙칼진 목소리에 신경 쓸 틈이 없었다. '이건 아닌데' 라고 외치고 싶었지만 점점 머리가 굳어 아무런 생각조차 나지 않는 단계에 이르게 되었다. 이 있을 수 없는 일에 대한 정확한 해명을 할 길이 없었기에 나는 평민들을 보면서 내 억울함만을 호소했다.

　"너희들도 봤잖아! 난 이놈과 꽤 멀리 떨어져 있었다고! 내 검이 놈한테 닿았을 리가 없잖아! 왜 말이 없어! 분명히 내가 한 게 아니라고!"

　무엇보다도 내가 휘두른 검은 살을 가른 느낌이 없었다. 그리고 상식적으로 내가 했을 리 없었다.

"그러니까 네가 휘둘렀을 때는 단순히 허공을 갈랐을 뿐이란 말이지?"

"그렇지!"

코베는 내 말에 미소를 짓고 있었다. 명백한 비웃음이었다.

"그리고 그때 우연히 저 학생의 얼굴에서 피가 쏟아졌고."

"그렇……."

"네가 생각해도 이상하지? 흐흐흐. 학생 간의 폭력은 이곳에서 어떻게 다루는지 알고 있나? 아니, 이건 살인미수라고 할 수 있겠군. 뭐, 잘됐네. 이제 네가 그토록 다니기 싫어하는 이 학교에서 벗어날 수 있을 테니까. 그런데 이 요하네스가 감옥보다 싫었나? 크흐흐흐."

"……."

어깨가 축 늘어졌다. 코베의 말에 반박하고 싶어도 할 수가 없다. 어떻게든 이 상황에 대한 적절한 이유를 대고 싶지만 뭘 해야 할지 모르겠다.

내 검이 뱁새눈에게 닿지 않았다는 걸 이 평민들 중 단 한 명만이라도 증명해 주면 이렇게 궁지에 몰릴 필요가 없을 텐데…….

더러운 평민들이 내 편을 들어줄 리 없지. 넓적얼굴마저 제정신을 차리지 못하고 있으니까.

"그 위험한 검은 이리 넘겨라. 살인미수를 저지른 놈에게 살인 도구를 지니게 할 수는 없다."

눈에 이채가 스쳐 가는 코베였다.

그때 코베의 뒤편에서 누군가의 음성이 들려왔다.

"잠깐만요."

모두의 시선이 그쪽으로 옮겨졌다. 나 역시 그쪽을 바라봤다. 물론 호기심에 의한 부분도 많겠지만 무엇보다도 듣기 좋은, 그러니까 미성인 목소리의 소유자를 보고 싶어 한 이유가 더 컸다.

짙은 붉은 머리의 그녀였다. 얼굴이 유난히 작고 다리는 긴, 꽤나 이상적인 몸매의 소유자. 나는 그렇게 보고 싶던 그녀의 얼굴을 직접 확인할 수 있었다.

"……."

그야말로 숨막히는 미모였다. 고운 눈매, 큰 눈, 그 안에서 보석처럼 반짝이는 영롱한 연녹색의 눈동자, 작고 앙증맞은 코, 그리고 우아한 입술. 따로따로 놓는 것보다 함께 있을 때 완벽한 균형을 이루는 얼굴은 예술 조각이었다.

정신을 차리고 보니 주위의 더러운 평민들이 침을 질질 흘리고 있는 장면이 보인다. 무엇보다도 역겨운 건 코베가 '욕

망'에 불타오른 얼굴을 하고 있다는 것. 그냥 생긴 것도 역겨운데 어떻게 저렇게 역겨움의 극치의 얼굴을 할 수 있을까?

"분명히 검이 안 닿았어요."

또각또각.

그녀는 천천히 모두의 시선을 받으며 유유히 걸어오고 있었다. 뻣뻣대마왕의 검술에 독특한 마력이 있었다면, 이 여자는 몸 전체에 그런 마력을 뿜어내고 있었다. 마음에 드는 평민이다.

"그게 무슨 말이냐?"

붉게 상기된 코베의 얼굴은 여전히 역겨웠다. 마음 같아서는 놈의 얼굴을 베어버리고 싶었다.

"다른 학생들도 봤어요. 분명히 닿지 않았는데 베어졌어요. 저 화려한 금발의 아이 때문에 일어난 일일지도 모르겠지만, 어쨌든 닿지 않았어요."

이 세상에서 가장 고귀하고 극상의 미를 지닌 크리스티안에서 '저 화려한 금발의 아이'로 물건처럼 지칭되는 나였다. 뭐라고 쏘아붙여 주려다가 그녀의 눈과 마주치니 속에서 들끓는 감정이 두루뭉술해졌다.

이 세상에서 가장 위험한 동물이 바로 여자라더니!

'뻣뻣대마왕보다 더 위험해!'

그때 뱁새눈의 응급조치를 모두 끝냈는지 뻣뻣대마왕이 자리에서 일어났다.

"코베, 이 학생을 의료원으로 데려가도록."

코베는 무엇인가를 말하려는 듯하다 뻣뻣대마왕과 눈이 한 번 마주치더니 묵묵히 고개를 끄덕였다. 코베가 뱁새눈을 데리고 연무장 밖으로 나가자 그때서야 입을 여는 뻣뻣대마왕이었다.

"확실한가?"

거두절미의 진수를 보여주는 뻣뻣대마왕의 말에 그녀는 기품있는 모습으로 고개를 천천히 끄덕였다. 정말 묘한 분위기의 평민이었다. 분명히 귀족은 아닌데 기품과 우아함을 지녔다.

뻣뻣대마왕은 주위의 평민들을 둘러봤다. 그들도 봤다는 말에 확인을 받기 위한 행동이었다. 뻣뻣대마왕의 '아이스 빔'을 경험한 평민들은 창백한 얼굴로 고개를 끄덕여 내 무죄를 증명했다. 시건방진 평민들. 진작에 '고귀한 크리스티 안님은 결백해요. 저희가 잘못한 거예요. 제발 저희를 처벌해 주세요' 라고 고개 숙여 뻣뻣대마왕에게 용서를 빌었어야지!

"크리스, 사실인가?"

"크리스티안이라고! 몇 번을 말해야겠……. 사실이야. 그

럼 내가 내 손으로 평민을 죽이려고 했겠어?'

중간에 놈의 싸늘한 눈빛에 한 번 움찔했지만, 지금 누명을 쓴 건 나였다. '어디서 나를 죄인마냥 심문하는 어조로 따지듯이 묻는 거냐' 라는 말은 '아이스 빔' 에 의해 증발되었다.

땡땡!

수업 끝을 알리는 종이 울렸다. 이 부담스럽기 그지없는 분위기를 깨주는 종소리. 주변에서 '어떻게 한 거야?' 라고 웅성거리고 있어 감당할 수 없는 분위기로 변질되는 걸 사전에 막아주었다.

'그런데 정말 어떻게 된 거지?

정말 우연히 내가 검을 휘둘렀을 때 놈의 살이 터져서 피가 쏟아졌다고 보기에는…….

'역시 그건 아닐 텐데.'

그렇다고 정말 내가 했다고 보기에도 힘들었다. 공기의 검에 피부가 갈라졌을까?

그때 넓적얼굴의 시선이 느껴졌다. 따갑기 그지없는 시선.

'죽지는 않았겠지?

나는 살인자가 아니다. 비록 파리 목숨만도 못한 평민 한 명이었지만 나는 절대 살인자가 아니었다.

온몸이 미세하게 떨린다. 정말 죽기라도 했으면…….

“이제 가도 되지?”

나는 뻣뻣대마왕을 쳐다봤다. 누명도 벗겨졌고, 수업도 끝났다. 피로 젖어 있는 이 연무장에 더 이상 남아 있기 싫었다.

“다음 수업으로 이동해라. 제3연무장에서 다음 교수가 기다릴 것이다.”

잠시 잊고 있었는데 쉬는 시간은 단 5분. 마음을 정리할 시간이 필요한데, 빌어먹을 학교. 내가 무슨 철인도 아니고…….

평민들은 모두 나를 한 번씩 쏘아보며 이동하고 있었다. 시건방진 평민들에게 뭐라고 욕을 해줄까 하다가 말았다. 그들의 눈에는 분노와 공포가 동시에 섞여 있었다. 그들의 눈을 보면 왠지 마음이 더 무거워진다.

“크리스, 너는 남아라.”

“…….”

나는 잠시 얼어붙었다.

보통 남으라고 하면 좋은 일일 수도 있지만 상대가 뻣뻣대마왕이라는 걸 감안하면…….

‘또 어떻게 괴롭히려고!’

분명히 안 좋은 일일 것이다.

“왜? 내 잘못이 아니라는 게 밝혀진 거 아니야?”

그 칭찬해 줄 만한 이기적인(?) 몸매의 소유자 덕분에 결국

이 일은 내 잘못이 아니라는 게 판명되었다. 내가 검을 휘둘렀고, 놈이 쓰러진 그사이의 과정이 미스테리로 남았지만 어쨌든 나에 의한 건 아니었다.

"닿지 않아도 상대를 벨 수 있는 방법은 있다."

"……."

나는 멍하니 뻣뻣대마왕을 쳐다봤다. 항상 그렇듯 포커페이스를 지키고 있어 무슨 생각을 하고 있는지 추측조차 할 수 없었다.

"그 생체 에너지인가 뭔가를 사용해서?"

대륙에서 검술의 대가로 인정받는 검사들이 그런 기술을 사용할 수 있다고 들었다. 아니, 생체 에너지의 조절에 조예가 깊은 견습생이라면 충분히 그런 기술을 사용할 수 있을 것이다.

하지만…….

"나는 네가 말하기 전까지는 생체 에너지가 뭔지도 몰랐는데 지금 내가 그런 걸 사용할 수 있다고 말하려는 거냐?"

뻣뻣대마왕의 눈에 이채가 스쳐 지나갔다.

"정말 그렇게 생각하는 거냐?"

뻣뻣대마왕은 한동안 아무런 말 없이 나를 노려보기만 했다. 나는 애써 자연스럽게 놈의 시선을 피했다.

"네가 어떻게 했든 너에 의해 학생이 치명상을 입었다. 그

학생의 얼굴에는 평생 네가 준 흉터가 남겠지. 오후 8시 30분, 다시 여기로 와라."

"왜?"

"잘못을 저질렀으면 벌을 받는다. 학생의 의무다."

"내가 했다는 증거가 없잖아! 증거를 가져오면 내가 네놈한테 친히 벌을 받아줄게. 증거가 없으면 그냥 가겠어."

나는 놈이 나를 부르기 전에 현장에서 사라지려고 최대한 빠르게 발을 놀렸다.

"윽."

안타깝게도 연무장을 채 벗어나기 전에 놈에게 뒷목이 잡혔다.

"뭐 하는 짓이야!"

"나도 알고 있고 너도 알고 있다. 분명히 네 탓이다. 나와 너뿐만 아니라 네가 하찮게 여기는 이 모든 학생들도 알고 있다. 단지 어떻게 했는지 모를 뿐이지. 만약 네가 이 일에 대해 아무런 벌을 받지 않으면 다른 학생들이 너를 어떻게 생각할 것 같나?"

"그야 결백하니까 아무런 벌을 안 받는구나. 역시 정의는 살아 있다, 이 정도? 아아, 그리고 이 몸의 고귀함도 조금이나마 깨달을지 모르겠군. 그리고……."

한층 강렬해지는 '아이스 빔'에 나는 입을 다물었다. 대답을 다 듣지 않을 거면 도대체 왜 묻는 건지.

"내 대신에 그들이 벌을 내리려 하겠지."

"푸하하! 그걸 지금 말이라고 하는 거야? 겨우 평민들이 나를? 아신 가의 크리스티안을?"

나는 크게 웃었다. 뻣뻣대마왕이 농담을 할 줄은 꿈에도 몰랐다.

"……."

한참을 웃다가 결국 나는 멈출 수밖에 없었다. 뻣뻣대마왕의 눈빛이 평민들이 방금 나를 스쳐 지나갈 때 봤던 눈빛을 떠올리게 했다. 원망의 눈빛으로, 경멸의 눈빛으로 한 명씩 스쳐 지나갔다.

"학생의 의무를 저버리겠다면 벌을 받지 않아도 된다."

"정말?"

나는 의심이 가득 찬 눈빛으로 뻣뻣대마왕을 노려봤다. 어차피 나를 아무런 벌 없이 보낼 거였으면 이렇게 붙잡았을 리 없다. 분명히 무슨 꿍꿍이가 있는 건데…….

"물론 네가 학생의 의무를 다하지 않겠다면 남는 건 노예로서의 의무밖에 없지. 시설이 열악해서 화장실 물이 막혔다고 하더군."

"8시 30분?"

"1분이라도 늦으면 벌을 수행하는 시간은 배로 늘어난다."

"......"

교수라는 놈이 어떻게 용서와 자비를 등지고 사는지.

뻣뻣대마왕과의 방과 후 만남.

벌써부터 온몸에 전율이 흐른다.

11

다음 오후 수업은 코베가 담당했다. 조교 주제에 수업을 담당하다니……. 코베의 따가운 시선을 받으면서 우리 그룹은 기본적인 자세를 연습했다. 물론 그래 봐야 발꿈치를 들고 두 시간을 버티는 일이었다. 머리에 든 게 없어서 가르칠 게 어지간히도 없었던 모양이다.

말로는 '갑자기 빠른 움직임과 빠른 방향의 조절'을 위한 훈련이라고는 하지만, 나한테는 '특별히 관심이 많아서' 그 상태로 점프를 시켰다. 허벅지의 근육 강화라는 번드르르한 말을 하기는 했지만, 놈의 음흉하게 반짝이는 눈빛을 봐서는 단순히 나를 괴롭히기 위한 짓이었다.

저녁은 먹으러 가지도 않았다. 음식은 당연히 개밥이겠지만 평민들의 시선이 부담스러웠다. 말 그대로 '찢어 죽일' 듯이 바라보는 데 나도 모르게 몸이 움츠러들었다. 빌어먹을 평민들.

저녁 시간이 끝나는 6시 40분이 되자 눈꺼풀이 점점 무거워지기 시작했다. 평소에는 활력이 넘치기 시작하는 시간이었지만, 오늘은 이상하게도 그 반대의 현상이 일어나고 있었다.

'연무장을 그렇게 많이 돌았으니까!

당연했다. 평소에 이렇게 오랫동안 땀을 빼본 적이 없었다. 아직도 코베의 시간에 수련했던 발이 저리고 종아리가 끊어질 것만 같았다.

육체적으로도 피로했지만, 이것저것 하찮은 평민들 때문에 심력의 소모가 컸다.

저녁 수업은 취소되었다. 강의실에 쪽지가 하나 남겨 있었는데, '오늘은 피곤해서 쉬고 싶어요' 라고 쓰여 있었다. 그렇다. 도대체 어떤 종류의 교수인지는 몰라도 책임감이라고는 눈곱만큼도 없는 놈이다. 물론 쉴 수 있게 되어 좋기는 했다.

그 이후에는…….

"아슬아슬했군."

깜빡 졸다가 하마터면 늦을 뻔했다. 뻣뻣대마왕은 몸을 꼿꼿하게 세운 채 나를 노려보고 있었다. 또 늦었으면 '20바퀴다' 라고 말하며 날 괴롭혔겠지.

"검은 들고 왔겠지?"

"……."

나는 멍하니 뻣뻣대마왕을 노려봤다. 이거 지금 나를 괴롭히려고 작정한 건가?

"가져오라고도 안 했잖아!"

나는 '그래? 그럼 20바퀴'라는 말이 귓속을 맴돌고 있다는 착각이 들었다. 혹은 '당장 뛰어갔다 와라. 5분 이상 걸리면 20바퀴'라는 환청이 들리기도 했다.

이 뻣뻣대마왕에 대한 막연한 불안감은 이곳을 졸업하고 나서도 영원히 사라지지 않으리라고 확신했다. 이 악몽 같은 놈.

"이걸 써라."

나도 모르게 몸이 움찔거렸다. 저절로 20바퀴를 뛰려는 자세를 잡고 있었다. 달리기 폼을 잡고 있는 나를 멍청이처럼 보고 있는 뻣뻣대마왕의 표정을 보고 나서야 내게 내려질 벌칙이 단순 무식한 뛰기라는 게 아니라는 사실을 깨달았다.

뻣뻣대마왕은 나에게 검을 내밀었다. 그놈의 검이었다. 해가 져서 그런지 놈의 검은 거의 보이지 않았다. 옆으로 살짝 틀 때 빛을 반짝여야만 대충 윤곽이 잡혔다.

"이 치사한 놈, 실력이 부족하니까 이렇게 안 보이는 검을 쓰는 거지?"

내가 쥐고 있지 않았다면 정말로 코앞에 검이 있는지조차 몰랐을 것이다.

"……."

당연히 뻣뻣대마왕은 특유의 '아이스 빔'을 쏘아대었다.

"이 무거운 걸로 뭘 하라는 말이야?"

놈의 검은 무거운 축에 속했다. 대검이기는커녕 그냥 평범한 길이와 넓이의 검이었는데 상당히 묵직한 느낌이 들었다. 역시나 들어보니 팔이 부들부들 떨린다. 정말 무식할 정도로 무거운 검이었다.

"휘둘러 봐라."

"……."

나는 잠시 말문이 막혔다.

"들고 있는 것만으로도 힘들어 죽겠는데 이 무식한 걸 어떻게 휘둘러? 내가 평민들처럼 막노동을 해서 먹고살았는 줄 알아? 이 고귀한 손은 가녀린 여인들의 손을 붙잡고 춤을 출 때나 사용하는 거라고!"

실제로 내 싸구려 검은 아무렇게나 휘둘러도 시원하게 놀릴 수 있었는데, 이 무식한 검은 일직 선상으로도 휘두를 수가 없었다. 그 단순한 베기도 할 수가 없었다.

"흐음."

뻣뻣대마왕은 갑자기 턱을 괴더니 고민하는 표정을 지었

다. 내 명석한 머리로 추측을 해보자면, '이걸로 충분히 괴롭힐 수 있을까?' 라고 생각하고 있는 게 분명했다. 이 무거운 걸로 뭘 시키려는 건지는 몰라도 분명히 내 고귀한 몸을 혹사시키는 것이겠지.

"한 번이라도 제대로 휘두르면 그냥 보내주겠다."

"……!"

나는 정말 있는 힘껏 검을 왼쪽에서 오른쪽으로 휘두르려고 노력했다. 앞을 겨누기만 했는데 벌써부터 이마에 땀방울이 맺히고 팔이 결린다.

정말 머리가 멍해진다는 느낌을 받을 정도로 온 힘을 쏟아 검을 휘둘렀다. 정작 휘두르고 나니 일자가 아닌 반원에 가까운 곡선을 그렸다는 느낌이 들었지만, 일단 이 무식한 걸 휘두른 게 어딘가.

"자아, 어때! 완벽하지? 그럼 나는 이제 갈게."

나는 그야말로 발에 불이 날 정도로 빠르게 달려가려고 발을 뗐다.

"윽."

물론 차가운 손길이 내 뒷목에 닿지 않았으면 이미 성안에 들어가고도 남았다. 밤에 요기를 뿜어내는 성 밖에 있고 싶은 마음은 조금도 없었다. 그것도 뻣뻣대마왕과 함께는 더더욱.

"제대로 휘두르면 기회를 더 주겠다. 단 한 번이라도 제대로 휘두르면 들어가도 상관없다."

놈의 말을 듣고 다시 힘을 짜내어 검을 휘두르려고 했지만 그게 용이치 않았다. 이미 모든 힘을 아까 다 썼다. 그런데 어떻게 또 휘두르라는 건지. 아니, 무엇보다도…….

"도대체 원하는 게 뭔데?"

분명히 뻣뻣대마왕은 꿍꿍이가 있어서 나를 이 야밤에 불렀다. 항상 그렇듯 뭔가 골려줄 게 있거나 아니면 자신만의 용건이 있을 때만 나를 찾는데, 이번에도 그 두 가지 중 하나의 이유로 나를 불러낸 게 분명하다 못해 진리였다. 겨우 '평민에 대한 살인미수죄'로 나를 체벌하기 위해 불러냈다고 보기에는 내가 너무도 대단한 인물이라고나 할까?

내 말을 듣기나 한 건지 뻣뻣대마왕은 계속해서 나를 노려보고 있었다. 머리에서 발끝까지 훑어보는 것은 물론 내 팔 근육과 허벅지 근육을 눌러보기까지 했다. 내 화려한 금발 속을 헤집어보기도 했고, 입을 벌리게 하여 그 안을 들여다보기도 했다.

"내 나이스한 바디에 왜 이렇게 관심이 많은 건데?"

뻣뻣대마왕의 눈빛이 꽤나 부담스럽다. 항상 그렇지만 너무 진지하게 바라보니까 조금 부끄럽기도 하다.

갑자기 등골이 서늘해지는 느낌을 받았다.

"너도 산토리처럼 내 몸에 관심이 있는 거냐!"

곤충의 소리도 들리지 않는 이 요하네스의 밤에 내 외침이 울려 퍼졌다. 물론 남들이 시끄럽게 여기든 말든 나야 별 상관 없었다. 대신 상관있는 건 바로 내 고귀한 몸의 순결. 아직 그 어떤 아리따운 여인에게도 내주지 않았거늘 눈앞의 사내(!)에게는 절대로…….

"뭔 소리냐? 네 몸을 자세히 보는 건 오후에 네 비상식적인 힘의 근원을 찾기 위해서다. 나를 또다시 그런 눈으로 쳐다보면 죽여 버린다."

'호오!'

나는 뻣뻣대마왕의 반응을 재밌게 지켜봤다. 뻣뻣대마왕에게도 약점이 있었던 모양이다. 지금까지 항상 뻣뻣하게 굴더니 이런 식으로 찌르니까 흥분해서 목소리가 커지기도 한다. 나름대로 귀여운 구석이 있군.

'저번에도 이런 식의 대화가 있었는데?

어제 놈이 노예 문서를 처음 꺼냈을 때 아마 내가 산토리와 놈을 동격으로 놨었다. 그때는 이렇게까지 발광하지 않았는데 지금은 왜 이렇게 강하게 부정하지?

문득 오래된 격언이 떠오른다. 강한 부정은 강한 긍정이라고 했던가. 어제는 대수롭지 않게 넘겨 버린 건 정말로 그 일을 대수롭지 않게 생각해서였고, 오늘 이 일을 꽤나 강하게 반발하는 건 그만큼 강하게 긍정하고 있기…….

"……!"

갑자기 몸이 움츠러들었다. 절대로 '아이스 빔'과 관련이 되어 있는 게 아니었다. 이건 아름다운 순결을 지키고자 하는 본능이었다.

내가 놈을 의심스럽게 쳐다보기 시작하자 뻣뻣대마왕도 그 눈빛을 읽은 모양인지 헛기침을 몇 번 하고는 다시 얼굴을 굳혔다. 그러니까 평소의 포커페이스를 되찾았다는 말이다.

"20바퀴로 가볍게 시작한다."

"왜 뜬금없이 달리기를 하라는 거야?"

"시끄럽다. 돌아라. 살인미수는 쉽게 지워지는 죄가 아니다."

"아니! 지금까지는 이 무식한 검을 주고 휘둘러 보라고 하다가 내 나이스한 바디를 보고 침을 흘리지를 않나, 갑자기 왜 또 이 야밤에 20바퀴를 뛰라는 거야! 잘하면 오늘 100바퀴를 채우겠네."

"침을 흘렸다고 했나, 지금? 40바퀴로 가볍게 시작한다."

"……."

살 떨리게 하는 불안감이 모락모락 피어오르기 시작했다.

"보통 일에는 시작과 중간, 그리고 끝이 있잖아. 그리고 시작이 가장 짧고 중간이 가장 길고, 그 다음 끝은 짧고. 지금 그런 시작을 말하는 건 아니겠지?"

식은땀으로 샤워를 하는 기분이다.

뻣뻣대마왕의 입꼬리가 아주 살짝 말려 올라갔다.

"시작에도 발단과 문제 제기가 있고, 중간에는 보통 위기, 절정이 내포되어 있고, 끝에는 총정리와 결론이 있지. 너는 지금 그 시작의 발단 부분에 와 있는 거다."

"노, 농담하는 거지?"

"내가 농담하는 거 봤나?"

"……."

나는 잠시 머뭇거렸다. 정말 농담이기를 바라는 마음이 컸다. 최대한 불쌍한 표정을 지어 보이면 의외로 마음이 여린 뻣뻣대마왕이 봐줄 거라는 계산도 조금 있었다.

"1분만 더 지체하면 구간 반복을 할 가능성이 높아진다."

"구간 반복?"

뻣뻣대마왕의 입꼬리가 조금 더 올라가는 착시 현상을 경험했다.

"시작에서 중간을 또 한 번 반복하는 거다. 그 횟수가 늘어날 수도 있고, 중간에서 끝을 반복할 수도 있으며, 시작에서 중간을 반복하고 나서 그 사이에 중간에서 끝을 반복하여 끼

워 넣은 다음 다시 시작에서 끝을 이어 붙일 수도 있다. 이게
바로 구간 반복의 묘미라고 할 수 있지."

"……."

그러니까 요약하자면, 죽을 때까지 고생하다가 다시 환생
해서 다시 죽은 다음에 백만 번째 환생하고도 죽어라, 이 말
이다.

"1분이 되기 10초 전."

"이놈아, 간다고, 가!"

나는 황급히 뛰기 시작했다. 40바퀴. 이걸로도 날 죽이기
에는 충분하다. 그런데 이게 시작의 발단이라고? 구간 반복
도 할 수 있다고?

다른 사람이 말했으면 농담으로 치부할 수도 있는데 나는
지금 **뻣뻣대마왕**에게 벌을 받고 있었다.

아주 기나긴 밤이 될 거라는 불안감이 점점 크게 싹트고 있
었다.

"하아! 아신 가의 크리스티안 줄리어스 아신. 이제는 노예
전락 일 초 전, 평민의 우리 속에 갇혀 있는 크리스가 되어버
렸구나."

벌써 종아리에 쥐가 나려 한다. 쥐가 나면 이제 그만 돌라
고 하지 않을까?

기분 좋은 추측에 웃음이 새어 나왔다.

“…….”

그때 뺏뺏대마왕의 얼굴이 뇌리를 스쳐 지나갔다. 내가 쥐가 나서 쓰러진 장면을 이어 뺏뺏대마왕이 바로 달려와 쥐를 풀어주고 나서 '달리기는 연속으로 해야 효과가 있는 법. 다시 40바퀴를 돌아라'라고 말하는 장면이 머릿속을 가득 채웠다.

'지옥이야, 지옥.'

더 이상의 묘사가 필요없었다.

내가 방에 돌아온 시각은 12시. 그 독한 놈이 정말로 40바퀴를 돌린 다음에 코베와 했던 그 뒤꿈치 들기 수련을 한 시간 내내 시켰고, 그 이후에는 팔굽혀펴기를 연속으로 100회를 시키고 나서 윗몸 일으키기 200회, 마지막으로 정리 운동이랍시고 20바퀴를 더 돌게 했다. 중간에 쉬려는 생각만 해도 귀신같이 알아차리고는 팔굽혀펴기 20번을 추가로 시켰다.

방에 들어오자마자 나는 녹초가 되어 퀴퀴한 냄새가 나든 말든 침대에 몸을 파묻었다. 생각하기는 싫었지만 내일 아침의 몸 상태를 조심스럽게 추측해 보자면, 분명히 코베가 뿌듯해할 정도로 엉망이겠지.

겨우 입학하고 나서의 첫날이 지나갔다.

10년에서 겨우 하루를 채웠다는 말이다.

'앞으로 9년하고도 355일을 어떻게 채워?!'

소리를 버럭 지르고 싶었지만 이미 잠이 반쯤 들었다. 이렇
게 눕자마자 잠이 올 줄 누가 알았을까.

아아……!

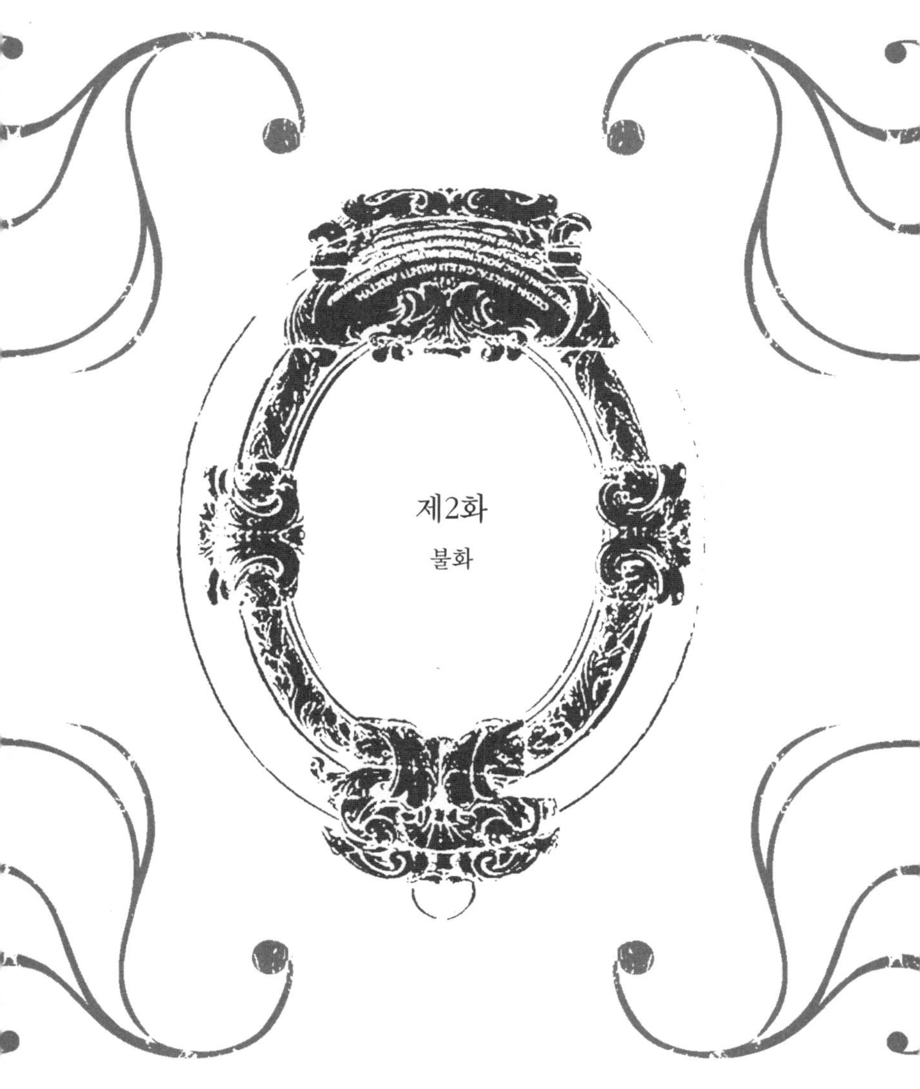

제2화
불화

시간이 무섭게 지나갔다. 물론 몸이 편할 날은 단 하루도 없었다. 원수처럼 노려보는 평민들 덕에 마음 역시 무거운 나날들이었다. 신입생이 되어 공통으로 이수하는 3개월간의 과정은 햄스터를 쳇바퀴에 돌리는 것이나 다름없었다. 불평을 조금만 해도 평민들은 물론 뻣뻣대마왕이 살벌하게 노려봤고, 코베는 호시탐탐 내가 눈 밖에 나기를 기다리고 있었다.

조금이라도 잘못하면 분명히 놈이 나를 해코지하려 들 것이다.

여전히 개밥만도 못한 음식에 내 고귀한 얼굴은 야위어갔
고, 뻣뻣대마왕의 집중적인 괴롭힘에 여러 가지로 견디기 힘
들어지고 있었다.

내가 이 요하네스를 견뎌낼 수 있는 힘을 주는 건 한 교수
에 의해서였다. 뻣뻣대마왕과는 달리 나의 가치를 당연하게
받아들이는 단 한 명의 교수. 저녁 수업을 담당하는 이 교수
의 이름은 발레키라고 한다. 성을 쓰지 않기 때문에 하찮은
평민들은 그냥 발레키 교수라고 부르고 나는 발레키라고 부
른다.

발레키는 뻣뻣대마왕만큼이나 이기적인 외모를 지닌 놈이
었다. 나이가 30대라고 하는데, 이 요하네스의 물이 좋은지
전부 20대로 보였다. 물론 이 중에서 코베는 예외였다. 코베
는 30대라고 얼토당토않는 소문이 도는데 놈은 50대가 분명
했다.

발레키는 뻣뻣대마왕의 짙고 검은 머리카락과는 달리 백
발이었다. 나이가 들어 색이 하얗게 변색된 게 아니라 약간
은은한 빛을 띠는 게 가끔은 은발이라고 착각할 때도 있었다.
이놈은 뻣뻣대마왕보다도 인조인간처럼 생겼다. 누가 임의
로 깎아놓은 것처럼. 짙고 푸른 눈은 뻣뻣대마왕처럼이나 깊
었지만 둘의 분위기는 판이하게 달랐다.

"어이쿠, 도련님. 어려운 발걸음을 하셨습니다. 여기 편하

게 앉으세요.”

발레키는 호들갑을 떨며 나를 맞아주었다. 평민들이 역겹다는 눈빛으로 우리를 보고 있었지만 그는 아무런 내색도 하지 않았다. 그냥 남자의 것이라고 하기에는 너무 부드러운 미소를 짓고 있었다. 생각해 보면 뻣뻣대마왕이나 발레키의 얼굴은 닮은 기색이 많았다. 곱상한 얼굴이나 전체적인 체형.

나는 고개를 절레절레 흔들었다. 멍청한 뻣뻣대마왕이 이 세상에서 가장 똑똑한 평민 발레키랑 연관성이 있을 리가 없었다.

“오늘은 수업이 취소되지 않았네?”

발레키가 마음에 드는 이유가 여럿 있지만 그중에서 꽤 큰 비중을 차지하는 건…….

“이번 주에 이미 세 번 빠졌잖아요. 더 이상 빠지면 교장 할배한테 혼나요.”

발레키의 수업은 보통 취소되었다. 놈이 담당하는 건 마음의 수련이라고 하는데 이놈에게서 배울 수 있는 게 있기나 할까? 실제로 2주가 지나가고 있었지만 지금까지 배운 건 단순한 명상뿐이었다. 게다가 이번 수업이 총 합해서 세 번째였으니까 말 다한 셈이다.

“그러고 보니 이 학교에 교장도 있지?”

요하네스에서 생활하다 보면 다른 생각을 할 겨를이 없다. 이곳의 잡다한 정보는 모두 잊어버리고, '어떻게 하면 뻣뻣대마왕의 수업을 땡땡이칠 수 있을까', '코베 녀석, 혼쭐을 내줘야 하는데 어떻게 해야 하나'와 같은 것만 궁리하게 된다.

2주의 생활 동안 생각하고 있던 요하네스의 교수진 윤곽은 신입생 담당 초사악뻣뻣대마왕, 그리고 그의 충실한 수하 음흉대마왕 코베, 마지막으로 유일하게 개념을 가지고 있는 귀여운 발레키가 다였다.

사실 이스트 윙과 연무장, 신입생 식당을 제외하고는 이 큰 성의 어떤 부분도 가본 적이 없다. 이스트 윙은 본 성에 붙어 있는 아주 작은 부분에 불과했으니, 실제로 이 요하네스의 실체를 경험해 보지 못한 셈이었다.

그때 발레키가 무엇인가를 떠올랐다는 듯 배시시 웃으면서 나에게 말했다.

"아참! 교장 할배가 크리스티안님에게도 관심이 있으니까 언젠간 만나게 될 거예요."

"교장이?"

"그럼요."

"왜?"

이 거대한 성 요하네스의 최고 권력자의 얼굴을 떠올려 보려고 했다. 초사악뻣뻣대마왕을 거느리는, 지금까지 단 한 번도 모습을 비췬 적이 없는 어둠 속의 권력자.

이거 저절로 몸이 떨린다.

"그거야 크리스티안님은 특별하니까요."

발레키의 눈빛이 묘하게 빛난다. 어머니가 귀중한 보석을 발견했을 때의 눈빛과 흡사한데…….

"그거야 당연하지."

나도 모르게 입에 미소가 걸려 있었다. 이 요하네스에서 2주 동안이나 더러운 평민들 사이에서 지내다 보니 나도 그들의 더러움이 몸에 옮는 듯했다. 놈들 속에서 내가 너무 평범하다는 '있을 수도 없고, 조금도 말이 안 되는' 생각을 할 때도 있었다. 그만큼 이 요하네스의 요사스러운 기운에 정신이 피폐되는 느낌이었다.

내가 귀족이라는 걸, 이 하찮은 평민들과는 조금도 비교가 되지 않는다는 사실을 상기시켜 주는 건 이 발레키뿐이었다.

'그런데 교장도 그렇다고?'

교장 역시 발레키처럼 나를 생각하고 있으면 아마도 이 요하네스는 충분히 괜찮은 곳이리라.

"교수님."

직사각형의 얇은, 참으로 깐깐해 보이는 안경을 쓰고 있는 여자가 나와 발레키와의 대화에 감히 끼어들었다. 안경만 깐깐해 보이는 게 아니라 숨막힐 정도로 가지런한 단발, 사나운 눈매, 그리고 굳게 닫힌 입 역시 그녀의 깐깐한 분위기를 조성하는 데 한몫을 보탰다.

“아아, 레이디 줄리. 무슨 일로 저를 부르십니까?”

깐깐안경도 ‘레이디’라는 말이 자기와는 조금도 어울리지 않는다는 걸 알고 있는지 얼굴을 찌푸린다. 정말 숨막히는 분위기.

“하찮은 평민 주제에 왜 이리 당돌하냐?”

깐깐안경은 내 말에 조금도 신경을 쓰지 않는 듯 나를 쳐다보지도 않았다.

“크리스티안님, 그렇게 말씀하시면 아니 되어요. 남을 존중해야 그들도 훌륭하신 크리스티안님을 존중한답니다.”

발레키에게 마음에 안 드는 구석이 딱 한 가지가 있다면, 내가 평민들을 아무렇게나 대하면 꼭 지적을 한다는 것. 물론 놈의 말이 맞기는 하지만 왜 평민들에게 ‘레이디’와 같은 칭호를 쓰면서 ‘귀족’처럼 대우해야 하는지 이해할 수가 없었다.

“그래?”

그래도 ‘훌륭하신 크리스티안님’이라는 부분이 마음에 든다. 그리고 지렁이도 밟으면 꿈틀한다고 조금은, 아주 조금은 잘해줘도 해가 되는 건 없겠지.

"교수님."

발레키가 다시 나에게만 눈을 마주치고 대화를 하자 깐깐안경이 끼어들었다. 싸늘함이 묻어 나오는 음성에 눈살이 찌푸려진다. 뭐라고 조금 쏘아볼까 하다가 발레키를 봐서 참기로 했다.

"왜 부르십니까, 레이디?"

깐깐안경은 건방지게도 '레이디' 라는 호칭을 자연스럽게 받아들이는 눈치였다. 아니, 무시하는 건가?

"지금까지 제대로 된 수업을 단 한 번도 한 적이 없습니다. 2주나 되었는데 우리가 배운 건 기껏 해봐야 앉아서 눈을 감는 방법, 그리고 아마 '쓰레기를 보물처럼 대하는 교수를 참는 법' 이 다인 것 같네요."

"……."

나의 사고가 잠시 제 기능을 잃었다. 나는 내 귀에 이상이 생긴 게 아닌가 심각하게 고민해야 했다. 만약 내 귀가 잘못된 게 아니라면…….

"너, 지금 나를 쓰레기라고 했냐?"

나는 검을 뽑아 들었다. 저녁 수업은 원래 검을 이용한 수련이 아니기 때문에 불필요했지만, 어제부터인가 뻣뻣대마왕이 '검사라면 항시 자신의 생명이나 다름없는 검을 24시간 가지고 다녀야 한다' 라는 명분 아래 이 귀찮은 짓을 시켰다. 밥을 먹을 때도, 화장실을 갈 때도, 잠을 잘 때도 이 검을 1m 반경 안에 놔야 한다. 단 한 번이라도 이 규칙을 어기면 '40바퀴' 를 수행해야 했기에 발레키의 수업 시간에도 지니고 있어야 했다.

귀족을 모욕하는 평민에 대한 생살여탈권은 그 귀족에게 주어진다. 오래전부터 귀족들은 평민의 목숨을 파리처럼 죽였다. 근래에 들어 평민 출신 검사가 많아지면서 조금 조심스러워지는 추세에 있었지만, 그 풍습은 여전히 존재하고 있었다.

내가 검을 뽑아 들자 그녀의 무덤덤하던 표정이 급변하기 시작했다. 얼굴이 창백해지는 건 물론 뒷걸음질치는 모습하고는.

"후후, 무섭냐? 그럼 애초에 덤비지를 말았어야지."

평민들이 웅성대기 시작했다. 이 상황에 대해 혼란스러워하고 있는 모습들이었다. '어떻게 줄리가!' 와 같은 말들을 나누고 있었다.

그러고 보니 깐깐안경은 뻣뻣대마왕의 기초적인 수업에서 가장 우수하다는 평가를 받고 있었다. 그 뻣뻣대마왕이 '훌륭하군' 이라고 칭찬을 할 정도였으니까. 며칠 전부터 기본적인 대련의 규칙을 배우면서 가벼운 대련을 시작했는데 줄리는 코베의 검을 마주하면서도 당당했다. 코베의 일격으로 바닥에 내팽겨개쳐졌을 때도.

그런데 단순히 내 검과 마주 보고 있는 것만으로도 겁에 질린 모습을 보자 놈들이 당황스러운 모양이다. 확실히 나도 간간안경이 이런 모습을 보일 줄은 몰랐다. 내 검이 코베의 것보다 무섭다는 건가?

'역시 저 평민도 나의 천재성을 인정하는 거?

내가 천재라는 건 당연한 사실이기는 하지만 나조차 의문이 가는 부분이거늘, 이 평민은 그냥 받아들이고 있다는 건가?

"줄리, 너도 검을 뽑아!"

뒤에서 한 평민이 외쳤다. 그 평민을 시작으로 다른 평민들도 그녀를 점점 응원하기 시작했다. 몇 초 지나지 않아 '줄리! 줄리! 줄리!' 라고 일제히 박자에 맞춰 외치고 있었다.

쓸쓸한 미소가 걸렸다. 단 한 놈도 내 이름을 부르지 않았고, 나를 응원하는 사람도 없었다. 모두가 진심으로 간간안경을 응원하고 있음은 물론, 내가 간간안경에게 당하는 꼴을 보고 싶은 마음을 가지고 있다는 게 느껴졌다.

스릉!

나는 검을 다시 검집에 넣었다. 그제야 간간안경의 혈색이 돌며 당당한 모습을 되찾았다.

“어떻게 한 거지?”

참으로 시건방지게 묻는다.

“뭘?”

“나를 위축시킨 거!”

처음으로 앙칼지게 외친다. 보통 깐깐안경은 그녀의 분위기에 맞는 싸늘한 음성으로 묻는데…….

“푸하하! 지금 그걸 질문이라고 하냐? 검을 들기만 한 걸로 겁먹은 주제에 내가 그걸 어떻게 했냐고 지금 묻는 거냐? 내가 너한테 묻고 싶은 질문이야. 내 검이 그렇게도 무섭냐?”

깐깐안경이 입을 굳게 다물었다. 꼴에 자존심이 상한 모습이었다. 그녀와 함께 다른 평민들도 자존심이 상한 모습들이었다. 그들이 원하는 대로 이루어지지 않아서겠지? 저절로 웃음이 새어 나온다.

“핏줄은 바꿀 수 있는 게 아니야. 흐흐, 너는 평생 내 발바닥이나 보면서 살걸? 검을 보는 것만으로도 무서워 죽을 지경이면 그 정도에나 미칠 수 있을까?”

뻣뻣대마왕이 항상 나를 차별하고 깐깐안경에게 잘해주는 것 같아 이래저래 쌓인 게 많았는데, 이번 기회에 그동안 쌓인 걸 한번에 풀어버려야겠다. 아무리 쏘아붙여도 아무 말 못하고 고개를 푹 숙인다. 하늘 높은 줄 모르는 사람의 콧대를 꺾는 일은 언제나 즐겁다.

"언젠가는 깨닫게 될 거다, 나를 감히 그딴 눈빛으로 보는 게 얼마나 큰 죄인지."

깐깐안경은 결국 참지 못하고 강의실을 뛰쳐나갔다. 강의실이기는 했지만 편한 의자 두 개를 제외하고는 텅 빈 공간에 지나지 않아 낡은 문을 거칠게 닫는 소리가 골을 울렸다.

쾅!

나를 바라보는 평민들의 경멸의 눈빛이 조금 더 짙어졌다. 나는 그들을 보며 실컷 비웃어줬다. 그래 봐야 거기에서 거기인 놈들.

"발레키?"

보통 내가 '있는 그대로 사실'을 말하려고 하면, '진실은 그들에게 너무 가혹해요. 그냥 참아요'라며 나를 저지하던 발레키가 조용하자 조금 이상했다.

발레키는 내 검에서 눈을 떼지 못하고 있었다. 생각에 빠져 있었는지 내가 불렀음에도 불구하고 대꾸하지 않았다.

"야, 발레키!"

그의 하얀 귀에 대고 외치고 나서야 놈의 눈에 초점이 돌아왔다. 내 고귀한 자태를 보고 넋을 놓은 건지, 아니면 이 싸구려 검을 보고 '어찌 귀한 도련님의 허리춤에 이딴 싸구려 검이? 하고 경악을 하고 있었는지는 잘 모르겠다.

"아아, 부르셨습니까?"

발레키는 또다시 배시시 웃었다. 나보다 나이가 훨씬 많음에도 불구하고 왜 저렇게 멍청하게 웃는지. 어째 조금 보기 좋은 것 같기도 하고……

"어쨌든 수업을 해야 하지 않아?"

깐깐안경이 시건방지기는 해도 어느 정도 일리는 있었다. 교수이기는 하니까 무엇이라도 가르치는 척은 해야 한다. 실제로 발레키는 그래 왔고.

발레키는 갑자기 탁자를 한두 번 쳤다. 뻣뻣대마왕은 '주목' 이라고 시건방지게 외치며 강압적으로 사람들을 모았다면, 발레키는 사람들의 시선이 자연스럽게 모이게 했다.

"오늘 수업은 여기서 마치겠어요. 오늘도 참 보람찬 수업이었죠? 그럼 모두 감사했습니다."

"……"

처음으로 평민들과 나는 똑같은 얼굴을 했다. '어떻게 얼굴색 하나 변하지 않고 저런 거짓말을!' 이라고 쓰인 그런 얼굴 말이다.

발레키는 뒤도 돌아보지 않고 강의실을 나섰다. 가끔은 뻣뻣대마왕만큼이나 놈을 이해하기 힘들었다. 개념을 가지고는 있는데 가끔 정신이 오락가락하는 모양이다.

어쨌든 잘됐군. 안 그래도 쑤시지 않는 데가 없었는데 푹
쉬어야겠다.

2

발레키의 수업이 일찍 끝나는 덕분에 나는 침대에 누워서
편히 쉴 수 있었다. 하루하루가 시련이었고, 몸은 항상 쑤시
고 아팠다. 다른 평민들은 몇 시간 있으면 멀쩡하던데 이상하
게도 나는 움직이지 않으면 2주째 알이 배어 있는 온몸이 아
프다. 그렇다고 계속 움직일 수도 없었다.
　'아버지가 나를 이곳에 보낸 이유가 뭘까?'
　생각을 정리할 수 있는 유일한 시간은 바로 8시부터 시작
되는 자유 시간이었다. 물론 대개 발레키가 저녁 수업을 취소
하기 때문에 6시 40분서부터 쉬기는 하지만, 어쨌든 이외의
시간에는 항상 몸이 바쁘기 때문에 아무런 생각도 할 수 없었
다.
　2주간 내 머릿속을 가득 채운 의문은 왜 아버지가 나를 이
악의 소굴로 보냈는지에 대해서였다. 화려하고 만족스러운
18년을 뒤로하고 이 지옥으로 떠민 아버지. 원래 우리 부자가
조금 이상하기는 했지만 이건 이상함의 도를 넘어서서 괴상
했다.

‘평민들의 한심함을 몸소 깨닫고 훌륭한 귀족이 되라고?’

많은 이론이 있었지만 그나마 가장 유력했다. 이 요하네스는 나로 하여금 평민들이 얼마나 옹졸하고 치사한 놈들인지 새삼 깨닫게 했다.

나는 물끄러미 옆을 쳐다봤다.

넓적얼굴은 나와 눈이 마주치자마자 고개를 획 돌렸고, 왼쪽 볼에서 오른쪽 볼까지 길게 양단하는 상처가 채 낫지 않은 뱁새눈은 분노에 치를 떨며 눈을 감았다. 이름도 모르는 나머지 두 룸메이트는 공포에 떨고 있었다.

“휴우!”

그들의 모습을 보면 왠지 한숨이 나온다. 그들이 한심하기보다는 내 자신의 무엇인가가 계속해서 마음을 무겁게 만들었다.

쾅!

그때였다.

어떤 시건방진 놈이 문을 거칠게 열고 들어왔다. 보나마나 코베일 확률이 높······.

“무슨 짓이야?!”

다짜고짜 들이닥치더니 내 멱살을 잡는 놈이었다. 힘이 얼마나 좋은지 숨이 막히고 누워 있던 몸이 반 정도 허공에 떠졌다.

그는 코베가 아니었다. 나와 같이 수업을 듣는 100여 명 중
에서 유난히 덩치가 좋은 놈이었다. 짧게 깎은 평범한 연갈색
의 머리에 얼굴의 땀구멍이 유난히 큰 주먹코의 평민이었다.
들이닥친 놈은 혼자가 아니었다. 그 옆에도 힘깨나 쓰게 생긴
놈들이 두 명 더 붙어 있었다.

"너."

굵은 목소리가 들려온다.

"처음부터 마음에 안 들었어."

"……."

얼굴에 점차 피가 쏠려 머리가 멍했다. 놈의 멱살을 풀어내
려고 안간힘을 쏟았지만 애초에 내 몸과 붙어 있었던 것처럼
꿈쩍도 하지 않았다. 이렇게 무식한 힘은 처음이었다.

평민이 감히 나에게 손을 댄 적이 없었거늘.

"놔라!"

점차 호흡이 가빠진다.

쾅!

주먹코는 내 멱살을 잡은 채 나를 벽에 밀어붙였다. 얼마나
세게 부딪쳤는지 순간 숨이 막혔다. 한참이 지나서야 미약하
게나마 숨을 쉴 수 있었다.

"넌 나한테 명령할 입장이 아니야. 아직도 모르겠어?"

주먹코에서 콧바람이 거칠게 나오고 있었다.

벽에 마주 보고 서니 주먹코가 나보다 머리 하나는 컸다. 놈을 힘껏 밀어내 봤지만 이건 완전히 벽을 미는 느낌이었다.

쾅!

"크윽."

주먹코는 나를 또 한 번 벽에 세게 밀쳤다. 충격은 배로 다가온다. 눈에 힘을 줘서 놈을 노려봤다. 그러자 주먹코의 눈빛이 변했다.

퍽!

주먹코는 멱살을 풀고는 주먹으로 내 복부를 가격했다.

"흐읍!"

머릿속이 텅 비는 느낌. 숨을 쉬려고 하는데 입에서는 침만 흘러내렸다. 태어나서 이런 고통은 처음 느껴봤다. 감히 평민 따위가 내 몸에 손을 대고 있다니! 그 어떤 사람도 시도해 보지 못한 짓을.

입은 뻥끗거리기만 했다. 속에서는 온갖 욕을 다 하고 있었지만 아무 말도 나오지 않았다.

"아직도 내가 하찮아 보여? 크크크! 아까처럼 또 말해봐! 앙?! 귀하신 귀족 나리, 말 좀 해보라고요!"

퍽!

눈깔이 뒤집히는 느낌이 무엇인지 알겠다.

"제, 제발 그만둬."

간신히 말을 내뱉었다. 자존심이고 뭐고 아무런 생각도 할 수 없었다. 너무 아팠다. 이 고통이 가시게만 할 수 있다면 무엇이라도 할 수 있을 것 같았다. 비록 그게 평민에게 나를 굽히는 것이라고 해도.

"크크크! 야, 고귀한 귀족님께서 그만 하라신다. 그만 할까?"

주먹코의 말에 옆에 있는 놈들이 웃었다. 점점 나만 비참해졌다.

퍽퍽!

주먹코는 다시 내 복부에 주먹을 두 차례 더 꽂았다. 나는 결국 견디지 못하고 바닥에 쓰러졌다. 안 그래도 몸 상태가 말이 아니었다.

'왜?'

나는 온몸이 벌벌 떨고 있다는 사실을 알아챘다. 뻣뻣대마왕의 '아이스 빔'을 마주하고 있을 때와는 다른 느낌이었다. 이 끈적끈적한 살기는 익숙하지 않은 것이었다. 두려웠다. 진심으로 놈이 두려웠다.

"어이쿠! 이거 우리 귀족 나리, 왜 하찮은 평민 앞에 엎어져 계십니까? 어서 일어나시지요."

주먹코는 미소를 띤 채 나를 억지로 일으켰다. 일어나지 않

으려고 힘을 줘봤지만 나는 장난감처럼 높이 들려 다시 멱살
이 붙잡힌 채 벽에 바짝 붙어버렸다.

"너, 내가 누군지 알고는 있냐?!"

나도 모르게 오기가 생겨 소리쳤다. 하지만 조금도 움츠러
들지 않는 주먹코의 모습을 보고는 후회했다. '괜히 말했
나?'라는 생각이 들어 어깨에 힘이 빠졌다.

"크크크, 왜 몰라. 아신 가의 크리스티안이라며? 그렇게 귀
한 놈이 왜 여기에 굴러들어 왔대? 영원히 아버지의 틈에 숨
어 있지 왜 이렇게 험한 곳에 왔어? 크크크."

퍽!

"컥!"

맞으면 맞을수록 느껴지는 고통은 배가되었다. 어째서 나
에게 이런 일이 일어나는지 이해할 수가 없었다. 그것도 더러
운 평민에 의해…….

"그만 해!"

지금까지 와들와들 떨면서 지켜보던 넓적얼굴이 애써 용
기를 내어 주먹코를 말리려 왔다. 나는 그런 그에게 희망을
걸었다. '같은 평민이니까 말이 통하지 않을까' 하고 말이다.

그때 주먹코가 내게서 손을 뗐다. 나는 곧바로 다리에 힘이
풀려 바닥에 엎어졌다.

주먹코는 나에게 신경도 쓰지 않은 채로 그렉을 노려보기

시작했다. 그렉은 벌벌 떨면서도 시선을 돌리지 않은 채 주먹코를 어렵게 올려다보고 있었다.

"그렉, 지금 나보고 하는 말이야?"

굵은 저음이 공포 분위기를 조성했다.

주먹코의 눈빛이 위험하게 반짝였다. 그가 그렉을 내려다보는 모습을 보아하니 넓적얼굴의 미래 역시 밝아 보이지 않았다.

주먹코는 넓적얼굴의 턱을 천천히 쓰다듬었다. 점차 공포로 물드는 넓적얼굴이었다.

"그, 그게… 다 같이 사이좋게 지내면 좋잖아!"

넓적얼굴이 겁에 질린 얼굴로 외쳤다.

지금 내 복부가 쓰라리고 머리가 울리고 있지 않았다면 나는 분명히 웃음을 터뜨렸을 것이다. 내가 지금 비참한 심정만 아니었어도 웃었다.

"크하하하! 지금 뭐라고 했냐?"

주먹코가 내 몫까지 웃어주었다.

"다 사이좋게? 저런 놈이랑?"

넓적얼굴은 단순히 비꼬는 주먹코의 의도를 파악하지 못하고 진지하게 고개를 끄덕였다.

"그래, 머독이지? 쟤 말하는 거는 조금 이상해도 내면은 따뜻한 아이야."

“…….”

“…….”

주먹코는 턱이 탈골되지 않았을까 의심이 될 정도로 입이 크게 벌어졌다. 나는 놈을 만나서 처음으로 그의 감정을 이해할 수 있었다.

멍청하게 생겼다고 꼭 실제로 멍청할 필요는 없었는데 넓적얼굴은 그야말로 완전히 생긴 대로 논다. 도대체 어떤 방식으로 살아와야 저런 사고방식을 가질 수 있는 것일까?

퍽!

“큭.”

주먹코는 내가 꼭 하고 싶었던 짓을 대신 해주었다.

넓적얼굴은 단순히 허리를 한 번 굽히고는 괴롭다는 표정을 살짝 지어줬다가 다시 얼굴을 폈다.

“…….”

“…….”

나와 주먹코의 입이 다시 크게 벌어졌다. 나는 주먹코의 주먹을 맞아봤다. 마치 망치로 세게 두들겨 맞은 듯한 느낌. 머리에서부터 발끝까지 큰 충격을 준다. 나는 움직일 수 없을 정도로 크게 충격을 받았는데 넓적얼굴은 그 고통을 쉽게 떨쳤다.

주먹코는 자신의 주먹을 한 번 쳐다보며 지금의 상황이 의

아한지 고개를 갸웃거렸다. '내 주먹이 약해졌나?' 라고 생각하는 게 눈에 보였다.

주먹코는 다시 한 번 주먹을 휘둘렀다.

탁!

"……."

나는 할 말을 잃었다.

넓적얼굴은 주먹코의 주먹을 간단하게 쳐냈다. 그러자 주먹코의 얼굴이 벌겋게 달아오르더니 놈이 이번에는 두 주먹을 마구 휘둘렀다.

그때마다 넓적얼굴은 일일이 쳐내다 주먹코의 주먹이 조금 더 날카롭고 매서워지자,

"헛!"

주먹코의 주먹을 단번에 잡아내는 넓적얼굴이었다. 주먹코는 그야말로 쪽팔려서 얼굴이 새빨간 홍당무처럼 된 채로 힘을 더 주어 넓적얼굴을 밀어내려고 하는 모양이었지만, 안타깝게도 넓적얼굴은 꽤나 힘이 좋은 편이었다.

"이제 그만 하자."

여전히 철이 들지 않은 어린아이마냥 순수하게 말하는 넓적얼굴이었다. 나 같았으면 당장에 주먹코의 주먹코를 으깨줄 텐데, 이 멍청한 넓적얼굴의 바보 같은 따스한 미소를 보면 그것도 불가능해 보였다.

주먹코는 씩씩대면서 넓적얼굴의 손을 뿌리쳤다.

"젠장! 기분 잡쳤다! 애들아, 가자!"

주먹코는 전형적인 '비굴한 악당 최대한 자존심 지키고 퇴장하기' 를 선보이고 있었다. 주먹코는 마지막에 '비굴한 악당 최대한 자존심 지키고 퇴장하면서 날리는 멘트' 까지 날려 주었다.

"너, 각오해라. 다음번에는 이렇게 끝나지 않을 거다."

주먹코는 나를 한 번 노려보고는 방을 벗어났다. 주먹코가 분해하는 모습을 보니까 완전 통쾌했다. 둔하고 순진하기만 한 넓적얼굴에게 겁먹고 도망치는 주먹코의 표정이 아직도 눈에 선했다.

"이야! 넓적얼굴! 대단한데?"

나는 진심으로 놀랐다. 멍청한 시골 평민에 지나지 않은 줄 알았는데……

"헤헤, 그래?"

"……."

갑자기 어색한 분위기가 주위를 감돌았다. 내가 뱁새눈의 얼굴에 상처를 낸 후 넓적얼굴은 항상 나를 원망의 눈빛으로 봐왔는데, 갑자기 이렇게 다시 말을 하게 되니까 정말로……

'어색해.'

나는 고개를 홱 돌렸다.

뱁새눈이랑 나머지 두 룸메이트도 우리 둘을 이상하게 쳐다보고 있다는 게 느껴졌다.

나는 뱁새눈을 노려봤다.

"괘, 괜한 오해하지 마. 평민답게 무식할 정도로 힘이 세서 잠시 놀란 것뿐이야. 절대 고마워하거나 칭찬하는 거 아니야. 내가 저 주먹코를 때려눕히기 2초 전에 넓적얼굴이 나서서 그럴 기회가 없었지만, 저딴 덩치만 큰 놈은 한 방에 뼈를 분질러 버릴 수 있어."

얼굴이 화끈 달아올랐다. 내가 이렇게 '신빙성있는' 변명을 하고 있음에도 불구하고 놈들은 '어이구, 어련하시겠어'라고 생각하는 게 눈에 보였다. 시건방지게도 놈들은 생각을 감추지 않았다.

"쯧쯧, 고맙다는 말이 그렇게 어려운지……."

이 몸에게 저렇게 시건방지게 말할 수 있는 건 역시 뱁새눈뿐이었다.

"뭐야! 내가 평민 따위에게 지금 고맙다고 하라는 거냐? 제 분수를 몰라도 이 정도면 정신병이야. 알아?"

내가 놈에게 진리를 조금 가르쳐 볼까 했는데, 뱁새눈은 비웃음을 흘리더니 내게 등을 돌렸다. 하찮은 평민 따위가 나한테!

뭐라고 더 하기에는 내 꼴이 말이 아니라는 사실을 깨닫고는 분을 삼키며 잠을 청했다. 내가 너무도 비참하게만 느껴졌다. 눈을 감고 무려 2시간 동안을 뒤척였다. 몸은 정말 피곤했다. 하지만 주먹코의 얼굴이 계속해서 아른거려 정신적으로 괴로웠다. 내가 평민 따위 때문에 잠을 뒤척인다는 사실이 너무도 싫었지만 놈에게서 느껴지는 불안감이 떨쳐지지 않았다.

'감히 나를 위협하는 평민이 있을 줄이야.'

마음이 무거웠다.

3

2주가 어떻게 지나갔는지 모르겠다. 주먹코를 피하기에 급급한 나날들이었다. 주먹코가 들이닥칠까 무서… 울 리가 없었다. 단순히 놈이 귀족을 건드렸다는 죄책감에 시달릴까 봐 내가 친히 그를 피해주었다.

코베는 항상 점호를 위해 각 방을 10시부터 돌았는데, 발레키가 수업을 취소할 때부터 자유 시간이니 저녁을 먹고 나서 적어도 3시간 20분 동안 시간을 때워야 했다. 자유 시간에 신입생이 코베의 허락없이 마음대로 돌아다닐 수 있는 곳은 도서관, 연무장, 그리고 그 옆의 넓은 꽃밭이 전부였다.

그야말로 코베의 허락없이는 그 어디도 갈 수 없다는 말이었다. 내가 미쳤다고 수련을 더 하기 위해서 연무장에 갈 리도 없거니와, 도서관? 내가 미치지 않는 한 도서관에 발을 들일 리도 없었다. 그리고 마지막으로 남은 꽃밭…….

'…….'

미쳤냐.

감히 코베가 학교 규칙 따위로 귀족인 나를 막을 수 있을까 싶어 이스트 윙을 벗어나 성의 여러 곳을 돌아다니려고 시도했다가 뻣뻣대마왕에게 걸려서 40바퀴에 팔굽혀펴기 100회를 당한 이후로는 시도조차 못하고 있었다. 물론 단 한 번의 시련으로 쉽게 포기할 나, 크리스티안이 아니었지만 '다음에 또 걸리면 요번의 벌칙 횟수를 제곱한다' 라는 농담 같지도 않은 농담으로 미지의 성 탐방을 포기할 수밖에 없었다.

지금 시각은 대충 6시쯤 되었다. 난 아침과 저녁은 거의 먹지 않았다. 나처럼 고귀한 귀족과는 달리 평민들은 먹을 거라면 환장을 하고 세 끼를 모두 챙겨 먹었기 때문인지 연무장은 한산했다.

원래의 나라면 이런 암울한 연무장을 배회할 리가 없었지만, 혹여 주먹코와 마주치면 안 되었기에 나에게는 선택권이 없었다.

“하압!”

연무장은 텅텅 비었다고 말할 수 있었지만, 딱 한 곳은 사람이 차지하고 있었다. 참으로 놀랍게도 저녁 시간임에도 불구하고 그렇게 평민들이 연연하는 밥을 거르고 수련을 하고 있는 이의 모습이 왠지 낯익었다. 내가 하찮은 평민들의 얼굴을 기억하는 일이 거의 없었기에 내가 알아본다는 건 그만큼 그녀는 보통 평민과는 약간 달랐다는 말이 될 수도 있었다.

“깐깐안경?”

깐깐안경은 우리가 지금까지 배운 일자 베기, 십자 베기를 가벼운 스텝을 곁들여서 펼치고 있었다. 다른 평민들은 물론 천재성이 두드러지게 나타나는 나도 시도조차 못하는 응용 동작까지 펼치고 있었다. 전문가가 아닌 내가 봐도 그녀의 자세는 군더더기없이 완벽했다. 적절하게 무릎을 굽힌 채 끊임없이 발을 놀리고 있었다.

운동량이 많은 그녀가 땀에 흥건한 모습을 보니 꽤나 오랫동안 한 모양이다.

십자 베기에 일자 베기를 이어서 회전을 하며 대각선으로 벤 다음 그녀는 검을 다시 검집에 집어넣었다. 그제야 그녀는 내 존재를 알아챘다.

“어, 언제부터 있었던 거지?”

초라한 실력을 나같이 고귀한 몸의 앞에서 펼쳤다고 생각

하니 꽤나 쪽팔린 모양이다. 하긴, 나 같아도 저런 실력으로
는 얼굴도 못 들겠다.

"네 조잡한 실력을 파악하기에는 충분할 정도로."

아주 조잡하지는 않고, 그냥 평민치고는 괜찮은 정도였지
만 그녀를 칭찬해 줄 필요는 없겠지.

"흥."

수면 부족으로 항상 창백해 보이는 깐깐안경의 얼굴은 여
전히 붉게 상기되어 있었다. 그녀는 황급히 연무장을 벗어나
려고 했다. 하지만 안타깝게도 조심성이 없어서인지 내 옆을
지나갈 때 그녀는,

털썩!

돌에 걸려 바닥에 넘어졌다. 항상 깔끔한 모습의 그녀가 바
닥에 쓰러져 모래를 뒤집어쓴 꼴을 보니 저절로 웃음이 나왔
다.

"풋! 평민들은 걷는 것도 제대로 못하는 모양이군."

그녀는 황급히 일어나 먼지를 털었다. 전부 털리지도 않았
는데 그녀는 현장을 뜨는 데 급급해 보였다.

나는 그녀가 가든 말든 연무장에 걸터앉았다. 3시간 동안
뭘 해야 할지 천천히 생각을 조금 해봐야겠다. 발레키랑 놀면
참 재밌을 텐데, 수업 시간에도 보기 힘든 놈을 어디 가서 찾
는 게 좋을까?

“넌 왜 여기 있지?”

뒤를 돌아봤다. 이미 간 줄 알았는데 깐깐안경은 여전히 있었다.

“뭐?”

실제로 그녀가 나에게 먼저 대화를 걸어온 건 처음이었다. 내가 좀 잘생기기는 했어도 깐깐안경도 나한테 넘어올 줄은 몰랐는데……. 안타깝게도 고귀한 내가 평민과 어울리는 일은 없을 텐데, 그 사실을 그녀가 빨리 깨달았으면…….

“너 같은 골수 귀족이 왜 요하네스에 처박히게 됐냐고.”

골수 귀족이라는 말이 과연 모욕인지, 아니면 칭찬인지 심각하게 고민해 봐야 했다. 분명 좋은 말이기는 한데 어째 비꼬는 어조로 말하니까 기분이 이것보다 더 나쁠 수가 없었다.

“나도 궁금하군.”

어떻게 요하네스에 처박히게 되었는지에 대해서는 할 말이 많았다. 비록 하찮은 평민이기는 하지만 그 화제에 대해서는 하루 종일 붙잡고 말할 수 있었다.

하지만 왜?

아버지의 얼굴이 뇌리를 스쳐 지나간다. 감정이라고는 어디에도 찾아볼 수 없고, 무슨 생각을 하는지 꿈에도 알 수 없는.

그런데 지금 평민이 나에게 질문을 한 건가?

"그럼 넌 왜 왔냐?"

다수의 평민들처럼 단순히 의식주 해결을 위해서 요하네스에 입학했다고 보기에는 너무도 열심이었다. 내가 보기에 지금 식당에서 음식과의 전쟁을 벌이고 있는 평민들은 '보통 평민들보다는 낫지만 나 같은 귀족보다는 월등히 떨어지는' 재능은 있지만 그 점에 대해 별 감흥을 느끼지 못하고 있었다.

하지만 그들과 달리 그녀에게는 무엇인가가 있었다.

한참 동안 대답이 들려오지 않자 나는 그녀를 올려봤다. '나, 깐깐해요'라는 걸 꼭 온몸으로 드러내야 하는지는 몰라도 정말 그녀의 분위기는 숨을 막히게 했다.

깐깐안경은 감히 내 옆에 앉았다. 적어도 2m 정도의 거리를 두었지만 그래도 내 옆은 옆이었다.

내가 그녀를 노려보고 있었음에도 불구하고 그녀는 마치 내 시선을 못 느끼는 듯 나를 쳐다보지도 않고 있었다. 생각보다 적극적인 평민인데?

"무엇인가를 해보고 싶었어."

나는 속으로 한숨을 쉬었다. 도대체 왜 갑자기 분위기가 이런 식으로 변질되었는지 이해할 수가 없다. 나를 보면 진지한 이야기를 털어놓고 싶어지나? 아무리 내가 고귀하기는 해도

이런 진부하고도 지루한 이야기에 관심을 갖고 있지는 않은
데 말이다.

"이 넓은 세상에 우리 평민들이 끼칠 수 있는 영향력은 아
주 적어. 아니, 너 같은 놈들은 우리를 인간으로 보지도 않아.
너희들은 귀족이라는 사실 자체만으로도 어마어마한 영향력
을 펼칠 수 있지. 고위 관료의 길도 있고, 그런 쪽이 아니더라
도 사업 쪽에도 손을 뻗치고 있지. 하지만 우리 평민들은 기
껏 해봐야 큰 빵집이나 거상 정도? 역사에 이름을 남길 명예
는 우리에게 없어."

당연하고도 자연의 이치만큼이나 당연한 진리에 저절로
고개가 끄덕여졌다.

"귀족은 우월하지. 음음."

보통 때라면 어떤 식의 대꾸라도 보일 만한 말이었지만 그
녀는 계속해서 말을 이었다.

"그렇지만 우리에게도 딱 한 가지 길이 있지. 이 세상에 명
성을 떨치고, 역사에 이름을 남기며, 하늘 높은 줄 모르는 너
같은 귀족들도 존경하는 평민이. 검사! 검사라는 칭호만으로
도 대귀족들이 허리를 굽실거리지."

"……."

그녀의 말을 요약하자면 이렇다.

귀족들을 내려다보려고 검사가 되고 싶다.

“이런 시건방진 평민! 검사라고 다 똑같은 검사인 줄 아냐? 귀족 출신 검사가 평민 출신 검사보다 훨씬 인정받는 거 모르냐? 그리고 딱 봐도 더 귀티 나잖아? 게다가 넌 지금 검사가 될 수 있을 거라고 생각하고 있는 거냐? 네가 지금 잊어버린 게 있나 본데, 현재 평민 출신 검사보다 귀족 출신 검사가 열 배는 많아. 평민의 전체 인구가 귀족보다 1,000배도 더 많은데 말이야. 평민은 선천적으로 열등해서 귀족보다 검사가 될 확률이 거의 없다시피 해. 그리고 네 조잡한 검술을 봐서는 검사가 될 확률이 아예 없다고 할 수도 있어. 후후.”

내 친히 현실을 알려주는 금과옥조 같은 말씀에 드디어 조금씩 반응하는 깐깐안경이었다. 평소처럼 그 너무도 차가운 현실에 대한 불평으로 나에게 분풀이를 하지는 않을까 생각했는데 그녀는 미소를 짓고 있었다. 정말 옅었다. 하지만 깐깐안경은 미소를 짓고 있었다.

‘미쳤나?’

“정말 귀족은 피가 달라도 다른가 봐?”

보통은 비아냥거리면서 말할 텐데 어째 체념한 어조였다. 깐깐안경이 평민 중에서는 꽤 빠릿빠릿하다는 걸 알기는 했는데, 벌써 내가 그토록 가르치고 있는 귀족의 우월성을 깨달았나?

“당연하지.”

흐뭇한 미소가 저절로 걸린다.

“넌 어떻게 수업도 교수님이 쳐다보면 하는 척만 하고, 연습은 단 한 번도 하지 않으면서 군더더기없는 자세랑 검사 특유의 분위기를 가질 수 있지?”

깐깐안경은 나에게 열등감을 느끼고 있었다. 물론 평민이 귀족에게 열등감을 느끼는 건 당연했다. 하지만 가끔은 의문이 들기도 했다.

이곳의 평민들은 그래도 나머지 하찮은 평민들 중에서 추리고 추려 최고의 자질을 지닌 놈들만 뽑아왔다. 모두 스펀지처럼 검술에 대한 모든 걸 빨아들이고 있었다. 게다 깐깐안경처럼 어느 정도 목적이 있는 것들은 귀족인 내가 봐도 놀라울 정도로 빠르게 성장하고 있었다.

그들은 자질도 뛰어나고 노력도 그만큼 해서 감히 베네하임이나 모나크의 귀족 신입생 뺨치는 실력에 미치는 검술을 익혀가고 있었다.

하지만 난…….

‘노력을 조금도 하지 않는데 남들이 모두 놀랄 정도로 내 검술이 뛰어나다는 거지.’

모두가 기초 단계에 있다. 기본적인 자세와 베기만을 배웠기 때문에 검술이 뛰어나다고 하기에는 조금 어폐가 있었지만, 어쨌든 깐깐안경마저 나를 인정하고 있었다.

아무리 내가 엄청난 귀족이라지만 가끔은 내 검술에 의문이 들었다. 사실 난 내 검술에 대해 별로 실감이 나지 않는다. 그냥 휘두르기만 하는데 평민 놈들이 놀라는 눈으로 바라본다.

'역시 난 천재?'

참으로 이상한 느낌이었다. 나는 딱히 잘한다고 생각하지도 않았고, 잘할 생각을 가지고 있지도 않았다. 그냥 대충대충 하는데 깐깐안경처럼 정신적으로 이상이 있다고 생각될 정도로 수련에만 집착하는 사람이 나를 우러러본다. 나를 그렇게 싫어하면서도…….

"훗, 이제 알았냐? 이 세상에는 두 종류의 인간이 있는 거야. 귀족과 평민. 단순히 부모가 귀족이라서 우리가 귀족인 게 아니고 태어나기를 월등하게 태어나니까 귀족인 거야. 이 사실을 최대한 빨리 받아들일수록 세상 살기가 편해질 거야."

역시 결론은 이것 하나뿐이었다. 평민들이 아무리 발버둥 쳐봐도 내 발끝에도 못 미친다.

"어떻게 칭찬을 해주면 더 기고만장해져서 재수없어지지? 인간이라면 고개를 숙일 줄도 알아야 하는 것 아닌가?"

깐깐안경은 다시 그녀의 깐깐한 어조를 되찾았다. 싸늘함이 아주 바가지째로 묻어져 나온다.

그때 뇌리를 스치는 의문이 있었다.

'주먹코.'

보통 수업이 있을 때는 그가 두렵지 않았다. 그와 마주하고 있어도 당당할 수 있었다. 하지만 자유 시간만 되면 그가 스쳐 지나갈 때마다 오금이 저리고, 놈의 미소가 악마의 것으로 보인다.

그때였다.

"여어! 그림이 참 보기 좋아? 요즘 들어 검이 많이 날카로워졌다고 생각했는데, 이거 귀족 놈한테 애교 떨면서 따로 과외받는 거였어? 크크크!"

갑자기 몸이 언다. 사고도 정지한다. 여기서 만나고 싶지 않은 유일한 인물. 나는 천천히 뒤를 돌아보았다. 내가 환청을 듣는 거라고 생각하고 싶었다.

'아……'

저절로 정신이 혼미해진다.

주먹코가 이번에는 작정을 했는지 그가 한 달 동안 모은 무리를 모두 이끌고 왔다. 멍청한 평민들은 힘 앞에서는 또 비굴해져서 주먹코의 말이면 아주 그가 신인 양 따랐다. 줏대없는 평민들.

"그 말, 취소해."

깐깐안경은 그녀의 안경을 고쳐 쓰면서 날카롭게 쏘아붙였다. 주먹코를 조금이나마 위축시킬 수 있는 인물이 있다면 뻣뻣대마왕, 코베, 넓적얼굴, 그리고 깐깐안경이었다.

"후훗! 그렇게 차갑게 말하면 내가 겁먹을 줄 알았나!"

"……."

얼어붙었던 사고가 다시는 녹을 것 같지 않았다.

어떻게 대답을 해도 '나, 완전히 겁먹었어' 라는 모습으로 '나, 겁 안 먹었어' 라는 말을 할 수 있는 건지 궁금해지기 시작했다.

"취소 안 해?"

그녀의 어조가 점점 싸늘해지고 있었다.

주먹코뿐만 아니라 그가 이끌고 온 무리까지 조금 움츠러들고 있었다. 그녀가 검의 손잡이에 손을 갖다 대니까 놈들의 눈망울이 두려움에 떠는 게 보이기 시작했다.

"풋, 애송이들. 지금 인원수로 나를 어떻게 밀어볼까 생각하고 있었던 거냐? 정말 평민의 저능한 두뇌에 이가 갈린다. 계란을 수천 개 가져와 봐라, 바위를 부술 수 있는지."

어느새 어깨에 힘이 들어가고 의기양양해진다.

잊고 있었는데 지금 나에겐 깐깐안경이 있었다.

그때, 깐깐안경 때문에 시선을 피하고 있던 무리들이 나를 한꺼번에 쳐다봤다.

“……..”

모두 찢어 죽일 듯한 눈빛이었다. 다시 어깨에 힘이 빠지고 손끝부터 떨리기 시작했으며, 사고가 정지했다.

‘젠장!’

왜 저것들이 깐깐안경은 무서워하고 이 고귀한 나는 조금도 두려워하지 않는 건지 이해할 수가 없었다.

“너는 빠져라! 너까지 다치게 하고 싶지는 않다!”

애써 크게 말하는 주먹코의 모습은 안쓰럽기 짝이 없었다. 정말 저 강자에게는 약하고 약자에게는 강한, 아니, 나는 초강자이니까 초강자에게는 강하고 강자에겐 약한 놈을 조금도 이해할 수가 없었다.

“지금, 협박이지?”

깐깐안경의 주위는 점점 더 싸늘해지고 있었다.

“그, 그게 아니라……..”

책임도 못 질 말을 하는 게 평민들의 습성인가 보다.

괜히 세게 나갔다가 본전도 못 찾은 놈을 보니까 조금은 동정심이 느껴진다.

“지금 당장 꺼져.”

“……..”

깐깐안경은 가끔 무서운 데가 있었다. 여자가 하는 말이라고는 생각할 수 없을 정도로 싸늘하고 카리스마까지 느껴진다.

물론 기껏 해봐야 평민의 것이지만.

주먹코는 분통해하는 표정과 두려움에 가득 찬 눈빛으로 깐깐안경을 가만히 쳐다보고만 있었다. 주먹코의 무리에서는 바지를 촉촉하게 적시는 놈들도 있었다. 정말 한심한 평민들이다.

스릉!

"아니면 한번 해보던가."

깐깐안경이 검을 뽑아 들자 주위의 위압감은 배가되었다. 숨조차 그녀의 허락없이는 쉴 수 없을 것만 같은 그런 압도적인 분위기.

지금은 단순히 그녀의 옆에 서 있었는 데도 불구하고 이 위압감을 감당할 수 없었다. 이전에는 어떻게 해서 그녀의 검과 마주할 수 있었는지 의문이 들 정도로 무서운 분위기였다.

주먹코는 어느새 뒷걸음질치고 있었다.

"다, 다음에 보자! 이 일, 잊지 않겠다!"

전형적인 악당 멘트를 날리면서 주먹코는 무리를 데리고 성안으로 들어갔다.

주먹코 일당이 사라지자 묘한 정적이 흘렀다. 조용히 검집에 검을 집어넣은 깐깐안경이 나를 의심스러운 눈빛으로 쳐다보기 시작했다. 정적이 조금 더 유지되다가 결국 깐깐안경이 입을 열었다.

"지금까지 저놈을 피해 다닌 거야?"

"……."

순간 말문이 막혔다. 깐깐안경이 바보가 아니고서야 내가 살짝 어색해했다는 사실을 알아채지 못할 리 없었다. 식은땀이 이마를 적셨다.

'이렇게 쪽팔릴 수가!'

평민한테 겁먹었다는 사실을 어떻게 다른 평민들에게 말할 수 있을까.

"그리고 검은 왜 두고 다니지?"

그러고 보니 요즘 검을 자주 두고 다닌 듯싶었다. 필요한 수업이 아니면 최대한 검을 방구석에 처박아놓았다. 주먹코가 호시탐탐 나를 노리고 있었기 때문에 어지간하면 검을 두고 다녔다. 혹여 결투를 빙자로 일방적인 폭행을 하면 어떻게 하나 조금은 두려웠기 때문이라고… 아니, 내가 평민을 두려워할 리 없었지만 그래도 그런 일은 되도록 피하고 싶었다.

"거, 검을 들면 놈들 중 몇 명이 크게 다칠 테니까."

나도 모르게 말을 더듬었다. 그녀의 예리한 눈빛 때문에 더 긴장이 되었다. 만약 깐깐안경이 이 일의 진실을 알게 되면 어떻게 될까?

깐깐안경은 고개를 약간 갸웃거렸다.

"그러니까 네가 그렇게 하찮게 여기는 평민 몇몇을 다치게 할까 봐 그 고귀한 몸께서 친히 검을 두고 다니는 거라고?"

의심이 가득 찬 눈초리였다.

저절로 침이 고이는 순간이었다.

"다, 당연하지! 나도 모르게 발끈해서 검을 잘못 놀리면 놈들 중 몇 명이 주, 죽을지도 모른다! 그런 꺼림칙한 짓은 하고 싶지 않다!"

불안감에 언성이 높아졌다. 내가 생각해도 의심을 받을 만한 말과 행동이었다. 예리하기 짝이 없는 깐깐안경은 내가 거짓말하고 있다는 걸 금세 알아차릴 텐데…….

"평민을 그렇게까지 생각하는지 몰랐군."

"……."

나는 잠시 말문이 막혔다. 나는 내 귀를 의심하고, 그 정보를 받아서 처리하는 뇌를 의심했다.

나는 멀뚱히 그녀를 바라봤다.

"보통 귀족들은 자신에게 무뢰한 평민들에게 중죄를 주거나 죽여 버리는데 말이야. 언젠가는 너도 참다못해 몇 명을 죽이거나 크게 다치게 할 줄 알았는데 그렇게 골수 귀족은 아닌 모양이군."

도대체 이 이상야릇한 분위기는 감당할 수가 없었다. 아까는 싸늘한 눈빛에 무게를 잡다가 갑자기 핑크빛이 연하게 물드는 이 분위기는…….

"꿀꺽."

이상하게도 거짓말을 하고 있을 때보다 하고 난 후가 더 긴장된다.

"하, 학교 규칙이니까."

학생 사이의 분란은 용납되지 않는다. 아마 그 벌은 코베나 뻣뻣대마왕이 주겠지. 물론 나는 권력있는 귀족이니까 조금 봐줄 수…….

나는 뻣뻣대마왕의 얼굴을 떠올리고는 고개를 절레절레 흔들었다.

'귀족은 무슨 귀족.'

나를 노예 취급하는 놈이 봐줄 리가 없다.

"정말 학교 규칙 때문에 놈들을 봐준 건가?"

깐깐안경은 집요했다. 내가 그렇다고 하면 좀 그런 것인 줄 알지, 끝까지 물고늘어져 나를 점점 곤란하게 만들었다.

긴장감에 손바닥이 땀에 흥건했다.

"그냥 인정하는 게 어때?"

"……."

나는 아무 말도 할 수 없었다. 나에게 있어서 정말 고문 같은 시간이었다.

깐깐안경은 잠시 나를 가만히 쳐다보더니 내가 그녀에게서 처음 보는 아주 희미한 미소를 띠어 보였다.

"말로는 하찮은 평민, 같잖은 평민이라고 하지만 실제로는 평민을 어느 정도 생각하나 보군. 의외야. 이렇게 직접 평민과 부딪쳐 보니 생각이 달라진 모양이야?"

"……."

이번에는 또 조금 다른 이유에서 말문이 막혔다.

아무리 평민들이 제멋대로라지만 이건 조금 도를 넘어선 것 아닌가?

나는 어처구니가 없어서 뭐라고 해줄까 하다가, 내가 어떤 말도 할 입장이 아니라는 것을 깨닫고는 입을 굳게 다물었다.

"귀엽군."

내가 가만히 있자 깐깐안경은 내가 부끄러워하고 있다고 생각되었나 보다. 그녀는 그 한마디를 남기며 연무장을 벗어났다.

나는 망치로 머리를 두들겨 맞은 느낌이었다.

처음에는 주먹코의 등장에,

이제는 깐깐안경의 오해에.

저절로 한숨이 나온다.
"쯧쯧, 평민들이란……."

4

"자아아, 눈을 감고 집중을 해보세요. 기본은 집중입니다, 집중. 사람이 집중을 하면 불가능한 일도 가능하게 만들 수 있습니다. 숨을 크게 들이쉬었다가 크게, 그리고 천천히 내뱉으세요. 마음을 가능한 한 차분하게 가라앉히고 일단은 저를 떠올려 보세요. 명상의 기본적인 단계이니까 의심은 가지지 마시고 제가 하는 말을 그대로 따라 하세요. 먼저 저를 떠올린 다음, 자신이 아는 여자 분을 떠올려 보세요. 최대한 가장 예쁜 분으로 말이에요."

그는 잠시 말을 멈췄다.

강의실은 더없이 조용했다.

"그 다음에는 그 여자 분이 사는 집을 떠올려 보세요. 앗! 또 의심하신다. 이 모든 단계는 자신이 아는 것을 얼마나 자세하고 생생하게 떠올릴 수 있느냐를 수련하는 부분이니까 절대로 의심하지 마세요. 자아, 그럼 이제는 그 여자 분의 주소를 제가 나눠 드린 종이에 써주세요."

"……."

묘한 정적이 이어진다. 언제나 그렇듯 그의 수업은 어처구니가 없다. 이 수업도 처음에는 어느 정도 진지한 듯싶었지만 실제로는 별것 아닌, 장난이 아닌가 하고 의심하는 사람들이 늘어가고 있었다.

"아아, 절대로 의심하지 말라니까요. 아니면 수련이 물거품이 된답니다."

의심에 또다시 의심이 들지만 다시 마음을 차분히 가라앉혔다.

이상하게도 놈의 말에는 신비한 마력이 있는지 계속 듣고 싶게끔 만들었다.

"자아, 이제 그녀의 이름도 써보세요. 다 쓰셨으면 모두 저에게 내십시오. 좋은 일 했다고 생각하시고 빨리빨리 주세요!"

"……."

평민 놈들도 모두 나와 같이 표정을 구겼다. 평민들이랑 똑같은 표정을 짓고 있다는 게 조금 신경 쓰이기는 했지만 지금은 봐줄 수 있었다.

정말 발레키는 엉뚱했다.

나이에 안 맞게 엉뚱했다. 다행히도 얼굴이 아주 잘생긴 편이라서 봐줄 만하기는 했지만, 그래도 입한한 지 한 달이 넘어가는 상황이지만 여태껏 이놈에게서 배운 게 없었다.

요하네스에 무엇을 배우고자 하는 마음에서 온 건 아니었지만 그래도 이건 아니었다. 대충 가르치는 척이라도 해야 되는 거 아닌가?

나와 평민 군단이 발레키를 무섭게 쏘아봤다. 그러자 그는 천천히 긴 은발을 매만지면서 딴 짓만 해대었다.

단순하게 머리카락만을 매만지고 있었는데, 이상하게도 불만을 가진 눈빛의 평민들이 조금씩 체념한 모습을 보였다. 이전 같으면 제일 먼저 발끈할 깐깐안경도 한숨을 푹 쉬더니 종이를 구기는 모습이 보였다.

"……."

발레키와 눈을 마주치고 나서야 그들의 반응을 이해할 수 있었다.

발레키는 그냥 단순하게 머리만 매만지는 게 아니라 학생들의 눈을 한 번씩 마주 보고 있었다.

그의 하늘색과 짙은 파란색의 중간 정도 색깔의 보석 같은 눈은 조금 묘한 분위기를 내뿜었다. 마치 살아 숨 쉬지 않는 죽은 자의 눈동자처럼.

'아이스 빔' 과는 다른 분위기였다.

참으로 어색한 분위기를 만든 당사자가 그 정적을 깼다.

"흐음, 아직도 시간이 너무 많이 남았네요. 그냥 끝낼까요?"

“……”

항상 힘이 빠지는 말만 골라서 하는 발레키였다. 하루 종일 어디 구석에 틀어박혀서 어떻게 하면 학생들을 허무하게 만들까 궁리하는 것일까?

“아아!”

무엇인가 재밌는 게 생각났는지 눈을 반짝이면서 이마를 탁! 치는 발레키를 보며 불안감이 머릿속에 가득 찼다. 깐깐 안경까지 이마에 식은땀이 맺힌 것을 보면 나만 그런 건 아닌 모양이다.

“게임 한번 해보실래요? 제가 재밌는 게임을 많이 알고 있는데……”

“……”

잠시 정신이 다른 세계로 소풍을 간 것일까? 어쩌면 휴가를 냈을지도 모른다. 발레키와 꽤나 오랫동안 알아왔지만 단 한 번도 이해할 수가 없었다.

“안 하실 분은 그냥 가만히 계서도 돼요.”

그나마 다행이었다.

그때 발레키의 눈빛에 이채가 스쳐 지나갔다.

“공통 과정이 끝나기 위해서는 제 서명이 필요한 거 아시죠?”

“……”

나는 자리에서 천천히 일어섰다. 여기서 10년을 틀어박힐
수는 없었다.

공통 과정이 끝난 이후 검술의 계열에 따라 인원을 세 분류
로 나누는데, 그때서부터 요하네스에서 본격적인 검술 수련
에 들어간다.

물론 그건 공통 과정을 무사히 이수했을 때의 이야기였다.
공통 과정을 이수해 내지 못하면 그 과정을 이수할 기회가 또
한 번 주어지고, 그 기회도 살리지 못하면 결국 학교에서 쫓
겨난다. 나에겐 좋은 방법이기는 했지만 내게 주어진 선택권
은 아니었다.

아직도 내가 그 부분을 지적했을 때 뻣뻣대마왕이 나에게
남긴 말이 생생하게 기억난다.

"노예가 있으면 편하겠군."

잊기 힘든 말이었다.

그 말에는 내가 만약 공통 과정을 끝내지 못하고 요하네스
에서 쫓겨나는 신세가 되면 노예로 써먹겠다는 말이었다.

물론 여기서 난 포기하지 않았다.

아버지에게 뻣뻣대마왕의 불순한 태도를 그대로 편지에
써서 보냈다. 그때 아버지에게서 온 짧은 답장을 잊고 싶었지

만 잊을 수 없었다.

　노예 문서를 제임스에게 10년 동안 빌려주었다. 10년 후에는 다시 나에게로 문서의 소유권에 넘어오며, 네가 졸업할 그날에 졸업장과 함께 문서를 교환해 주겠다.

　내가 이 빌어먹을 요하네스를 졸업해야만 하는 이유는 나의 자유를 위해서였다.
　자유를 위한 눈물겨운 투쟁.
　어느새 눈이 촉촉하게 젖어 들어갔다.
　아, 이 불쌍한 인생이여!
　"고귀한 분께서 어찌 혼자 궁상맞게 뭘 중얼거리십니까?"
　"아무것도 안 해!"
　갑자기 발레키가 말을 걸어서 깜짝 놀랐다.
　발레키의 얼굴을 보니 좋은 생각이 하나 났다.
　"저, 난 안 하면 안 돼?"
　발레키는 나의 가치를, 나와 평민들의 수준 차이를 잘 아는 교수였다. 나의 격을 이해하는 유일한 교수이자 요하네스의 사람이라고 할 수 있었다.
　난 의기양양하게 팔짱까지 끼고 대답을 기다렸다.

“평민들도 쉽게 하는 거라 크리스티안님께서도 쉽게 하실 수 있을 거예요. 힘들지 않은 거니 이 평민들에게 깨우침을 주는 것도 좋지 않을까요? 너무 힘드시면 안 하셔도 된답니다.”

“아니야! 할 수 있어!”

감히 평민들이랑 나를 비교하다니? 내가 힘들 거라고? 웃기지도 않는 소리다.

한 번쯤은 평민들에게 귀족의 고귀함을 알려주는 것도 좋겠지.

“훌륭하신 크리스티안님께서 그런 결정을 하실 줄 알았습니다. 조금 질이 떨어지는 귀족들은 보통 귀찮다는 걸 핑계로 꼭 해야 할 일도 안 하거든요. 하지만 역시 진정한 귀족이신 크리스티안님은 격에 맞는 의무감을 보이시네요.”

“그, 그렇지.”

발레키의 말을 잠자코 들어보면 분명히 내가 좋은 일을 했다는 걸 알 수 있다. 하지만 이 꺼림칙한 느낌. 마치 악마가 나를 조종하는 느낌은 쉽사리 지우기 힘들었다. 그렇지만 또 그의 사근사근한 미소를 보면 그런 의심이 사르르 녹는다.

“자아, 아주 쉬운 게임을 해볼게요. 가장 마음에 드는 이성 앞에 다가가서 가볍게 뽀뽀를 하는 거예요. 어때요? 쉽죠?”

“…….”

모두는 ‘죽고 잡냐?’ 라는 얼굴로 발레키를 찢어 죽일 듯한 얼굴로 노려봤다.

발레키는 안 그래도 병자처럼 흰 얼굴이 훨씬 창백해져 죽어가는 게 아닌지 의심이 드는 얼굴로 몸을 움츠렸다.

“노, 농담이에요. 왜 이리 무섭게 쳐다보시는지……. 이 게임도 재밌겠지만 우리가 할 게임은 조금 더 재밌답니다.”

더 재밌다는 말에 의심만 가득 찬 눈길로 발레키를 쳐다보는 평민들이었다.

“이 게임을 하는 이유가 뭡니까?”

깐깐안경이 싸늘하게 내뱉었다.

발레키는 조금도 당황하지 않으며 부드럽게 이야기하기 시작했다.

“평소의 틀에 박힌 수업에 지루함을 느껴 검술에 일찍이 질리는 것을 방지하기 위해 수업 방법을 조금 바꿔보려고요.”

“…….”

발레키 특유의 ‘사람 힘 빠지게 해서 아무런 반박도 하지 못하게 하는’ 화법이었다.

“그리고 이제 곧 시작할 게임을 통해서 검술에 대한 색다른 흥미와 갑작스런 변화에 대한 적응력은 물론, 여러분 사이의 학우애가 더욱 돈독해지겠지요. 당연히 이 발레키의 뛰어난 교수법에 대한 감탄도 하게 될 거구요."

마치 그 모든 것을 이미 이루어놓았다는 얼굴로 흐뭇하게 말하는 발레키를 보며 도대체 무슨 말을 해야 할지 모르겠다는 얼굴로 깐깐안경은 고개를 절레절레 흔들었다.

평민이지만 이번만큼은 이해할 수 있었다.

"이제부터 할 게임은 오래 버티기이에요. 누가 가장 끈기가 있는지를 뽑는 건 물론, 이 게임을 통해 조금 더 성숙한 내면을 키울 수 있을 거예요."

발레키의 말을 잠자코 듣고 있다 보니까 아주 큰 의문이 하나 생긴다. 그 의문이 너무도 섬뜩하여 온몸이 순간 굳어버렸다.

"발레키, 이 게임을 통해서 성숙한 내면을 키울 수 있다는 건 딱 한 번만 해도 그런 효용이 있다는 거야?'

보통 무엇을 키운다고 말할 때는 꾸준히 무엇인가를 해야 한다는 말이다.

나는 침을 꿀꺽 삼키며 발레키의 대답을 기다렸다.

발레키는 검지를 좌우로 까딱였다.

"당연히 꾸준히 해야죠. 앞으로 이 게임을 매일매일 하려고요. 얼마나 좋아요, 즐겁게 수업을 참여할 수 있는 게?'

"……"

발레키에게 있어 '즐겁게' 는 도대체 어떤 개념일까? 분명 '상대의 곤혹스러워하는 모습을 웃으면서 지켜보기' 에 가까운 개념이겠지.

그때 갑자기 발레키가 바닥에 엎어졌다.

놀란 마음에 조심스럽게 다가갔다. 그는 두 눈을 멀쩡히 뜨고 있었다. 이상하게 넘어졌는지 자세가 상당히 힘들어 보였다. 두 다리를 목에 걸고 두 손으로 몸을 지탱하고 서 있었다.

"……."

상당히 우스운 꼴이었다. 게도 아니고, 옆으로 왔다 갔다 하는 발레키를 보니까 무슨 말을 해야 할지 참 막막했다. 그때 갑자기 뒤통수를 일 톤 망치로 얻어맞은 기분이 들었다.

"그게 게임 자세냐?"

끄덕끄덕.

"……."

우주가 빅뱅에 의해 새롭게 창조되는 모습이 내 머릿속에서 광속으로 펼쳐졌다. 정신을 되찾는 데에는 꽤나 오랜 시간이 걸렸다.

"나보고 그 자세를 하라는 건 아니지?"

우습기 짝이 없으며, 천박함 그 자체였다. 게다가 유난히 하반신이 도드라지는 게 보기 민망했다. 내가 평민들과 함께 저런 자세를 할 거라고 조금이라도 생각하고 있다면 그건 최고의 착각…….

"평민들도 쉽게 하는 자세입니다. 크리스티안님, 어려워서 못하시는 건 아니잖아요."

"다, 당연하지!"

감히 나를 평민 따위와 비교하다니…….

갑자기 평민이랑 비교를 당하니 얼굴이 붉게 상기되었다.

발레키는 내 대답에 빙그레 웃으며 자리에서 일어났다.

"자아, 그럼 게임은 이제 시작했어요. 인내심. 이 게임의 목적을 잊지 마시고 끝까지 이겨내세요."

"……."

당연하게도 그 어떤 평민도 발레키가 선보인 '따라 하느니 차라리 접시에 코를 박고 죽겠다' 라고 생각하게 하는 자세를 하지 않았다.

아무도 선뜻 게임에―당연하게도―참여하지 않자 발레키는 턱을 괴었다. 그것도 잠시, 좋은 생각이 났는지 갑자기 목소리가 커지는 발레키였다.

"이긴 사람에게는 교수 식당에서 오늘 주는 특식인 스테이크를 드리겠어요!"

나는 내 귀를 의심했다.

겨우 스테이크 때문에 그 치욕스런 자세를 따라 할 거라 생각하면 발레키는 생각보다 저능하다고 할…….

쿠쿵!

갑작스레 지진이 난 걸까?

나는 지축이 흔들리는 느낌을 받았다. 나만 느낀 것이 아닌지 궁금해서 주위를 둘러봤다.

"……."

대책이 없다.

평민들은 반쯤 풀린 눈으로, 그리고 의욕에 가득 찬 얼굴로 게임에 참여하고 있었다. 두 다리를 모두 목에 건 채로 두 손으로만 땅을 짚고 있는 모습에 어떻게 반응해야 할지 몰랐다. 몇 없는 여자 평민들은 부끄러운 걸 알고 그 자세를 하지 않았지만, 정작 추한 사내 녀석들은 스테이크에 눈이 멀어서 고개를 빳빳이 들고 부끄럼없이 자세를 유지하고 있었다.

"……."

특히 그들의 더욱 도드라져 보이는 하반신은…….

"우욱!"

평소에 제대로 씻지 않은 얼굴들로도 충분히 역겨운데 굳이 저런 자세까지 보이면서 나를 괴롭혀야 하는지 모르겠다.

"안 하시나요?"

어느새 옆으로 바짝 다가온 발레키가 물었다.

나는 물끄러미 발레키를 바라봤다.

"미쳤냐?"

발레키가 이 오묘한 자세를 선보였을 때는 그래도 그냥 봐 줄 만했다. 워낙에 발레키가 미남인 데다, 그의 체형은 요사로운 기운을 내뿜어 그 어떤 추태도 그냥 그럭저럭 보이게 했다.

하지만 이 평민들은 발레키의 얼굴이나 요사스러운 기운이 조금도 없었다.

제정신으로는 도저히 저 자세를 할 수가 없을 것이다.

갑자기 발레키가 흡족한 미소를 지으면서 입을 열었다.

"만약 이기시면……."

"스테이크 따위는 필요없어. 저런 자세를 하느니 차라리 일주일을 굶고 말아."

이미 단체로 '응응' 한 자세를 보이는 평민들의 모습에 식욕은 저기 다른 세상으로 건너가 버렸다. 적어도 하루 이틀은 그 세상에서 즐겁게 놀고 있을 것이다.

발레키는 여전히 미소를 띠고 있었다.

온몸에 오한이 드는 건 내 착각이었을까?

"제가 뻣뻣대마왕의 수업을 빼드릴 수 있답니다."

언제부터인가 발레키는 내가 지어준 별명들을 부르기 시

작했다. 평민 군단의 이름은 깍듯하게 '레이디', '님' 과 같은 호칭을 붙이면서도, 교수진에게는 '뻣뻣대마왕', '문지기' 와 같은 별명을 애용한다.

"정말?"

매서운 태풍 속에서 그 눈을 만난 기분이다. 하지만 이 눈이 정말로 안전지대인지, 아니면 우연히 눈의 끝을 스치고 있는 건지 확인해야 했다.

"그럴 권한이 네게 있어?"

사실 뻣뻣대마왕이 이 학교의 교장에게 명령을 내린다고 해도 나는 믿을 것이다. 솔직히 뻣뻣대마왕이 누군가의 명령을 듣고 깍듯한 행동을 보일 거라고는 상상조차 할 수 없었다.

반면, 이 발레키는 평민의 말에도 깍듯하고 항상 살짝 비굴한 맛이 있었다.

그런 발레키가 과연 그 무시무시한 뻣뻣대마왕의 수업을 빼줄 수 있을까?

'글쎄…….'

고개가 갸웃거려지는 건 당연했다.

"그럼요. 저랑 뻣뻣대마왕은 절친한 친구랍니다. 제가 부탁하면 뻣뻣대마왕의 딱딱함이 저의 '발랄한 따뜻함' 에 사르르 녹아든답니다."

나는 팔짱을 끼며 발레키를 노려봤다.

"네 말을 믿으라고?"

솔직히 발레키는 믿을 만한 사람이 아니었다. 귀족과 평민의 차이에 대한 개념은 똑바로 박혀 있는 유일한 사람이기는 했지만, 그것과 믿을 수 있는 사람과는 별개로 판단되어야 했다.

사실 이런 사람이 수업을 가르친다는 것 자체가 의문이었다.

의심에 가득 찬 눈초리에 발레키는 실망한 듯 손등으로 이마를 짚으며 과장되게 상심감을 표했다. 진실성은 눈곱만치도 없어 보였다.

"아아, 크리스티안님의 신뢰를 저버리다니. 저를 그렇게 못 믿으시겠어요? 제가 이제껏 크리스티안님을 얼마나 깍듯이 모셨는데. 아아……!"

위태위태하게 간신히 서 있는 듯싶더니 결국 발레키의 몸이 크게 휘청거리며 바닥에 쓰러지려 했다. 그런 그를 나는 얼떨결에 받았다.

"흑흑!"

갑자기 발레키가 내 옷을 부여잡고 흐느끼기 시작했다.

참으로 부드럽고 가느다란 손가락이었고, 무엇보다도 그의 너무도 연약하여 금방이라도 깨어질 듯한 연푸른 눈동자,

그리고 산뜻한 꽃향기가 은은하게 퍼져 코끝을 간질여 너무도 달콤한 기분이… 아니라……!

나는 황급히 발레키를 바로 일으켜 세웠다. 이건 교수가 아니라 완전 음흉마도요마였다. 이렇게 요사스러운 요마를 본 적이 없었다.

"정신 차려!"

그의 어깨를 붙잡고 흔들었지만 그는 여전히 몸을 제대로 가누지 못했다.

"크리스티안님?"

이 세상에서 가장 무죄한 어린 양의 목소리가 이렇게 가냘플까?

"불명예스런 노예 문서 때문에 평민들에게 무시받는 고귀한 귀족인 크리스티안님에게 유일하게 깍듯한 사람이 누구였죠?"

"그, 그거야 당연히 너였지."

발레키는 한 번 '흑' 하더니 고개를 휙 돌렸다.

"뻣뻣대마왕과는 달리 볼 때마다 인사도 꼬박 드리고 최대한 편의를 봐드린 사람이 누구죠?"

"너지……."

이거 왠지 절대 말려들어서는 안 되는 상황에 빠진 느낌이 들었다. 하지만 이 모든 상황을 발레키가 계획했다고 보기는 힘들었다. 단지 조금 불안하기는 했다.

"이 요하네스에서 크리스티안님에게 가장 헌신한 사람이 누구죠?"

"당연히……."

이번에는 대답을 채 끝내지도 못했다.

발레키는 제 감정을 이기지 못한 채 상기된 얼굴로 나에게 따지기 시작했다.

"그런 저인데 왜 크리스티안님께서는 저를 믿지 못하시는 거예요. 저는 오로지 크리스티안님을 위해서 일을 하는데 언제부터 저를 신뢰하지 못하시게 되었나요. 제가 지금까지 크리스티안님에게 거짓말을 한 적이 있었나요?"

갑자기 무섭게 따져 대는 발레키의 말에 경황은 없었지만, 생각을 해보면 그의 못 미더운 행동과는 달리 말은 항상 바로 했다. 나를 '고귀' 하다고 하는 것처럼.

"그러고 보니 정말 거짓말은 한 적이 없네?"

의외였지만 정말 그는 거짓말을 한 적이 없었다.

발레키는 여전히 애처로워 보이는 커다란 눈망울을 반짝이며 고개를 끄덕였다.

"지금까지도 충실해 왔는데 이제 와서 거짓말을 할 필요가 있겠어요?"

나는 어깨를 으쓱했다.

그의 페이스에 말리는 기분에 조금 의심이 가기는 했지만, 확실히 그의 말은 틀리지 않았다.

"그러니까, 앞으로 제가 뻣뻣대마왕의 수업을 빼드릴 수 있습니다. 이제는 게임에 참여할 마음이 생기셨나요?"

갑자기 생기가 돌기 시작하는 발레키의 어조에 어떻게 반응해야 할지 모르겠다.

"근데 사실 빼고 싶을 정도로 끔찍하지는 않은데."

사실 뻣뻣대마왕이 갈구는 것도 이제 익숙해지기 시작했다. 가끔은 한계 이상으로 내 몸을 시험에 들게 하지만, 입학한 첫 주처럼 죽고 싶을 정도는 아니었다.

요약하자면,

"저 자세를 하느니 차라리 뻣뻣대마왕의 수업을 듣는 게 나을 것 같아."

몸이 부르르 떨린다. 나도 모르게 뒤를 돌아 평민들의 '나를 죽여줘' 라고 말하는 듯한 자세를 봐버렸다. 아름다운 것만 봐야 하는 내 눈을 혹사시켜 미안한 감정이 든다.

"흑흑."

다시 발레키가 쓰러진다. 다시 그를 얼떨결에 받은 나는 솔직히 어떻게 해야 할지 몰랐다.

"정말 안 하실 거예요?"

솔직히 발레키의 애걸에 가까운 부탁이라 조금 고민을 해

보기는 했다. 물론 고민할 가치도 없었다.

"어."

나도 모르게 뒤를 다시 한 번 쳐다봤다.

"으으."

고개를 절레절레 흔들었다. 살짝 훔쳐보기만 했는데 온몸의 털이 쭈뼛쭈뼛 서버렸다.

그때 발레키가 바로 섰다. 더 이상 휘청거리지도 않았고, 그 무죄한 어린 양의 눈빛도 하지 않았다. 인형처럼 인공적인 느낌을 주는 눈동자가 미동도 하지 않았다.

"안 하시면 공통 과정 이수증에 서명할 수 없습니다."

"……."

잠시 정신이 파업을 선언했지만 상황이 상황인지라 잠시 일을 해주기로 합의를 봤다.

"협박하는 거냐?"

"아니요. 그냥 학생의 의무를 하시라는 거예요. 제가 어떻게 위대하신 크리스티안님을 협박할 수 있나요? 하지만 교수인 제 학습을 수행하지 않으시겠다면 저에게도 선택권은 남지 않는답니다."

"……."

퍽!

나는 있는 힘껏 침대를 때렸다. 이전에 벽을 때려 뼈에 금이 간 이후로 화풀이할 때는 침대를 애용했다. 아무리 세게 쳐도 아프지 않다. 물론 가끔 빗겨 치면 손목이 삐는 불상사가 일어나지만, 요즘은 꽤나 숙련되었다.

"젠장!"

발레키가 그런 식으로 내 뒤통수를 때릴 줄 누가 알았단 말인가.

평소에 싹싹한 놈이라 싹이 좋은(?) 교수라고 생각했거늘, 믿는 도끼에 발등 찍힌다더니 완전히 내가 그 꼴 났다.

"괜찮아?"

나는 천천히 뒤를 돌아보았다. 그가 내 어깨에 손을 얹었을 때부터 치미는 이 역겨움은!

내 예상이 딱 맞았다.

자기 딴에는 '따뜻한' 미소를 지어 보이면서 나를 위로하려는 행동을 해 보이는 넓적얼굴이었다. 가까이서 보니까 생각보다 땀구멍이 훨씬 크다. 개미가 땀구멍에 들어가서 수영을 해도 될 정도의 크기다.

"떨어져, 이 자식아!"

나는 놈을 힘껏 밀쳤다. 무식하게 덩치만 좋아서 한 발짝만 물러나는 것을 보니 더욱 열이 뻗친다.

의기소침한 넓적얼굴을 보니 조금 심했나 싶기도 하지만 겨우 평민의 기분이었다. 나는 애써 무거운 마음을 떨쳤다.

"괜찮아. 어차피 그 자세, 다 했잖아. 그렇게 추하지도 않았어."

"……."

나는 잠시 동안 '사고 정지' 시간을 겪어야 했다. '그 자세'라는 단어가 이상한 건 아니었다. 하지만 '그 자세'라는 단어를 들으면 자연스럽게 '어떤' 특유의 자세가 떠오르고, 내가 평민들과 함께 그 자세를 한 '상황'이 떠올라 머릿속에 생생하게 그려진다. 거기에서 문제가 생기는 것이었다.

"추하지 않았다고?"

기분 나쁜 고음이 넓적얼굴의 옆에서 들렸다.

킥킥대면서 어쩔 줄 몰라 하는 놈은 뱁새눈이었다. 지금까지 항상 불만에 차 있던 놈이 오늘만큼은 그 어떤 사람보다 행복해 보였다.

"추하지 않기는, 킥킥킥. 거울이 없었던 게 너한테는 천만다행이었어. 역시 귀족은 '그것'도 더 특별한가 봐? 푸하하하!"

"……."

온몸이 부르르 떨린다.

뱁새눈을 골려주는 건 항상 내 일이었다. 그 반대의 일은 어떤 상황에서도 있을 수가 없었다. 뱁새눈에게 뭐라고 갈구고 싶었지만 다시 그 '상황'이 떠올라 얼굴이 붉게 달아올랐다.

화끈거리는 얼굴도 여간 성가시지 않았다.

"푸하하! 왜 아무 말도 못하냐? 내가 대신 해줘? 너희 평민들은 보잘것없어서 '그것'도 작다, 뭐, 이런 식으로 말하면 되는 거야. 푸하하하!"

뱁새눈은 결국 참지 못하고 침대에서 데굴데굴 구르며 방이 떠나가도록 크게 웃었다.

결국 이성의 끈은 끊어졌다.

스르릉!

내 수수하기 짝이 없는 검이 검집에서 미끄러지듯이 나왔다. 의도하기는 했지만 내 검은 정확하게 뱁새눈의 코앞에서 멈췄다. 워낙에 빨리 한 동작이라 어쩌면 뱁새눈의 코를 베어버릴 수도 있을 거라 생각했는데 의외로 내 동작은 섬세했다.

"죽고 싶냐?"

속이 부글부글 끓고 있었다.

뱁새눈이 기름을 끼얹지 않아도 이미 이성의 끈이 그 한계를 느끼고 있었던 상태이다.

"……."

나는 잠시 머뭇거릴 수밖에 없었다.

뱁새눈의 눈동자.

그의 눈동자가 담은 건 공포였다. 아까처럼 시건방지게 웃지 못하고 공포에 부들부들 떨면서 어쩔 줄을 몰라 했다. 단순히 위협이었을 뿐인데 이 정도의 효과가 있을 줄은 몰랐다.

그때였다.

"맞는 말을 했는데 왜 그렇게 흥분하는지 모르겠네?"

이 음성.

어디선가 많이 들어본 목소리였다.

돌아보니 어느새 주먹코가 와 있었다. 넓적얼굴로도 충분히 꽉 찬 방에 주먹코의 거대한 덩치가 이 좁은 방 안으로 들어와 있으니 숨이 막혔다.

"뭐라고?"

나는 천천히 돌았다.

어디서 이런 용기가 나는지는 모르겠다. 분명히 그가 두려웠다. 하지만 너무 열 받은 지금, 놈을 당장에라도 십 등분할 수 있을 것만 같았다.

"네 '그것'이 대단하다고 칭찬했을 뿐이잖아. 그런데 왜 이렇게 흥분하냐고."

"……?"

주먹코를 보면서 나는 의문을 가질 수밖에 없었다. 아까처럼 당당하지 않은, 조금 어눌한 어조로 말하는 것은 물론이고 갑자기 식은땀을 흘리기 시작했다. 상당히 긴장한 모습이라고 할까?

나는 천천히 놈에게 다가갔다. 내가 다가가면 다가갈수록 놈은 뒷걸음질을 쳤다. 뿐만 아니라 놈의 새까만 얼굴이 창백해질 정도로 겁먹은 모습이었다.

휘잉!

나는 놈의 앞에서 검을 한 번 휘둘렀다. 단순한 위협용이었다. 닿을 듯 말 듯한 거리였지만 아주 천천히 휘둘렀기에 정신만 제대로 박혀 있다면 쉽게 피할 수 있을 정도로 어설픈 일격이었다. 눈짐작으로는 닿지도 않겠지만.

서걱!

"크악!"

"……."

나는 코가 잘려 나가 피를 쏟아내는 주먹코를 가만히 지켜볼 수밖에 없었다. 어차피 저런 주먹코는 차라리 없는 게 나으니까 내가 선행을…….

"왜 피하지 않았어?!"

나도 모르게 당황했다. 평민이고 뭐고 내가 그를 베었다는 게 이해가 되지 않았다.

"넓적얼굴! 당장 코베를 불러와!"

나는 얼굴이 창백해진 넓적얼굴에게 말했다. 그리고 주먹코를 부축하려 했다. 하지만 놈의 거대한 덩치를 내가 어떻게 해볼 수가 없었다.

도대체 어디서부터 일이 꼬인 걸까?

그때 마침 복도를 돌고 있던 코베가 들이닥쳤다. 잠시 상황을 파악하던 코베는 결국 피 묻은 검을 들고 있는 나에게서 눈이 멈췄다.

"그렉, 이 아이를 의료원으로 최대한 빠르게 데려가라. 그리고 너, 따라와."

코베의 얇은 눈이 이렇게나 무섭게 느껴질 줄은 몰랐다.

6

나는 어두컴컴하기 짝이 없는, 은은한 혈향이 퍼지는 곳에서 기다리고 있었다. 시간이 지날수록 긴장감은 배가되었고, 옆방에서 나는 소리인지 모를 '크아아!' 소리가 귀를 괴롭혔다. 찰싹, 하는 소리도 같이 나는 걸 보면 채찍으로 맞고 있는 게 아닌가 싶기도 했다.

마음이 무거웠다.

주먹코에게 미안할 리는 없었는데, 그런 비슷한 감정이 들기도 했다. 아무리 못생긴 주먹코라도 코는 있는 게 더 좋을 텐데…….

덜컹!

갑자기 문이 열리며 하늘이 무너지는 듯한 느낌을 받았다.

문이 열리자 바깥의 횃불을 통해 빛이 조금씩 들어왔다. 빛에 눈이 익숙해지자 반대편에 앉은 인물을 확인할 수 있었다.

'뻣뻣대마왕.'

나는 얼굴을 푹 수그렸다. 하필이면 그 많고 많은 사람 중에서 뻣뻣대마왕일까. 차라리 발레키… 도 별 도움이 안 되겠지만, 그래도 뻣뻣대마왕은 깐깐안경만큼이나 깐깐할 때가 있었다.

"크리스."

'크리스티안이라니까!' 라는 말이 속에서만 메아리친다.

"벌써 두 번째로군."

나는 눈을 지그시 감았다. 아마도 그 다음에 이어질 말은 '자아, 여기 청소 도구가 있다. 화장실을 중점적으로 닦도록' 이겠지?

"첫 번째는 그냥 사고로 넘어갔다. 하지만 오래 지나지 않아 또다시 이런 일이 생겼으니 그냥 넘어갈 수는 없다. 학교의 규칙에 따라 격리된 채로 따로 개인 교육을 받을 것이다.”

“…….”

잠시 말문이 막혔다. 물론 내 예상이 보기 좋게 빗나가서 기분이 좋아 말문이 막힌 건 아니었다.

“그런 규칙이 어디 있어!”

개인 교육은 절대로 좋은 단어가 아니었다. 격리라는 단어 역시 그렇게 좋지 않은 단어였다. 그리고 그 단어가 동시에 쓰일 때는 더욱더 안 좋다.

“입학 시에 이미 설명한바 있다. 물론 네가 들었을 리 없겠지만.”

그의 미동도 하지 않는 검은 눈동자가 혹시 악마의 것이 아닌가 의심이 든다.

“이스트 윙의 건너편에 작은 창고가 있다. 거기에서 ‘벌’을 받는 동안은 나올 수 없으며, 하루에 세 끼는 제공될 것이다. 하루에 열두 시간 분량의 과제가 주어질 것이고, 이따금씩 내가 직접 봐주러 갈 것이다. 더 이상의 질문이 있나?”

보이지는 않지만 분명 내 턱은 바닥에 닿아 있을 것이다.

“네가 날 개인적으로 가르친다고?!”

지옥의 불 위에서 코베라는 수하를 데리고 지옥의 입구에서 나를 기다리는 뻣뻣대마왕의 늠름한 모습이 머리에 그려졌다.

"언제까지?"

말로써, 혹은 내 권위를 들먹여서 이 벌칙을 우회해 갈 수 있는 방법은 없었다. 적어도 그 상대가 뻣뻣대마왕이라면 말이다.

"네가 잘못했다는 사실을 깨닫고 깊이 반성하는 모습을 보일 때까지."

내 귀를 의심했다.

"내 잘못이었다고? 단순한 사고였다고! 내가 평민의 피를 봐서 뭘 한다고!"

앞으로 뻣뻣대마왕이 무엇을 시킬 건지는 몰라도 분명히 편하고 나에 맞는 대우를 할 것 같지는 않았다. 어떻게 해서든 이 상황을 벗어나야 했다.

"단순한 사고라도 자기가 한 일에는 책임을 져야 한다. 그건 귀족의 의무뿐만 아니라 인간으로서 할 수 있는 최소한의 예의다."

나는 이마에 손등을 갖다 대었다.

"그러니까 내가 벌을 받지 않으면 귀족은커녕 인간도 아니란 말이냐?!"

"……."

뻣뻣대마왕은 가만히 나를 노려보고 있었다. '새삼스럽

냐? 라고 묻고 있었다.

찰싹!

"크아아아!"

갑자기 들려오는 기괴한 소리에 나와 뻣뻣대마왕은 옆의 벽을 가만히 응시했다. 분명히 거기에서 들려온 소리. 뻣뻣대마왕은 그 소리의 원인을 알 줄 알았는데 그 역시 모르는 듯한 얼굴이었다.

"말 안 듣는 평민들은 저렇게 고문을 주는 거야?"

말로 해서 안 들으면 저런 식의 조치가 필요하다.

뻣뻣대마왕은 대답할 가치도 못 느끼겠다는 얼굴로 자리에서 일어나 방을 나섰다. 나 역시 호기심에 그를 따라갔다. 요하네스에서 어떤 식으로 평민을 고문하는지 기대를 품으며…….

나는 여기저기 곰팡이가 슨 축축한 통로를 통해 옆방에 도착할 수 있었다.

"……."

그리고 내 눈을 믿을 수가 없었다.

철썩!

"크아아아!"

그 기괴한 소리를 만들어내는 당사자는 아직 나와 뻣뻣대마왕이 뒤에 와 있다는 사실을 알아채지 못했는지 여전히 그

해괴망측한 추태를 계속해서 하고 있었다.

은발에 가까운 신비한 백발을 지닌 사내가 몽둥이로 벽에 걸려 있는 이불을 때렸다.

철썩!

그런 다음에는 귀를 괴롭히는 고음의 소리를 직접 만들어 내었다.

"크아아아!"

나는 옆에 선 뻣뻣대마왕을 가만히 바라봤다.

'너랑 똑같은 교수지?' 라는 눈빛으로. 그 눈빛을 받은 뻣뻣대마왕은 고개를 절레절레 흔들었다.

사내는 그 해괴망측한 추태를 한차례 더 한 후에야 우리들의 존재를 알아차린 듯했다.

발레키는 그의 큰 눈을 깜빡이며 우릴 망연자실하게 바라보고 있었다. 주먹이 들어갈 정도로 입을 크게 벌린 채 참 많이 놀란 얼굴이었다.

"쯧쯧."

저절로 혀가 차졌다.

그제야 발레키는 '헤헤' 웃으면서 머리를 긁적이며 멋쩍어했다. 저런 어리버리한 웃음으로 이 사태를 대충 무마하려는 의도가 아주 그냥 확! 보였다.

"여기서 뭐 하는 거지?"

뻣뻣대마왕이 한심하다는 표정을 지으며 싸늘하게 뱉어 냈다.

뻣뻣대마왕의 질문에 몸을 움츠리더니 애써 밝게 웃으면서 입을 열어 보인다.

"이불에 먼지가 너무 많은 거예요. 또 이 착한 발레키가 그냥 지나갈 수가 없어서……. 헤헤, 잘하지 않았나요?"

어느새 뻣뻣대마왕의 옆에 와서 머리로 그의 어깨를 비비면서 애교까지 떨어 보인다.

언제는 '뻣뻣대마왕의 수업은 빼줄 수 있어요'라고 당당하게 말한 주제에, 이제는 아주 슬슬 기고 있다. 코베만도 못한 놈인 것 같다.

"그럼 왜 그 이상한 소리를 만들지?"

여전히 싸늘함이 뿜어져 나오는 음성에 발레키는 황급히 뻣뻣대마왕에게서 멀어졌다. 머리를 가리는 걸로 봐서는 맞을까 봐 떨어진 모양이다.

'맞고 살아?'

어이가 없다.

뻣뻣대마왕에게 맞고 살면서 어떻게 나한테는 그렇게 큰 소리를 칠 수 있었는지 의문이 든다.

발레키는 조심스럽게 두 팔 사이로 뻣뻣대마왕의 현 상태를 파악하고 아직은 때릴 생각이 없다는 걸 확인한 후 팔을 내리고 애써 당당하게 섰다.

"그냥 때리면 재미없습니다. 어떤 일을 하든 맛깔 나게 해 야죠."

뺏뺏대마왕은 잠시 발레키를 노려봤다. 눈빛만 봐도 긴장 되어 식은땀을 줄줄 흘리는 발레키의 기분을 십분 이해할 수 있었다.

뺏뺏대마왕은 팔짱을 끼며 물었다.

"공포 분위기를 조성하려던 게 아니고?"

"……."

대화는 둘이 나누고 있었는데, 그에 영향을 받는 건 나인 것 같았다. 잠시 생각을 정리할 시간이 필요했다. 아주 잠 시.

"너, 그러니까 이 소리를 낸 게 나 겁먹으라고 하는 거였 어?"

뺏뺏대마왕에게는 끔뻑 죽으면서 어째 내가 물으니까 당 당하게 고개를 끄덕인다. 자신은 잘못한 게 하나도 없다는 얼 굴로. 이 이상 얄미울 수가 없었다.

머리끝까지 차오른 분노가 폭발하기 일보 직전에 뺏뺏대 마왕이 입을 열었다.

"그딴 조잡한 소리에 크리스가 속아 넘어갈 줄 알았나? 지 나가던 개가 웃겠군."

뻣뻣대마왕이 발레키를 비웃자 그는 방금까지도 당당하게
들었던 얼굴을 푹 숙였다.

이상하게도 내 얼굴까지 땅을 향해 처박히게 되었다.

'이런.'

7

아침의 서늘한 한기가 벽을 지나서도 제 힘을 발휘하고 있
는 공간은 감옥을 연상케 했다. 하나의 작은 탑 안에 화장실
을 제외한 다른 방은 없었고, 가구라고는 침대밖에 없었다.
그나마 공간은 넓어 개인 연무장으로도 쓸 수 있을 것 같았
다. 살벌하게 생긴 쇠 문은 바깥에서 잠겼고, 그 아래 음식이
나 필수품을 받을 수 있는, 혹은 애완동물들이 지나가는 자리
인 듯 상당히 작은 문이 있었다.

"휴우."

격리가 아니라 이건 감금이었다. 고귀한 나를 이런 열악한
시설로 넣었다는 건 내가 미치는 꼴을 절실히 보고 싶다는 욕
구에서 나오는 선택이리라.

철컥!

자물쇠를 열고 들어오는 사내는 짙은 흑발에 그보다 짙어
보이는 눈동자, 20대도 울고 갈 30대 초반의 미안을 지닌 뻣

뻣대마왕이었다. 고급 악마는 미남들이라고 하던데 내가 이렇게 직접 목격할 줄은 몰랐다.

"수련을 하고 있나?"

언제나 그렇듯 '크리스티안님, 어디 불편한 일은 없으십니까? 제가 전부 해결해 드리겠습니다!' 와 같은 내 대우에 맞는 말은 단 하나도 없었다. 그런 말은커녕 '잘 지내나?' 와 같은 형식적인 인사도 없었다. 얄밉게도 오로지 본론뿐이다.

"쉬었다가 한다! 왜!"

어떻게 친절함이라고는 눈곱만치도 찾아볼 수가 없을까. 평민들에게는 그나마 조금 낫고 나한테는 완전 인간 이하의, 그러니까 노예! 맞다, 노예 취급을 한다.

억울함에 '왜 나를 노예 취급해?' 라고 하마터면 뱉어낼 뻔했다. 하지만 돌아올 답은 뻔했다.

'맞잖아.'

나는 3m 위에 있는 유일한 창문을 통해 하늘을 올려다봤다. 아아……!

"궁상맞게 뭘 하는 건가?"

"아무것도 안 해!"

나는 벽에 기대앉았다. 어떻게 이곳에는 의자 하나가 없냐. 넓적얼굴과 뱁새눈이 기다리는 임시 기숙사로 돌아가고 싶은 마음이 들 줄은 정말 꿈에도 몰랐다.

"수련을 게을리 하는 건가? 그렇다면 머독에게 사과할 준비가 되어 있다는 건가?"

조금밖에 표가 안 나지만 분명 '뻣뻣대마왕표 음흉한 눈빛'으로 나에게 묻는 그였다.

"웃기지 마!"

이곳에 감금되어 있는 동안 나와 그는 계약을 맺었다. 어머니가 어렸을 적에 악마와는 절대로 계약을 하지 말라고 하셨는데…….

계약의 과정과 내용을 떠올려 보니 꼬여도 한참 꼬인 내 인생에 눈가가 촉촉이 젖어든다.

"도대체 여기서 언제까지 있으라고?!"

"잘못을 인정함은 물론 당사자에게 직접 사과를 할 마음이 생길 때까지."

"웃기고 있군. 평민 따위에게?"

"그럼 앞으로 즐거운 10년이 되겠군. 아니, 9년 10개월."

분명히 뻣뻣대마왕은 희미하지만 미소를 짓고 있었다.

"알았어! 사과하면 될 거 아니야!"

대충 사과하는 거야 내 주특기였다. 이런 곳에서 10년을 사느니 한 번은 참아줄 수 있다.

"한 번 껴안아주고 이마에 입술을 맞춘다. 이것이 요하네스의 사과 방법이다."

"……."

잠시 생각을 정리하는 시간이 필요했다.

"그러니까 사과하지 말라고?"

뻣뻣대마왕만큼이나 날 잘 아는 놈도 드물 텐데 저런 말을 한다는 건, '너, 사과하지 마'라고 말하는 것과 조금도 다르지 않았다.

"나가기 싫다는 말인가?"

머리가 지끈지끈 아파왔다. 도대체 뻣뻣대마왕의 목적이 무엇인지 모르겠다.

"나가고 싶지!"

"그렇지만 사과는 하기 싫다 이건가?"

"잘 알면서 왜 물어?!"

목소리가 점점 커졌다.

"그렇다면 사과하는 방법 말고 이곳을 벗어날 수 있는 다른 방법이 있다면 무엇이든지 하겠군."

"당연하지!"

대답을 하고 나서야 알았는데, 뻣뻣대마왕의 눈빛은 그 어떤 때보다 위험해 보였다. 잠시 머뭇거리는데 놈은 벌써 제안을 하고 있었다.

"수련을 시키겠다. 평소 내가 시키는 양과 크게 다르지 않을 것이다. 내가 주는 목검으로 그 양을 공통 과정이 끝나는 동안 잘 끝내면 다른 학생들과 마찬가지로 본 과정에 참여할 수 있게 하겠다. 물론 기숙사에 배정될 것이다."

"좋아!"

어차피 내 검에서 목검으로 바뀐 것뿐. 내 검으로도 뻣뻣 대마왕의 수련을 수월하게 마쳤다. 전혀 어렵지 않았다. 게다가 한 달 반 동안 평민들과는 마주칠 일이 없으니 그것 역시 나쁘지 않았다. 시설이 열악했지만 견딜 수는 있을 것 같았다.

"하루라도 양을 못 채우면 이곳에 있는 기간이 두 배로 늘어난다. 알겠나?"

눈을 반짝이는 놈을 봤을 때 분명히 의심을 해야 했다.

하지만 나는,

"좋아. 너나 말 바꾸지 마."

당당하게 승낙했다.

'정말 바보 같았지.'

나는 손에 들린 뭉툭한 목검을 노려봤다. 말 그대로 완전히 분질러 버리고 싶은 눈빛으로.

"이 목검 안에 쇠를 넣어놓은 거 아니야? 그것도 무거운 걸로 잔뜩 압축해서.”

내 분노는 뻣뻣대마왕에게 옮겨갔다.

내 수수한 검이 이렇게나 그리울지 몰랐다.

분명히 다른 평민들은 숨을 헐떡이고 지옥을 구경하는 듯한 표정으로 뻣뻣대마왕의 수련을 간신히 버텨 나갈 때, 조금은 힘들지만 그래도 그럭저럭 수련해 나가는 나였다. 물론 그건 내 검으로 수련할 때였다.

이 목검은 뻣뻣대마왕의 ‘학생을 괴롭히기 위해서 만들어진’ 그런 마물 중 하나임이 틀림없었다. 내 검은 편하다는 것 이외에는 그 어떤 장점도 없는 ‘평범한’ 검인데, 갑자기 이 무식한, 중심도 제대로 잡혀 있지 않은 목검으로 뻣뻣대마왕의 검술 수련을 해보니 평민들의 ‘지옥 탐방 훈련’을 하는 듯한 표정을 이해하다 못해 그 표정을 지어 보일 수도 있을 것 같았다.

“평범한 목검이다. 줄리가 쓰는 목검보다는 가벼운 재질로 만들어졌다.”

“……!”

줄리. 그러니까 깐깐안경은 항상 여유가 넘쳤다. 지독한 뻣뻣대마왕의 수련이라고 해도 평소에 그녀가 하는 연습량을 떠올려 보면 우스울 정도여서인지는 몰라도 그녀는 수업 도중에는 단 한 번도 흐트러진 모습을 보이지 않았다.

“내가 지금 평민보다 못한다는 말이냐?”

뻣뻣대마왕은 음흉하게 어깨만을 한 번 으쓱해 보였다.

분명히 놈은 ‘쯧쯧, 스스로 귀족이라는 게 결국에는 평민보다도 못하면서. 괜히 불평이나 하는 허접 귀족 아니야?’ 뭐, 이런 식으로 생각하고 있을 게 분명했다.

다른 건 다 참을 수 있어도 저런 눈빛만은 참을 수 없었다.

“잠시 쉰다고 못하는 게 아니잖아! 아직까지도 밀린 적이 없는 걸 보면 몰라!”

나는 열심히 하고 있는데 뻣뻣대마왕이 인정을 해주지 않는 것 같아 열이 뻗친다.

“그리고 그건 깐깐안경이 잘하는 거지 내가 못하는 게 아니잖아!”

생각할수록 열 받는다. 교수라는 작자가 잘한다고 용기를 북돋워 주지는 못할망정 창피만 줄 생각을 하다니…….

“호오, 귀족 크리스티안이 평민 줄리보다 못한다는 걸 인정하기 시작한 건가?”

흥미롭다는 눈빛으로 나를 내려다보는 뻣뻣대마왕을 보고 나서야 나는 제정신을 찾을 수 있었다.

“그, 그게 아니지! 당연히 내가 더 대단한데, 그냥 깐깐안경이 평민치고는 꽤 잘한다는 거지! 어떻게 평민이 귀족보다 우월할 수 있어! 단지 나는 노력을 안 했고, 깐깐안경은 죽어라

했으니까 나와 비교는 될 수 있을 정도라고 할까?”

뻣뻣대마왕의 음흉한 눈빛은 여전히 가시지를 않았다.

“그러니까 평민이나 귀족이나 노력의 여하에 따라 검술이 똑같이 는다, 이건가?”

“…….”

이건 아니다.

귀족은 평민보다 우월하다. 선택받은 소수라는 말이다. 그렇다면 뻣뻣대마왕의 말은 틀렸다는 말인데, 그의 말이 내 말을 기반으로 하니까 결국은 내 말 또한 틀린 셈인가?

“아악!”

머리가 복잡해졌다.

“웃기지 마. 어디서 말로 나를 시험에 들게 하고 있어? 귀족이 이 세상에서 가장 뛰어나다는 건 누구나 알고 있어. 핏줄이라고, 핏줄! 악마의 말에 넘어가는 내가 아니었는데!”

나는 단순히 뻣뻣대마왕의 노련한 언변으로 농락당한 것이다. 평민은 귀족과 비교할 수가 없었다.

뻣뻣대마왕은 왜 그런지는 몰라도 매우 흡족해하는 것 같았다. 항상 싸늘하고 크게 감정 변화가 없어 얼굴만으로는 구분하기 힘들었지만 분위기로는 느낄 수 있었다.

“이제 수련을 시작하도록. 충분히 쉬지 않았나?”

“…….”

도대체 언제 쉬었다는 건지 모르겠다. 방금까지 소모한 정신력을 생각하면 오늘 하루는 쉬어야 한다.

나는 힘없이 일어났다.

뻣뻣대마왕은 하루에 세 차례 나를 방문했다. 방문이라고 하기보다는 내가 제대로 괴로워하고 있는지 확인하는 것이다.

“자아, 일자 베기는 아침에 다 끝냈으니까 이제는 십자 베기를 해볼까?”

일부러 뻣뻣대마왕 들으라고 중얼거렸다. 십자 베기는 힘의 배분이 중요하다. 검을 시작할 때는 힘을 많이 주고, 그 다음부터는 검이 일자를 유지할 수 있도록 최소한의 받침이 되는 힘만을 사용한다. 방향을 꺾을 때는 신속해야 하며 손목의 스냅이 중요하다.

뻣뻣대마왕에게 지난 일주일 동안 세뇌를 당했더니 이제는 외울 수 있었다.

휘익!

일자로 벤 후 대각선 위로 꺾어 아래로 검을 휘두르려는 찰나,

“아침 수련을 다 안 했군.”

일자 베기는 아침 시간에 하는 훈련으로, 연속 200회를 해

야 했다. 200회는 절대로 사람이 연속으로 할 수 있는 숫자가 아니었다. 최대한 쉬엄쉬엄했고, 오늘은 너무 귀찮아서 사실 많이 빼먹었다.

하지만 분명히 뻣뻣대마왕은 그 사실을 모른다. 보질 않았는데 어떻게 알겠는가.

"다 했어! 그리고 했는지 안 했는지 네가 어떻게 알아?"

나는 최대한 자연스럽게 말했다. 뻣뻣대마왕에게 거짓말을 하려니 몸이 조금 떨렸지만 그래도 잘해낸 것 같았다.

"아침에 지켜보고 있었다. 저 문에도 창문이 있다는 사실을 잊었나?"

왠지 아침에 수련을 할 때 뒤통수가 따갑더라니.

문에는 분명 개구멍과 창문이 있다. 확실히 거기에서 지켜보고 있었다면 내가 알아차리지 못했을 수도 있다.

"젠장, 그럼 다 봤겠네."

정말 뻣뻣대마왕이 이렇게 집요할 줄 몰랐다. 분명히 그 시간에는 다른 학생들의 아침 수업을 하고 있었을 텐데, 그 중간에 나와서 나를 염탐할 생각을 하다니. 수업 시간에는 어떤 일이 있어도 자리를 비우지 않는 깐깐한 뻣뻣대마왕의 성격을 고려해 보건대 분명히 놈은 나를 괴롭히지 못해 안달이나…….

"웃기지 마! 네가 수업을 빼먹고 나를 염탐했다고? 차라리

해가 서쪽에서 떴다고 하지?"

생각을 해보니 뻣뻣대마왕의 성격상 수업 도중에 빠질 리가 없다. 발레키가 아닌 이상 그 어떤 놈도 수업 도중 자리를 비운 일이 없었다.

내 질문을 받은 뻣뻣대마왕은 묵묵히 고개를 끄덕였다.

"그렇지. 하지만 이미 네 입으로 '다 봤겠네'라고 말하지 않았나? 그것으로 충분하다. 지금서부터 200회를 다시 실시한다. 200회를 전부 다 보고 가겠다."

"……."

상황을 파악하는 데 시간이 조금 필요했다.

"유도 심문이었냐?"

"그것도 아주 조잡한, 바보가 아닌 한 아무도 안 넘어가는."

"……."

제정신을 차리는 데 시간이 조금 더 필요했다.

"젠장."

다시 일자 베기를 200회 할 생각을 하니 머리가 아팠다. 사실 죽고 싶었다.

"머독은 일자 베기 200회를 웃으면서 하더군."

갑자기 주먹코 이야기를 한다.

"핫핫!"

일자 베기를 시작했다.

일자 베기는 그렇게 어렵지 않다. 그냥 일자로 베기만 하면 된다. 하지만 제대로 된 일자 베기는 어렵다. 일자를 유지해야 하는데, 가끔 힘이 빠지면 오묘한 곡선을 만들기도 한다. 그리고 뻣뻣대마왕이 요구하는 일자 베기는… 거의 불가능에 가깝다.

"검로를 눈으로 그려라. 그리고 그 길로만 검을 이끌고 가라. 처음에는 정교한 검을 펼칠 수 있는 게 가장 중요하다."

나는 얼굴을 구겼다.

사람이 휘두르다 보면 조금 위로 갈 수도 있고, 조금 아래로 갈 수도 있고, 조금 더 길게 갈 수도 있고, 조금 더 짧게 갈 수도 있다.

'그런데 어떻게 계속 똑같이 하라는 거야!'

이 무겁기 짝이 없는 목검 때문에 숨이 차올라 말도 제대로 할 수 없었다.

그냥 묵묵히 검을 휘두를 뿐이었다.

"집중을 해라. 일을 해치운다는 생각으로 무작정 하는 게 아니다. 어떻게 하면 더 정교하게 벨 수 있을까를 생각하면서 하도록."

이젠 슬슬 짜증이 나기 시작한다.

잔소리도 저런 잔소리가 없다.

“똑같은 검로로 열 번만 하면 200회를 다 채우지 않아도 좋다.”

“하압!”

나는 신경을 써서 검을 휘둘렀다. 일자로 깨끗이 베어졌음은 물론이고 똑같은 검로로 휘두르기 좋은, 그러니까 쉽게 벨 수 있는 자리로 휘둘렀다.

휘익!

‘오옷!’

이상하게도 검이 잘 휘둘러진다. 아마도 이제 조금만 하면 쉴 수 있다는 생각이 들어서일 것이다. 안개에 흐렸던 미래가 조금 밝아져서인지 검을 휘두르는 게 조금 더 재밌어졌다.

휘익!

검이 익숙해지기 시작했다. 처음에는 최대한 정교하게 휘두르려고 조금 천천히 했지만, 이제는 어느 정도 속도가 붙어도 검로를 벗어나지 않았다.

느낌이 좋았다.

이 느낌이 가시기 전에 최대한 검을 빨리 휘둘렀다. 신기하게도 검로는 계속해서 잘 들어맞았다. 뻣뻣대마왕 역시 아무런 잔소리를 안 하는 걸 보면 꽤나 놀라고 있는 모양이다.

휘익!

이제 두 번 남았다. 어느새 입가에 미소가 그려졌다. 200회를 20회로 줄인 나를 보면 뻣뻣대마왕은 어떤 얼굴을 할까?

벌써 웃음이 새어 나온다.

휘익!

마지막 한 번!

흥분되지만 최대한 가라앉혀서 천천히, 절대로 틀리지 않게 휘둘렀다. 조금 떨리기는 했지만 전체적인 검로를 벗어나지는 않았다.

"끝."

저절로 미소가 지어지는 걸 도저히 주체할 수가 없었다. 이런 게 성취감인 걸까?

나는 뻣뻣대마왕을 가만히 돌아봤다.

그의 처참한 표정을 보고 싶었다.

"……."

뻣뻣대마왕은 아주 당당했다. 아니, 아무런 반응조차 없었다. 도대체 무슨 생각을 하고 있는지 알 수가 없다. '참 잘했구나', '수고했다' 와 같은 말도 없다. 혹시 패배감에 젖어 상심한 것일까?

그때 나의 상기된 기분을 처참하게 깨뜨리는 한마디가 들려왔다.

“두 번째와 세 번째 검로가 달랐다.”

“…….”

입이 쫙 벌어졌다.

이런 식으로 뒤통수를 치는 게 가능할지 몰랐다. 뻣뻣대마왕에게 음모가 있을 줄은 알았지만, 이런 식의 비겁한 음모일 줄은 꿈에도 몰랐다.

“아니야! 증거를 대봐!”

“살짝 다른 걸 느끼지 않았나? 느끼지 못했다면 200회를 추가해야겠군. 그 미묘한 차이를 느낄 수 없다는 건 그만큼 감각이 무뎌졌다는 뜻이지.”

“…….”

기가 막힌다.

“그렇다고 쳐! 그럼 그때 말했어야지, 이렇게 사람 힘 빼는 게 어디 있어!”

“물어봤어야지.”

“…….”

발레키와는 또 다른 의미에서 사람의 힘을 빼는 데 재주가 있는 뻣뻣대마왕이었다.

“200회 처음서부터 다시.”

입이 다시 쩍 벌어진다.

“그래도 20회 했으니까 180회지!”

인간적으로 분명히 180회 남았다. 하지만 뻣뻣대마왕은 아랑곳하지 않았다.

"200회를 추가하라고 했으니까 380회인가? 380회 하고 싶지 않다면 빨리 200회를 다시 하도록."

"……."

어째 나는 이 지옥에서 영원히 살아갈 듯한 느낌이 들었다.

8

뻣뻣대마왕은 나를 꾸준히 괴롭혔다. 너무도 괴로워 영원처럼 느껴지는 시간이었다. 단 하루도 속을 게워내지 않은 적이 없었고, 이틀에 한 번 꼴로 탈진으로 쓰러지기도 했다. 매일 새로운 한계를 실험하는 듯한 놈의 수련에 시간은 길게만 느껴졌다. 만약 뻣뻣대마왕이 이제 곧 공통 과정이 끝나간다는 말을 해주지 않았다면 나는 적어도 1년이 지나갔다고 생각했을 것이다.

일자 베기와 십자 베기는 이제 눈 감고도 할 수 있었다. 정말 눈 감고도 할 수 있었다. 포워드 스텝이랑 백 스텝도 발에 완전히 익었다. 아직 포워드와 백 스텝의 연계와 좌우로 움직임을 병합할 순 없지만 나름대로 성취감을 느꼈다.

이 검술이라는 것도 그렇게 나쁘지는 않다는 생각이 들 정도이니까 말이다.

나는 내가 이젠 동급생 중에서는 실력이 당연히 으뜸이라고 생각했다. 지난 한 달 동안 나는 뻣뻣대마왕의 감시하에서 단 일 초도 쉴 수 없는, 정말 내가 해냈다는 게 기적이라고 생각될 정도의 빠듯한 일정을 수행했다.

귀족인 내가 이만큼 노력했으니 분명 이젠 동급생 중에서는 맞수가 없을 거라고 생각했다. 물론 이전에도 없었지만.

내가 좀 으스대자 뻣뻣대마왕은 나의 자존심을 처참하게 뭉갰다.

"이미 줄리는 그 모든 과정을 완벽하게 수행했을 뿐만 아니라, 고난이도의 응용 동작 수련에 들어갔다."

"그런 게 어디 있어! 공통 과정에서는 그런 걸 다루지 않잖아!"

괜히 승부욕이 불타오른다. 평민 따위에게 뒤처진다고 생각하니 주체할 수 없는 분노가 치솟는다.

"너에게도 알려줄 수 있다."

"시끄럿!"

뻣뻣대마왕은 정말 인정할 줄을 모른다.

이 몸의 고귀함이 아주 역력하게 드러나는 데도 놈은 애써 무시한다.

그 이후, 놈이 나에게 시도한 엄청난 암흑의 수가 있었다.

나를 괴롭히는 것을 합리화하는 엄청난 암흑의 수.

"좋은가?"

"……?"

"너도 무엇인가를 성취할 수 있다는 게, 수련의 고통에 익숙해진다는 게, 왠지 무엇인가 따뜻한 기분을 느낀다는 게, 네가 점점 발전하고 있다는 느낌이 드는 게, 이런 모든 좋은 기분을 느끼게 해주는 검술이라는 게 좋은가?"

"……."

"고통을 이해하는 자만이 진정한 기쁨을 맛볼 수 있는 자격을 가진다. 검술은 너에게 더 큰 기쁨을 줄 수 있다. 진심으로 원해라. 아니, 네가 진심으로 원하고 있다는 사실을 깨달아라. 지금까지 맛봤던 기쁨이 더욱 커질 테니……."

하마터면 놈의 암수에 빠질 뻔했다. 실제로 흐뭇함에 미소까지 지었던 내가 바보 같았다.

머리를 싸매며 괴로워하고 있던 찰나였다.

덜컹!

아무런 기척 없이 들이닥치는 인물은 역시나 뻣뻣대마왕이었다. 평소처럼 무덤덤한 표정에 굳게 닫힌 입술, 사람을 뚫어져라 쳐다보는 눈빛.

뻣뻣대마왕은 문을 연 채로 가만히 나를 응시하고 있었다. 평소처럼 '어서 수련하도록. 벌써 쉬고 있는 건가? 200회 추가!' 라는 말은 없었다.

나는 꺼림칙한 느낌과 함께 자리에서 벌떡 일어나 수련을 시작했다. 평소에는 일자 베기로 시작하겠지만, 근래에는 스텝으로 먼저 몸을 가볍게 풀고 시작했다. 몸을 풀기 위한 다이아몬드 스텝을 밟기 시작하려는 찰나에 뻣뻣대마왕의 음성이 들려왔다.

"시험을 보겠다."

"……."

갑자기 들어와서는 뜬금없이 한다는 소리가 '시험을 보겠다' 라니!

"시험? 이건 계약에 없었던 내용이잖아?!"

변화는 좋지 않다. 가끔은 좋은 변화도 있지만, 지금껏 뻣뻣대마왕에게 있어 좋은 변화는 없었다. 오로지 나쁜 변화만 있었다. 불안감에 등골이 다 서늘해진다.

"시험을 통과하면 격리 생활은 끝이 난다."

이 지옥 생활에서 벗어나게 해준다는 말이었다. 물론 그의 말을 곧이곧대로 받아들이기 이전에 의심부터 들었다.

"사과를 하지 않아도?"

껴안고 이마에 뽀뽀를 하는 건 이 지옥 생활보다 못했다. 특히 상대가 주먹코일 때는 말이다.

뺏뺏대마왕은 묵묵히 고개를 끄덕였다.

"……."

나는 고개를 갸웃거렸다. 지금 나에게 이 달콤한 제안을 하는 게 뺏뺏대마왕인지 확실하지 않았다. 모습도, 말하는 어투도, 몸을 움직이는 습관도 모두 뺏뺏대마왕이었는데, 나오는 말은 뺏뺏대마왕의 것이 아니었다.

"고생만 실컷 시키고 나서 '탈락이다' 라는 말을 하는 건 아니지?"

지금까지 뺏뺏대마왕이 나를 수련시킨 걸 생각하면 충분히 있을 수 있는 일이었다. 기대감에 부풀었다가 결국에는 실망하게 된 일이 얼마나 많았던가.

"물론 기대치에 미치지 못한다면 탈락이다."

"……."

그럼 그렇지. 뺏뺏대마왕이 나를 이곳에서 순순히 빼내어 줄 리 없었다. 요즘 생활을 봐서 뺏뺏대마왕은 나를 괴롭히는 낙으로 사는 게 뻔했다. 의심할 가치도 없었다.

"휴우! 그래, 빨리 해치우자."

나는 한숨을 쉬었다. 하도 많이 당해서 이제는 더 이상 기대도 하지 않았다. 체력을 아끼는 게 좋다. 뻣뻣대마왕은 항상 내가 기대감에 부풀어 체력을 한꺼번에 소진하게 만들어 수련을 훨씬 고되게 만들었는데, 이번만큼은 그런 식으로 당할 수 없었다.

이미 수도 없이 당했다.

"검을 가져와라."

"……."

나는 멍하니 뻣뻣대마왕을 바라봤다. 그를 한 번 쳐다보고 내 손에 들린 목검을 한 번 쳐다봤다. 그럼에도 불구하고 아무런 반응이 없자 나는 다시 그와 목검을 번갈아가며 쳐다봤다.

"네 방에 가서 네 검을 가져오란 말이다."

"……."

다시 나는 놈을 멍하니 바라봤다.

보통 뻣뻣대마왕이 들어올 때는 문을 열어놓지만 도망갈 생각은 단 한 번도 하지 않았다. 놈의 달리기는 순간 이동에 가까웠기에 도망가는 미친 짓은 하지 않았다. 하지만 이번에는 조금 달랐다. 허락이 떨어졌다.

"정말?"

뻣뻣대마왕은 천천히 고개를 끄덕였다.

"이번 시험은 네 검으로 한다."

"내가 도망갈 리 없다는 걸 알고 있네?"

나를 믿는다는 소린가? 감금 생활 동안 아무리 사정해도 산책조차 허용되지 않았는데…….

뻣뻣대마왕의 왼쪽 입술이 말려 올라갔다.

"비웃냐?"

"도망갈 방법도, 도망갈 곳도 없다는 사실을 알지 않나?"

"……."

9

해가 머리 위에 떴다. 성 내부에서 미미한 진동이 일어나고 있는 것을 보면 아마 식당으로 향하는 평민 러쉬가 시작되었나 보다.

나는 뻣뻣대마왕을 가만히 노려봤다.

"……."

어이가 없다는 듯이.

뻣뻣대마왕은 내 눈빛에 조금도 영향을 받지 않는 얼굴이었다. 내가 무엇에 어이없어하는지도 상관하지 않는 것 같았다.

결국 나는 문제가 되는 점을 입 밖으로 꺼내야 했다.

"이게 무슨 시험이야? 나, 기권. 다시 탑으로 돌아갈래."

"기권하면 넌 자동적으로 노예 신분으로 돌아간다. 시험을 통과하든 안 하든 꼭 치러야 한다."

"……."

잠시 말문이 막혔다. 하지만 잠자코 당하기에는 너무도 억울했다.

"아무리 내가 촉망받는 천재라고는 하지만 조교는 너무 이르잖아?"

병자의 창백한 얼굴과 축 늘어진 살, 그야말로 역겨움의 대표 2호—1호는 주먹코—코베였다.

코베는 그의 얇고 긴 꼬불꼬불한 검을 입술로 핥고 있었다. 그 모습을 보고 있자면—보고 싶진 않았지만—등골이 서늘해졌다. 녹도 슬어 있는 검인데.

처음에 코베의 검을 막고 우쭐했지만, 그 이후 코베는 나를 꾸준히 괴롭혔다. 코베는 보이지 않는 검의 소유자, 보이지 않는 발을 가진 놈이었다. 놈이 움직이기 시작하면 어느 쪽으로 움직이는지 전혀 알 수 없었고, 검을 휘두르면 어디를 막아야 할지 몰랐다.

괜히 조교가 아니었다.

대련 시간에 놈이 항상 자세를 봐준다는 핑계로 나를 두들겨 팰 때는 정말 살인 충동을 느꼈다. 물론 그의 몸을 스치지도 못한다는 무기력함 역시 느껴야 했다.

"코베는 조절을 할 것이다. 네가 펼치는 검술과 스텝을 그대로 사용할 것이고, 생체 에너지 역시 사용하지 못한다. 너와 동등한 상태라고 할 수가 있지."

"……."

앞에서 히죽거리는 코베를 보니 그의 설명은 조금도 안심이 되지 않았다.

"쟤가 은근슬쩍 생체 에너지를 쓸 수도 있고, 내가 못 보는 사이 이상한 기술을 써먹을 수 있고, 그런 반칙을 할 수도 있잖아!"

뻣뻣대마왕이면 몰라도 코베는 충분히 그렇게 할 수 있었다.

"코베는 그렇게 비겁하지 않다. 그리고 내가 감독을 할 것이니 필요 이상의 기술을 쓴다면 내가 제지하겠다."

확실히 뻣뻣대마왕이라면 코베를 제지할 수는 있겠지만, 그렇게 되면…….

"내가 널 믿어야 된다고?"

얄밉게도 뻣뻣대마왕은 표정 하나 변하지 않고 묵묵히 고개를 끄덕였다.

"당장에 청소를 시작하든가."

"……."

졌다.

스르룽!

"……?"

원래는 조금 칙칙하다고 여겨질 정도로 볼품없었던 검이다. 아무런 장식도 없는, 참으로 수수하기 짝이 없어 나의 고귀함과는 동떨어진 검이었다.

"원래 이렇게 빛났나?"

하얗게 은은한 빛을 발산하는 듯한 검. 이런 영롱한 빛깔을 낼 수 있는 줄 몰랐다. 따지고 보면 그렇게 후진 검은 아닌 듯싶다.

"……"

나는 두 눈을 비볐다.

분명히 방금까지는 꽤나 멋지게 보였던 검이다. 그런데 갑자기 그 칙칙함을 되찾았다. 정말 이렇게 끔찍해 보일 수가 없었다.

"젠장, 내 검이 이렇지 뭐."

아무리 봐도 칙칙하고 쓸모없어 보이는 검. 흰색이면 밝은 흰색일 것이지, 칙칙한 흰색은 또 뭔지…….

휘익!

코베가 무식하게 자신의 철검을 휘둘렀다. 검에 의해 일어난 바람이 나에게까지 느껴진다. 무슨 검이 저렇게 꼬불꼬불하게 생겼는지……. 녹도 슬어 있는 것 같고. 정말 생긴 대로 불결한 검을 갖고 다니는 놈이었다.

"대련 시간은 10분. 치명적인 공격은 피해야 하고, 상대가 무너지면 그가 다시 몸을 추스를 때까지 쉰다. 신사적인 대련 이길 바란다. 10분 동안 공격 포인트를 더 많이 따는 사람이 이긴다."

규칙을 묵묵히 듣다가 의문이 생겼다.

"정말 이기라고?"

이기면 감금 생활이 끝이라고 했다. 하지만 정말 이겨야 하는지는 몰랐다. 흔히 알려진 정식 규칙을 쓰면서까지 대련을 한다. 이건 상당히 진지하다. 이제 한 달 넘게 나를 굴렸으니 탑에서 풀어줄 마음이 생겼나 싶었는데…….

또 당연하다는 듯이 고개를 끄덕이는 뻣뻣대마왕을 보자 저절로 소리가 쳐진다.

"아주 그냥 날 괴롭히려고 환장했구나!"

뻣뻣대마왕은 어깨를 살짝 으쓱했다. 저 얼음대마왕, 분명 히 신난 얼굴이다.

휘이!

검을 휘둘러 가볍게 몸을 풀었다.

"그래, 해보자. 뭐, 반칙이나 잘 봐! 코베 따위, 한 번 정도 는 제대로 공격할 수 있겠지."

힘이 용솟음친다. 언제나 그렇지만 내 검을 잡으면 몸이 가벼워지고 무엇이든지 해낼 수 있을 것 같았다. 대신 뻣뻣대마왕이 잡은 검을 잡으면 힘이 쭉쭉 빠지고 팔이 빠지는 듯한 느낌이 든다. 실제로 한 번 빠진 적도 있었다. 이 검을 잡으면 힘이 넘쳐 나고, 목검을 잡으면 몸이 축 늘어지는 이유는……

'분명 뻣뻣대마왕의 목검이 후져서야. 어떤 악한 주문을 외워놓았어.'

스텝을 가볍게 밟아보니 컨디션은 좋았다.

나는 가만히 서서 코베를 노려봤다. 항상 그렇지만 정말 보잘것없다. 어떻게 저런 이해할 수 없는 체형으로 엄청난 속도를 내는지 알 수가 없었다.

"준비는 됐나?"

마치 저승사자가 임종을 맞은 영혼을 찾아와 저 세상으로 갈 채비가 됐냐고 물어보는 듯한 뻣뻣대마왕의 어조였다.

뭐라고 따지려는 찰나였다.

"시작."

스슥!

어이가 없어 뻣뻣대마왕에게 항변을 하려는데 어느새 코베가 다가오고 있었다.

캉!

검 사이에서 불똥이 튄다.

정말 얼떨결에 막았다. 그냥 무엇인가를 느껴 움직였는데 검이 딱 막혔다고나 할까? 단순한 일자 베기였지만 벌써 손목이 아려왔다.

"이거, 반칙 아니야?!"

힘이 과도로 들어갔거나 너무 빨리 다가오기 시작했다거나. 분명히 반칙이었다. 코베는 어이가 없다는 듯이 나를 쳐다봤다.

뻣뻣대마왕은 한심하다는 듯이 나를 노려봤다.

"몸의 균형에서 나오는 속도와 힘이다. 그 정도는 너도 할 수 있다."

"내가 그걸 어떻게 해?"

분명히 코베의 움직임은 단순했지만 빠르고 효과적이었다. 지금까지 나는 저런 움직임을 보인 적이 없었다.

"그렇다면 다시 탑으로 돌아가겠군. 다시 재개하도록."

"……."

뻣뻣대마왕은 뭐라고 욕할 시간도 주지 않았다. 어느새 코베는 전진 스텝으로 거리를 좁혀 일자 베기를 했다. 똑같이 단순한 공격.

캉!

이번에는 눈에 보였지만 막는 건 여전히 힘겨웠다. 몸이 따라와 주지 않는 느낌이다.

코베는 물러나지 않고 연격기를 사용했다. 그는 왼쪽으로 스텝을 밟으면서 검을 찔러 들어왔다. 찌르기는 살짝만 쳐내도 검로가 크게 벗어나기 때문에 대충 흘렸다. 그와 함께 터닝 스텝으로 놈의 뒤통수를 갈겨줄 생각이었으나…….

캉!

"무슨 찌르기가 이렇게 쳐내기 힘들어!"

코베의 찌르기는 단순한 찌르기가 아니었다. 살짝 쳐냈는데 얼마 쳐내지지도 않았다. 옆으로 황급히 피하지 않았으면 몸이 꿰뚫렸을 것이다.

코베는 가만히 멈춰 서서 뻣뻣대마왕에게 물었다.

"꼭 한 번씩 공격할 필요는 없지요? 가벼운 연격기로도 먹힐 것 같지는 않고. 놈이 배운 한도만 벗어나지 않는다면 조금 더 응용된 연격기를 사용해도 되겠습니까?"

"……."

놈은 나를 완전히 무시하고 있었다. 공격을 세 번밖에 하지 않았는데 놈은 핸디를 조금 풀어달라고 요청하고 있었다.

"말도 안……."

말을 채 마치기도 전에 뻣뻣대마왕이 고개를 끄덕이는 모습을 목격해야 했다.

코베가 비릿하게 웃었다.

“…….”

이럴 수는 없었다.

코베는 다시 한 번 혀로 검을 핥았다. 녹이 슨 검을 핥고 싶은지…….

캉!

분명 어느 정도 거리가 있었는데 어느새 코베가 다시 거리를 좁혀와 검을 휘두르고 있었다. 간단한 일자 베기여서 막기는 했지만, 팔목에 가중되는 고통에 눈살이 찌푸려졌다.

“엇?”

갑자기 코베가 사라졌다. 뒷목이 서늘해짐을 느껴 황급히 고개를 숙였다.

휘익!

내 화려한 금발이 허공중에 슬로우 모션으로 흩날린다.

“야! 날 죽일 일 있냐!”

피하지 못했으면 적어도 내 목이 잘려 나갔다. 치명적인 공격은 하면 안 된다는 규칙을 어디로 처들은 건지…….

휘익!

“이익!”

황급히 옆으로 몸을 돌렸다. 검이 찔러오는 속도가 장난이 아니었다.

“말할 틈도 안 주냐!”

휘익!

"젠장."

나는 입을 다물었다. 코베는 쉴 틈을 주지 않고 계속 검을 휘둘러댔다. 내가 요리조리 잘 피해내는 모습에 꽤나 열 받은 얼굴이었다. 코베를 열 받게 하는 정도에 만족할 수는 없었다. 나는 실제로 공격조차 제대로 한 번 하지 못했다.

캉!

점점 힘겨워진다. 이렇게 버틸 수 있는 시간도 그렇게 길어 보이지 않았다.

"스텝을 읽어라. 검에 현혹되지 말고 어디로 쇄도해 들어오는지를 파악해라. 발이 어느 쪽으로 움직이는지 알 수 있다면, 조금 더 수월하게 막을 수 있음은 물론 반격도 할 수 있다."

뺏뺏대마왕의 잔소리가 아니더라도 지금 충분히 짜증이 치민 상태였다.

코베가 이번에는 열심히 움직이기 시작했다. 불필요한 스텝을 사용한다고 할까? 눈으로 따라가기도 힘들 정도로 빠르게 움직이고 있었다. 좌로 오는 스텝을 밟다, 어떨 때는 갑자기 우로 밟는다. 어느 쪽으로 오는지 더 헷갈린다.

캉!

그때 갑자기 또 놈의 칼이 찔러 들어온다. 찌르고 다시 거리를 둔다. 반격은커녕 언제 들어올지, 어디서 들어올지 파악하기도 바쁘다.

"발을 봐도 안 되잖아!"

괜히 뻣뻣대마왕에게 화풀이를 했다. 이미 마음으로는 코베를 스무 번도 더 때려눕혔는데 그게 마음대로 안 된다.

휘익!

이번에는 코가 베어질 뻔했다. 아무리 열 받아도 몸이 움직이지 않는다. 정말로 이렇게 가만히 당할 수만은 없었다.

일격.

한 번만 공격하고 싶었다.

"딴생각하지 않는 게 좋을걸? 흐흐."

코베는 히죽거리면서 검을 휘둘렀다. 그의 스텝은 완벽했다. 공격을 하는 데 필요한 공간을 완벽하게 확보함은 물론, 퇴로까지 확보해 놓고 있었다. 공방이 완벽하게 준비되어 있단 말이다.

반면에 나는…….

카강!

불똥이 크게 튄다.

"윽."

손목이 꺾인 듯한 느낌. 부드럽기만 했던 손목이 이제는 뻐근해졌다. 상황이 좋아질 기미가 없었다. 코베는 사정없이 검을 휘둘렀다. 시간이 지나면 지날수록 그의 빠른 검과 스텝이 더욱 뚜렷하게 보이기는 했지만 몸은 여전히 효과적인 방어를 해내지 못했다.

스텝을 어떻게 밟아야 조금 더 수월하게 막고 손목을 어느 정도로 꺾어야 바로 반격이 가능한지 모두 알고 있었지만, 머리로만 알지 몸은 조금도 알지 못했다.

"감을 믿어라. 그리고 검을 두려워하지 마라. 코베가 널 죽일 일은 없으니까 공격을 서슴지 마라. 넌 이미 충분히 숙련되어 있다."

"······."

캉캉!

조금만 여유가 있었으면 '나를 죽이지 않을 거라고? 너, 눈은 있는 거냐!' 라고 소리 질렀을 것이다. 무엇보다도 뻣뻣대 마왕의 말에 코베는 여전히 히죽대고 있었다.

코베는 좌우로 검을 두 번 휘두르더니 터닝 스텝을 밟았다. 나는 황급히 몸을 옆으로 틀어 다음 공격을 대비했다. 그때 분명 코베는 왼쪽으로 검을 찔러 들어오고 있었다. 코베가 지치고 있었는지 그 동작이 너무도 느려 보였다. 드디어 반격을 할 수 있는 기회라 생각하여 그 검을 빨리 쳐내려 했다.

"······!"

놈은 다시 반대쪽으로 한 번 틀더니 일자 베기를 시전했다. 이번에는 그 동작이 너무도 빨라 눈으로도 제대로 따라갈 수가 없었다.

털썩!

나는 얼떨결에 바닥을 굴렀다. 생각해 보니 그 방법 이외에는 놈의 검을 피할 방법이 없었다. 하지만 정작 놈의 검을 이런 식으로 피하고 나니 수치심이 치밀었다.

"……!"

코베의 검이 목 언저리를 간질였다.

나는 놈을 올려다봤다.

놈은 마치 나를 침대 밑의 벌레처럼 내려다봤다. 특유의 비웃음을 머금고 있는 건 당연했다.

"겨우 이 정도냐? 그렇게 단순한 속임수에 바로 걸리다니. 쯧쯧."

"……."

이건 바닥을 구른 수치심보다 더 컸다. 코베는 위에서 아래로 나를 내려다보고 있었다. 실제로도 나를 내려다보고 있었지만, 마치 자신이 윗사람인 양 나를 내려다보고 있었다.

그때 뻣뻣대마왕이 코베를 제지했다.

"물러나라."

공격 포인트를 잃었다는 것보다도 코베에게 너무도 어이

없는 방법으로 당했다는 사실이 더 열 받았다. 어떻게 해서든지 이 기분을 코베에게 전해줘야 했다.

나는 옷을 털고 일어섰다.

이딴 건 져도 상관없다.

어떻게 해서든지 코베를 숙이게 해야 한다.

"재개하도록."

타다다!

나는 전진 스텝을 밟았다. 이미 앞으로 가는 스텝은 완벽하게 익힌 상태였다. 발의 앞부분에 힘을 잔뜩 주어 앞으로 나아간다. 적까지의 거리를 잘 계산해야 함은 물론, 황급히 방향을 돌릴 여력을 남겨야 한다. 빨리 나아가는 것보다는 정확하고 제대로 나아가는 게 중요하다.

나는 회전을 하며 검을 찔렀다. 최근에 뻣뻣대마왕에게 배운 찌르기였다. 회전을 가하면 막기가 조금 더 힘든 건 물론 어느 정도의 가속도도 기대할 수 있었다.

카캉!

유난히 불꽃이 크게 튀었다.

예상대로 코베는 내 검을 쉽게 막아내었다. 놈의 검이 꼬불꼬불해서인지는 몰라도 유난히 검이 거칠게 느껴졌다. 내 검에 금이라도 안 갔는지 궁금할 정도였다.

나는 코베가 반격하는 동작을 보고 황급히 검을 휘둘렀다.

사실 아무렇게나 휘둘렀다는 게 맞았다. 놈이 준비가 되면 분명 다시는 내게 공격할 틈을 주지 않을 게 분명했기 때문에 마음이 다소 급했다.

지잉!

"……."

검을 휘둘렀는데 이상한 막에 막혔다. 분명히 아무런 막도 없었는데 코베의 검이 아닌 다른 무엇인가에 막혔다. 너무도 놀라 나는 얼떨결에 검을 다시 휘둘렀다.

지잉!

다시 무엇엔가 막힌다. 아까는 잘 몰랐는데 내 검에서도 묘한 반발력이 느껴진다. 그와 내 검이 서로 밀어내는 듯한 느낌. 참으로 묘했다.

그때 코베가 몸을 띄웠다. 그것도 상상을 할 수 없을 정도로 높게. 그를 따라 고개를 드는데 놈이 회전을 한 번 한다.

그리고,

"악!"

뒷목이 뻐근한 느낌과 함께 정신이 아득해진…….

"어떻게 저런 현상이 일어날 수 있죠?"

참 듣기 싫은 음성이다.

"특별한 아이다."

누굴 얼어 죽일 일 있나?

"정말 귀족은 핏줄이 다르다, 이겁니까?"

차라리 얼려 죽여라. 이 목소리는 너무 싫다. 막 뼈를 긁는 느낌이다.

"귀족과 평민의 차이가 아니다. 핏줄의 차이이기는 하지."

두 목소리 다 싫다.

"생체 에너지를 느끼지도 못하는 놈이 어떻게 쓸 수가 있단 말입니까?"

완전히 고문당하는 느낌이다. 귀가 다 아프다. 그리고 끊이지 않는 두통. 누가 내 머리를 후려갈긴 느낌이다.

"그러니까 특별하다는 말이다."

이 몸이 주무시는데 무슨 잡담이 이렇게 많은가. 뭐라고 해 주고 싶은데 머리가 너무 아프다.

"특별한 것과 있을 수 없는 일과 같습니까? 게다가 군더더기없는 자세라니. 하려는 의지도 없고 검술을 존중하는 마음이 조금도 없는 녀석이라고 생각하기에는……."

음산한 목소리가 커지니까 두통이 심해진다. 도대체 누가 지껄이는 거지? 뱁새눈?

"가공할 가치가 있는 녀석이다."

너무 졸리다.

왜 이렇게 몸이 피곤하지?

귀도 아팠지만 몸은 너무도 무거웠다. 무슨 이야기를 하는지도 잘 모르겠다. 두통 때문인지는 몰라도 아무 말도 귀에 들어오지 않는다.

그런데 괜히 기분은 좋다.

아아……!

일어나면 이 고통이 모두 사라져 있기를…….

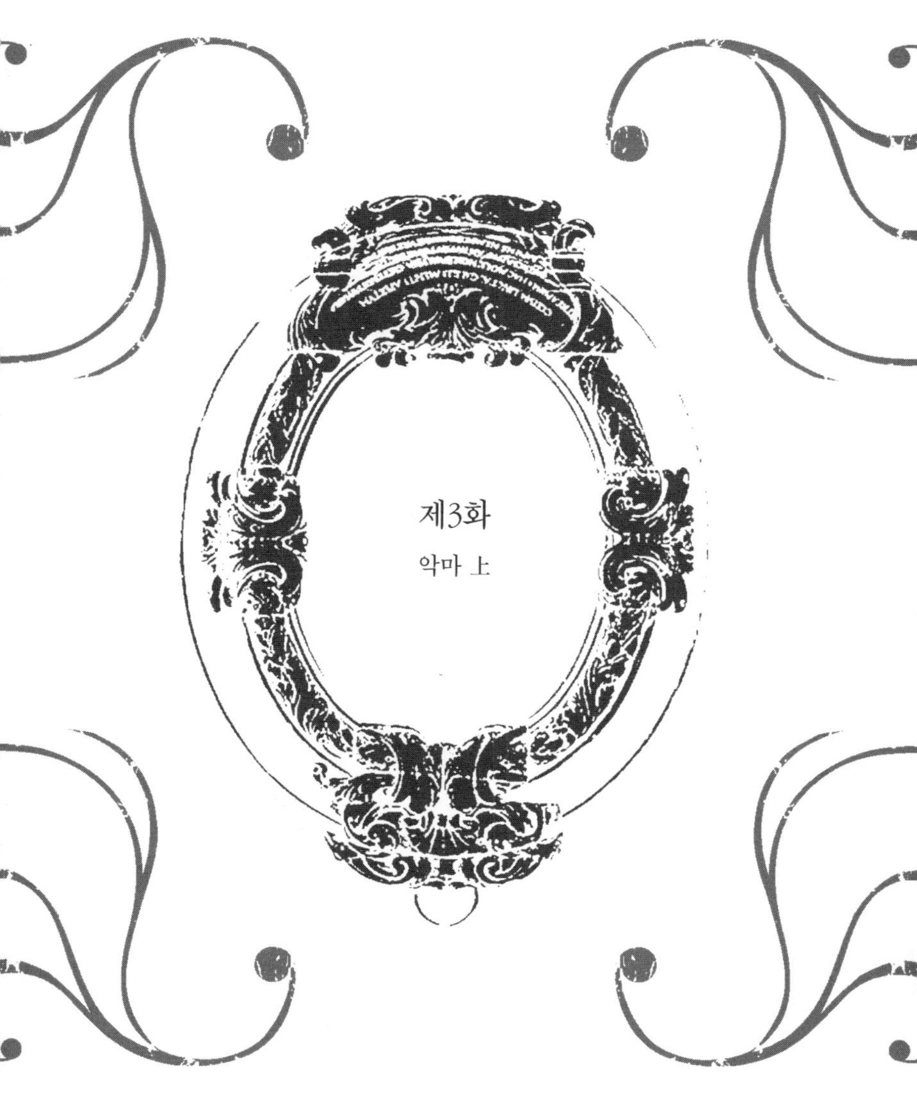

제3화
악마 上

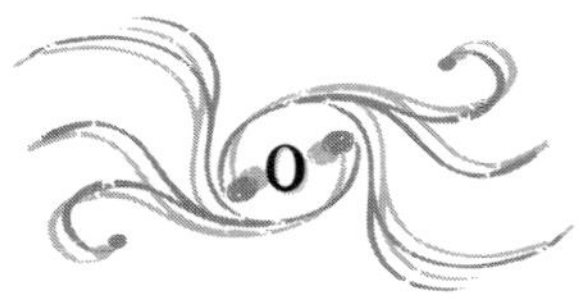

내 손에 가득한 온기는 기분 좋은 따뜻함이 아니었다. 소름 끼치는 따뜻함이었다. 시간이 지날수록 감퇴되었으면 좋겠지만 오히려 그 반대였다. 기분은 점점 더 더러워졌고 정신까지 어지럽게 했다.

머릿속이 너무 복잡해 그냥 이 모든 느낌들을 무시하고 싶었지만 그렇게 할 수 없었다. 그 느낌의 원흉이 사라지지 않는 한…….

피!

내 손뿐만 아니라 옷에도 피가 가득했다. 물론 내 피는 아니었다. 내 앞에 놓여 있는 시체의 것이었다. 끔찍하게 살육된 시체의……. 깨끗한 솜씨였지만 너무도 많이, 그리고 무자비하게 휘둘러져 시체는 너덜너덜했다. 그야말로 너덜너덜했다.

피가 어느새 작은 웅덩이를 형성했다.

난 그 웅덩이에 반사된 내 모습을 봤다. 그 모습을 보며 얼굴을 살짝 옆으로 기울였다. 얼굴 군데군데에 피가 묻어 있었지만, 부드러우면서도 전체적으로 작은 이목구비는 흠잡을 데가 없었다. 특히 내 푸른 눈동자는 흔치 않게도 보랏빛을 살짝 머금고 있었다. 그뿐만 아니었다. 평소와는 조금 다른 이질적인 기운을 담고 있었다.

피!

피는 나를 묘하게 흥분시킨다. 머리를 차갑게 식혀줌과 동시에 온몸이 참을 수 없는 욕구에 흠뻑 젖어들게 만든다. 분명 내 자신인데 어떻게 보면 꼭 그런 것 같지도 않았다.

나는 일어났다.

더 이상 이 예술 작품에 손볼 곳은 없었다.

나는 천천히 걸었다.

아직은 다듬어지지 않은 제물을 찾기 위해…….

그리고 아름답게 다듬기 위해…….

1

놀랍게도 나는 다시 넓적얼굴과 뱁새눈이 기다리는 방으로 돌아올 수 있었다. 분명히 나는 코베에게 아무런 공격 포인트를 따지 못했으니까 진 게 분명했다. 그 사실을 빌미로 뻣뻣대마왕은 나를 다시 그 탑에 처넣으려고 했지만, 마지막에 코베가 반칙을 했다는 것을 들먹였다.

그제야 놈은 나를 그냥 이 방으로 다시 보내주었다.

한 달가량 비웠던 방으로 다시 오자…….

"흐음."

별로 다를 게 없었다.

평민들은 여전히 나를 신이 아닌 벌레처럼 노려보고 있었고, 넓적얼굴만 그 부담스러운 미소로 '잘 왔어'와 같은 환영을 해주었다.

물론 바라는 건 없었지만 조금 기분이 그랬다.

이곳에 돌아오자마자 이제 공통 과정이 끝났다는 사실을 알았다.

공통 과정이 끝났음에도 불구하고 신입생들이 아직도 이 임시 기숙사에 처박힌 이유는 내일 있을 대규모 대회 때문이었다.

"젠장, 돌아오자마자 대회라니……."

신입생들이 요하네스에 어느 정도 적응했는지는 물론 수련 성과를 시험하는 대회라고 한다. 무엇보다도 정신적으로 얼마나 성장했는지를 측정한다고 한다. 그 이외에는 아무런 정보도 알려져 있지 않았다.

신입생이 들어오는 2년마다 있는 대회인데, 상급생과의 교류가 없으니 그 누구도 그 대회가 어떤 대회인지 정확하게 알지 못했다.

뻣뻣대마왕, 발레키, 그리고 코베가 대회를 운영한다고 하니 분명 땀이나 빼는 그런 쓸모없는 대회가 확실했다.

쾅!

그때 넓적얼굴이 문을 거칠게 열고 들어왔다. 콧구멍까지 벌렁거리는 게 왜 흥분했는지 짐작이 갔다. 또 어디선가 먹을 걸 받아왔겠지.

"드디어 발표 났어!"

중저음 목소리는 언제나 귀를 괴롭힌다. 나는 놈을 올려봤다. 단순한 호기심일 뿐이다.

"드디어 대회에 대한 자세한 정보가 발표 났어. 일곱 명씩 그룹을 짜서 가장 먼저 지도에 그려진 보물을 찾는 대회래. 그 그룹이 모두 발표 났어."

"……."

요약하자면 보물찾기. 이 구린 학교에서 호들갑 떨면서 준비한다는 게 겨우 4, 5세나 하는 보물찾기란 말인가.

정말 이 학교의 수준에 이가 갈린다.

넓적얼굴의 말은 계속되었다.

"나랑 너랑 너도 다 같은 그룹이야."

"……."

"……."

넓적얼굴의 정신없는 말에 나와 뱁새눈은 표정을 구겼다. 물론 정신만 없는 게 아니었다. 넓적얼굴은 나를 가리키면서 '너'를 한 번 말했고, 뱁새눈을 가리키면서 '너'를 또 한 번 말했다.

요약하자면 놈이랑 뱁새눈이 나랑 같은 그룹이라는 말이었다.

"그딴 게 어디 있어!"

약 천 명이나 되는 신입생 중에서 내가 아는 몇 안 되는 평민들 중에서도 두 명이 나와 같은 그룹이 될 확률이 얼마나 될까?

마른하늘에 벼락 맞을 확률보다는 높겠지만, 이건 조작의 냄새가 났다.

"어떻게 저런 싸가지 없는 녀석이랑 같은 그룹이야!"

뱁새눈 역시 엄청난 반발을 보였다. 정말 기가 막힌다.

"나는 좋은지 아냐? 네깟 놈이 나랑 되면 좋아해야지 오히려 싫어해?"

소리를 질렀다.

물론 내가 아무리 소리를 질러도 뱁새눈은 언제나 바득바득 대들겠지.

"……."

나는 잠시 동안 기다렸다. 그래도 아무런 말이 없자 나는 고개를 돌려 뱁새눈을 쳐다봤다. 뱁새눈은 가만히 앉아서 불만에 가득 찬 표정으로 씨부렁거리고만 있을 뿐, 그 이외에는 아무런 행동도 하지 않았다.

'해가 서쪽에서 떴나?'

아니면 나의 고귀함을 드디어 깨달은 것일 수도 있다.

어색한 분위기를 깨려고 노력한 건 넓적얼굴이었다.

"맞다. 줄리랑 머독도 우리 그룹이었어."

"……."

나는 귀를 청소했다.

볼도 꼬집어봤다. 분명히 꿈일 것이다.

"뭐라고?"

볼이 아픈 걸 봐서는 분명 현실이다.

"줄리, 알지? 그리고 너랑… 별로 사이 안 좋은 머독도 우리 그룹이야."

갑자기 두통이 생긴다.

내가 그나마 알고 있는 평민의 수는 넷이었다. 물론 뱁새눈과 넓적얼굴 이외에도 두 명의 룸메이트가 더 있었지만 사실 거의 존재감이 없다.

뱁새눈, 넓적얼굴, 깐깐안경, 그리고 주먹코. 내가 그나마 얼굴을 익힌 유일한 평민들이었다. 천여 명 중에서 이렇게 네 명을 알고 있었다.

그런데 그런 천여 명에서 일곱 명을 뽑았는데 나를 뺀 여섯 명 중 네 명이 내가 아는 평민이다. 이건 조작의 냄새가 나도 아주 심하게 났다. 아니, 이건 분명히 조작되었다.

"도대체 이런 걸 누가 짜는 거야?"

괜히 짜증이 난다. 하나같이 구성원이 마음에 들지 않았다. 특히 나를 탑에 가둬놓은 주먹코. 그놈은 꺼려졌다.

그때 뱁새눈이 침대에서 벌떡 일어났다.

"그럼 넌 같이 되었으면… 하는 사람이 있기나 하냐?"

처음에는 따지듯이 말하다가 눈이 마주친 이후로는 거의 중얼거리듯이 말했다. 확실히 뱁새눈이 조금 달라졌다. 생각하고 보면 넓적얼굴을 제외한 다른 평민들이 나를 쳐다보는 얼굴이 조금 달라진 것 같기도 하고…….

뱁새눈의 말을 듣고 보니 또 그렇긴 하다. 그 어떤 평민과 같은 조가 되어도 만족할 수 없을 것이다. 나와 같은 귀족의 레벨에 맞출 수 있는 녀석이 없었다.

“그것도 그렇군. 진짜 이 평민들, 하나같이 쓸모가 없어.”

“…….”

평민들의 얼굴이 굳었다.

“…….”

내 얼굴도 굳었다.

‘끝?’

평민들이 조용하다. 불만에 가득 찬 얼굴이긴 하지만 그 불만을 표출하지 않고 있다. 옳은 말이 마음에 안 들어도 불만을 표하지 않는 건 좋은 자세이기는 했는데, 익숙하지는 않았다. 뱁새눈도 가만히 있었고, ‘에이, 왜 그래, 다 사이 좋게 지내야지’ 라고 말하던 넓적얼굴도 가만히 있었다.

‘이상해.’

왠지 내가 엄청 나쁜 사람이 된 기분이랄까? 괜히 불편했다.

나는 고개를 절레절레 흔들었다.

평민들의 기분을 생각해 줄 필요는 없다.

“나머지 둘은?”

나와 내가 아는 평민 넷. 합이 다섯이다. 일곱 명이 한 조라고 했으면 아직도 둘이 남았다.

“요한이랑 소피.”

“…….”

괜히 물었다. 내가 아는 평민이 넷, 그러니까 내가 이름을 들으면 대충 아는 평민이 넷. 가끔은 헷갈리기도 하지만, 그래도 들어본 적 있는 이름이 넷이다. 그 넷이 모두 내가 들어 있는 조이니까 다른 조원을 내가 알 리가 없다는 말이 된다.

"요한이랑 소피를 몰라?"

넓적얼굴이 놀란 얼굴로 묻는다.

"당연히 모르지."

"요한이랑 소피는 되게 유명한데. 요한은 몰라도 소피는 알잖아. 저번에 너도 본 적 있어."

"……?"

"소피! 예전에……."

갑자기 넓적얼굴의 표정이 어두워졌다. 미소를 띤 것만큼이나 부담스러운 표정이다.

"네가 알렉스의 얼굴에 흉터를 만들었을 때 널 옹호해 준 여자 애. 그 예쁜 빨간 머리 여자 애가 소피야."

예쁜 빨간 머리 여자 애를 떠올리기 전에 먼저 '알렉스'의 정체를 알아내는 데 시간을 조금 들였다. 1분이 지나서야 '아, 뱁새눈!'을 떠올릴 수 있었다. 그러니까 내가 뱁새눈을 '실수로' 베었을 때 내 편을 들어준…….

"아! 착한몸매?"

착한 몸매뿐만 아니라 칭찬해 줄 만한 얼굴까지 지닌, 그 평민 같지 않은 평민이 떠올랐다. 그녀의 연녹색 눈동자가 아직도 머릿속에서 아른거린다.

"개도 우리 조야?"

넓적얼굴이 고개를 끄덕인다.

이따가 뻣뻣대마왕에게 찾아가서 조원에 대해 따져 보려고 했던 마음이 저기 우주 너머로 사라졌다. 입가에 흐뭇한 미소가 저절로 지어졌다.

"그리고 요한은……."

나는 눈살을 찌푸렸다.

"남자는 필요없어. 대회가 내일이지?"

"응."

"……."

덩치도 좋은 게 응이 뭐야, 응이. 불만이 많았지만 착한몸매 생각에 참았다. 그래도 좋은 정보를 알려준 놈인데 참아줘야지.

"장소가 어디지?"

"망자의 숲."

"……."

이 사고를 정지시키는 어이없는 이름은 또 뭔가.

"성 주위에 숲이 있잖아. 그 숲 안에 보물이 숨겨져 있대."

그제야 그 숲이 떠올랐다. 요하네스에 처음 왔을 때 봤던 그 요사스러운 숲. 분명히 그 숲은 나에게 오지 말라는 엄청난 포스를 느끼게 해줬는데…….

"상당히 어둡고 으슥해서 담력 훈련도 된다고 하던데?"

넓적얼굴의 설명을 들으니 괜히 흐뭇해졌다.

"어둡고 으슥하다고?"

넓적얼굴이 고개를 끄덕인다.

"크크크크."

저절로 웃음이 새어 나왔다. 넓적얼굴과 뱁새눈이 날 미친놈 쳐다보듯 봤지만 그래도 참았다. 이 용솟는 흐뭇함을 감출 수가 없었다.

"미쳤냐?"

뱁새눈이 참지 못하고 물었다.

"크크크크."

그래도 웃음밖에 안 나왔다.

소피라고 했던가?

"크크크크."

크리스티안이 간다.

절세 미남 크리스티안이…….

2

“너희는 이제 공통 과정을 마치는 단계에 있다. 지금까지 떨어지지 않은 너희들은 공식적인 요하네스의 학생이라고 할 수 있다.”

공통 과정을 견뎌내지 못하는 학생들은 모두 다시 제 집으로 돌아간다고 한다. 자질이 충분하다 여겼지만, 쉽게 포기하는 평민들의 성격상 끝까지 견뎌내기에 부족하다 생각되는 놈들이 있다.

아니, 이 사람을 혹사시키는 환경에서는 아주 많은 평민들이 쫓겨난다.

그 결과, 천여 명이었던 신입생 중에서 삼백여 명이 비었다.

뻣뻣대마왕은 대회의 시작에서부터 무시무시한 연설을 하고 있었다. 안 그래도 이 숲이 어두운 건 물론 요사스러운 기운을 마구 발산해서 분위기가 한창 무거운데, 거기에 놈의 싸늘한 연설까지 더해지니 더할 나위 없이 좋다.

“이 대회는 모든 학생들이 거치는 통과점이다. 가장 먼저 ‘그것’을 찾는 조는 ‘그것’의 소유자가 될 것이며, 동급생들을 이끄는 크로우의 일원이 된다.”

요하네스는 크게 다섯 부류의 학생들로 나뉜다. 요하네스는 10년 동안 검술을 중점적으로 가르치는 기관으로서 2년에

한 번씩 신입생을 받는다. 각 학생은 10년 동안 다섯 과정을 끝마쳐야 하는데, 각 과정은 2년의 기간이 걸린다.

크로우는 그 다섯 부류에서 뽑는 우수 학생이라고 한다. 그들에게는 특별한 대우가 있고, 교수들을 도와 동급생들을 이끄는 역할을 한다.

아직 동급생 중에서 크로우가 없으니 정확한 건 모르지만 괜찮다는 말이 많다.

평민들이 들떠 웅성거리기 시작했다. '크로우래! 들었어?', '와! 우리, 일등하자!' 와 같은 내용이 대부분이었다. 먹을 것도 아닌데 평민들이 이렇게까지 관심을 가지다니. 크로우가 좋기는 한 모양이다.

"그런데 '그것' 은 도대체 뭐지?"

다들 '크로우' 에 들떠서 잊은 게 있는데, 보물인 '그것' 의 정체가 무엇인지 상당히 궁금했다. 그렇게 크게 말하지 않았지만 주위의 평민들이 듣기에는 충분히 컸고, 그제야 그들의 단순한 머리에 호기심이 동했는지 '그것' 에 대해 웅성대기 시작했다.

"주목."

뻣뻣대마왕의 목소리는 크지 않았지만 사람들을 압도하는 분위기가 묻어 있었다. 정말 여러모로 건방진 놈이다.

"보물이 무엇인지 알아내는 건 너희들의 몫이다. 하지만 그 누구에게나 '그것'은 유용할 것이다. 그 누구에게나……."

뻣뻣대마왕이 나를 쳐다보고 있다는 착각이 들었다. 그럴 가능성이 전혀 없었지만……. 놈과의 거리가 너무 멀거니와, 내 옆을 보거나 앞을 보고 있는 것일 수도 있었다.

"조원은 이미 모두 알고 있겠지? 지금 당장 조원끼리 모이도록."

항상 명령조다.

정말 마음에 안 든다.

나는 주위를 둘러봤다. 워낙에 평민들이 다 똑같이 생겨나서 조원을 제대로 찾을 수 있을지 의문이었다. 그때 유난히 머리가 넓적한 평민이 시야에 들어왔다.

"……."

사실 눈에 띄지 않을 수가 없었다.

놈은 두 손을 크게 흔들면서 내 이름을 크게 외치고 있었다.

"크리스! 크리스, 여기야!"

"……."

머리가 저절로 숙여진다.

어디서 이 고귀한 이름을 멋대로 줄여서 부르는지 모르겠다.

나는 놈을 향해 천천히, 아주 천천히 걸어갔다.

어느새 조원들이 다 모여 있었다.

불만에 가득 찬 뱁새눈, 누구보다도 행복한 표정의 넓적얼굴, 여전히 숨막히는 오라를 내뿜는 깐깐안경, 내 눈을 애써 피하며 코에 붕대를 감은 주먹코, 똑바로 쳐다보기 부끄러울 정도로 반반한 외모의 착한몸매, 그리고…….

"요한?"

넓적얼굴이나 깐깐안경처럼 평범한 갈색 머리의 소유자였다. 하지만 놈의 얼굴은 평범하지 않았다. 마치 툭 치면 쓰러져 뼈가 부러질 듯 허약해 보이는 몸과는 달리 얼굴은 묘했다.

천사의 얼굴을 하고 있다고나 할까. 너무도 편해 보이는 표정에 이목구비가 완벽했다. 착한몸매의 아름다운 완벽함이 아니라 흠잡을 곳이 없어 오히려 이질감을 느끼게 하는 완벽함.

"아! 너, 크리스티안이지? 만나서 반가워!"

요한은 대뜸 손을 내밀었다. 이렇게 살가운 인사는 처음 받아보았다. 나는 얼떨결에 놈의 손을 잡았다. 새하얀, 작고 아름다운 손을 말이다.

"귀족이라서 그런지 경장을 입어도 멋있구나!"

형식적인 인사도 아닌, 진심으로 우러나오는 칭찬이 무엇인지 조금 알겠다.

"그, 그래?"

놈을 아무렇게나 대하기 힘들었다.

나를 싫어하는 평민들은 그야말로 그들의 대우에 맞게 대하면 되었는데, 나에게 이런 식의 호감을 갖고 있는 인물에게는 어떻게 대해야 할지 몰랐다.

평민에게 잘해줄 수는 없는데……

"미쳤냐?"

그 어색하기 짝이 없는 분위기를 깬 건 뱁새눈이었다.

난 황급히 요한의 차가운 손을 쳐냈다.

뱁새눈은 존재 자체가 미스테리인 가는 눈으로 나를 노려보고 있었다. 누리끼리한 금발에 가는 눈의 조합은 정말 눈물났다.

"신경 꺼."

나와 눈이 마주치고 나서야 뱁새눈은 눈을 흘겼다.

겁도 많은 주제에 어디서 계속 딴죽을 거는지.

나는 쳐다볼 곳이 없어 어색하게 주위를 둘러보았다. 왼쪽에는 요한이 서 있었고, 착한몸매가 오른쪽에 서 있어 최대한 빠르게 주위를 훑었다.

대충 각 조별로 모인 듯싶었다. 나는 저 멀리에서 폼을 잡고 서 있는 뻣뻣대마왕에게 눈길을 주었다. '빨리 진행 안 하고 뭐 하냐'는 식으로. 그러자 놈은 '아이스 빔'을 시전하면서 '또다시 탑으로 들어가고 싶나?'라는 눈빛을 보냈다.

나는 황급히 고개를 돌렸다.

오래 지나지 않아 뻣뻣대마왕이 다시 '주목'을 외쳤다.

"모였으면 조장을 뽑아라. 각 조의 조장이 뽑혔으면 나에게로 와서 필요한 물품들을 받아가라."

"……"

우리들은 서로를 막연하게 쳐다봤다. 누군가를 조장으로 뽑는 건 참으로 힘들었다. 특히 이렇게나 수준 차가 하늘과 땅의 차이보다 클 때는 말이다.

어색한 정적이 흘렀다.

그때 넓적얼굴이 애써 미소를 지으며 말했다.

"크리스, 네가 할래?"

"……"

이 넓적얼굴은 제정신인 걸까?

"분명히 힘든 일만 골라서 시킬 텐데 미쳤냐?"

조장이란 게 말만 좀 번드르르하지 실제로는 조의 뒤치다꺼리를 도맡아서 처리해야 하는 사람이다. 그런 타이틀에 속을 내가 아니었다.

게다 뱁새눈이 가만히 지켜볼 태세도 아니었다. 내가 하면 감사해야 하지 저런 뭐 씹은 표정을 지어 보일 필요가 있을까?

그때 넓적얼굴이 다시 어렵게 입을 열었다. 얼굴도 새빨개 진 채.

"그, 그럼 내가 할까?"

"……."

난 멍하니 넓적얼굴을 바라봤다. 나와 눈이 마주치자 황급 히 고개를 숙이는 넓적얼굴의 의도가 눈에 보였다. 애초에 나 에게 조장을 맡기려 한 건 '작전'에 지나지 않았다. 실제로는 자신이 하고 싶었다는 것이다. 바로 말하면 조금 민망하니까 누가 한번 거절하면 자기가 바로 먹어야겠다는 생각을 하고 있었던 게 분명했다.

적어도 그의 얼굴에는 그렇게 쓰여 있었다.

"그렉이 하면 되겠네! 누.구.와는 달리 착하고 성실하니까 조장 역할도 잘해낼 거야."

"……."

나는 다시 뱁새눈을 노려봤다. 나는 무조건 싫고, 넓적얼굴 은 무조건 좋다. 이런 다분히 편파적인 생각은 어디에서 나오 는 건지 모르겠다.

뱁새눈은 애써 눈을 피하며 다시 말했다.

"어때? 다들 좋지?"

나는 주위를 둘러보았다. 분명히 저런 멍청하고 쓸모도 없

는 놈에게 조장을 맡길 바보 같은 놈은 단 한 명도 없을 게
분…….

"뭐야?"

대충 수긍하는 분위기였다. 심지어 주먹코마저 고개를 끄
덕이고 있었다. 넓적얼굴이 나를 추천했을 때 돌던 어색한 분
위기가 아닌!

"어떻게 조장을 저런 놈에게 맡길 수 있어? 우리는 이 미로
같은 숲을 헤매야 한다고! 그런데 저런 무식한 놈을 믿을 수
있어?"

물론 신입생들을 데리고 하는 대회가 얼마나 어렵겠는가
마는 넓적얼굴이 조장을 맡는 게 정말 마음에 안 들었다.

"조, 조금 그렇지?"

넓적얼굴은 풀이 죽은 채 고개를 푹 숙였다. '나 정말 하고
싶은데' 라고 그의 온몸에 쓰여 있었다.

"아니야! 너라면 충분해!"

뱁새눈이 넓적얼굴의 등을 쓰다듬으면서 용기를 북돋아주
었다.

갑자기 놈은 나를 쏘아봤다.

"넌 어차피 안 한다면서? 그런데 무슨 상관이야?"

"……."

정작 또 이런 식으로 나오니까 할 말이 없어진다.

그때 감미로운 음성이 들려왔다.

"크리스가 조장을 하고 싶은 모양인데?"

'풋, 또 무슨 개소리냐' 라는 말은 연녹색의 눈동자에 녹아 없어졌다.

"우, 웃기지 마!"

그냥 '싫어. 웃기지 마. 안 해' 라고 쉽게, 그리고 멋지게 말하면 되는데, 두 손을 크게 흔들면서 과장된 몸짓을 보이며 말까지 더듬는 추태에 저절로 눈살이 찌푸려졌다.

"그래, 크리스티안. 너라면 잘할 수 있어."

요한까지 부추겼다. 눈웃음을 짓는 놈을 보니까 할 말이 사라져 간다.

"마, 맞아! 나보다는 네가 훨씬 나아."

넓적얼굴은 '나도 잘할 수 있는데' 라는 표정과는 모순되는 말을 내뱉었다.

옆의 뱁새눈은 불만이 아주 많은 표정이었는데, 요한과 착한몸매의 눈치를 보더니 포기하는 모습이었다.

주먹코는 지난번의 '사고' 로 인해 내 이름만 나와도 오돌오돌 떠는 모습을 보였다. 그러니까 내가 조장을 하든 말든 전혀 신경 쓰지 않는다는 말이었다.

"……."

전혀 예기치도 못하게 나는 조장이 되어버렸다. 110개의 조 중 1조의 조장이 말이다.

3

"빌어먹을."

욕밖에 안 나온다. 완전 속았다. 이럴 줄 알았으면 죽어도 조장을 맡지 않았다. 아니, 솔직히 조장이라면 조원들을 통솔하고 이것저것 지시하는 거지 절대로 이런 게 아니었다.

아직도 머릿속에서 뻣뻣대마왕과의 대화가 떠오른다.

"이 대회는 열두 시간 이상 진행되기 때문에 많은 물품이 필요하다. 음식은 추후에 도우미를 통해 지급되지만, 이외의 필수품은 항상 들고 다녀야 한다. 물, 응급처치 약이 기본적으로 지급되고, 지도, 나침반, 단검, 편한 신발, 여분의 물, 소금 중에서 세 가지를 선택할 수 있다. 조원들과 상의를 해도 좋다."

다른 조장들은 멍청하게도 다시 조로 돌아갔다. 분명히 상의를 하기 위해서겠지. 하지만 가장 우수하고 똑똑한 두뇌를 지닌 나는 상의할 필요가 없었다. 어차피 100여 명의 조장 때문에 붐볐는데, 이 한산한 틈을 타 나는 가장 좋은 물품을 고르기 시작했다.

물과 응급처치 약은 코베에게서 지급받았고, 선택하는 물
품들은 뻣뻣대마왕에게서 받아야 했다.

"무엇을 받을 거지?"

나는 여유로운 미소를 지었다. 듣자마자 생각해 낼 수 있는
내 천재성이 경이롭다.

"지도, 편한 신발, 여분의 물."

"……."

뻣뻣대마왕은 날 가만히 내려봤다. 안 그래도 키가 큰 놈이
단상 위에서 날 내려다보니까 불편하기 짝이 없었다. 그러고
보니 놈은 검은 망토를 항상 착용하고 있었다. 참 폼 잡는 것
도 가지가지다.

"왜?"

놈의 눈빛을 읽는 건 내 전매특허의 고유 스킬이었다.

'멍청한. 골라도 그런 걸 골라?'라고 말하고 있었다. 조금
심하면 '한심한 놈, 왜 사는지 모르겠군' 정도?

"편한 신발은 한 사람 것밖에 없다. 여분의 물 역시 많이
마셔봤자 두 명? 숲을 헤치는 데 단검만큼 도움이 되는 게 없
고, 방향 감각 역시 잃기 쉬우니 나침반은 필수지. 이건 조장
의 분별력을 시험하기 위한 간단한 테스트다."

나는 묵묵히 고개를 끄덕였다.

이미 그건 염두에 두고 있었다.

“어차피 검을 가져가는데 단검이 무슨 필요야? 멍청하긴.
게다 방향을 잃어? 잘 표시하면서 가면 그럴 걱정도 없네요.
걱정해 주는 척하지 마. 너의 조언 따윈 필요없으니까.”

“…….”

뻣뻣대마왕은 멍하니 나를 바라보기만 했다. 분명히 나의
명석함에 놀랐기 때문이리라.

“안 줘?”

놈에게 내가 얼마나 대단한 사람인지 생각할 시간을 충분
히 줬음에도 불구하고 계속 바라만 보고 있었다. 나의 명석함
뿐만 아니라 아름다운 외모를 찬찬히 뜯어볼 수 있는 충분한
시간이었다.

“정말 그렇게 하겠나?”

나는 당연하다는 듯이 고개를 끄덕였다. 놈의 힘 빠진 어조
가 거슬리기는 했지만, 이제 하나둘씩 다른 조장들이 모여들
기 시작했기 때문에 빨리 이곳을 벗어나고 싶었다.

“받아 가라.”

꽤나 짐이 무거웠다. 아까 코베에게서 받은 일곱 병의 물통
은 상당히 무거웠고, 그 이외에 응급처치 약도 온갖 게 다 들
어 있었다.

“으윽, 간다!”

빨리 넓적얼굴에게 이 무거운 짐을 떠맡길 생각이었다. 벌

써 지쳐 간다.

뻣뻣대마왕의 눈이 이상하게 반짝였다. 나는 불안감에 확 등을 돌려 발을 놀리기 시작했다. 하지만 불안감은 결국 현실로 드러났다.

"그건 알고 있겠지?"

"……."

왠지 듣고 싶지 않았다.

"모든 짐은 조장이 든다. 그 짐은 조장이 지어야 할 책임을 상징하고 있으며, 조원들이 자신들을 위해 조장이 희생을 하고 있다는 생각에 그를 더 크게 의지할 수 있게 돕는 매개물이 되지."

"그딴 게 어디 있어! 너, 단순히 나를 괴롭히려고 그렇게 횡설수설하게 덧붙이는 거 아니야?"

뻣뻣대마왕은 표정 하나 바뀌지 않는 강적이었다.

"수시로 도우미들이 각 조를 확인한다. 그때 짐을 조금이라도 다른 조원에게 맡긴다면 실격 처리된다."

"……!"

내 머리를 섬광처럼 스쳐 지나가는 희망의 빛줄기!

급작스럽게 밝아지는 내 표정을 한 번 보더니 뻣뻣대마왕이 한마디를 덧붙였다.

"대회를 불미스러운 일로 실격당한 조는 대회 이후 주는 1주일의 휴식 동안 특별 훈련을 수행한다. 나와 네가 탑에서 했던 훈련이 천국이라고 생각할 정도로 강도 높은…….”

“…….”

이젠 마음까지 읽는 무시무시한 뻣뻣대마왕이었다. 아니, 뻣뻣대마왕에게 독심술이란 무시무시한 스킬이 있다는 사실 보다…….

“솔직히 조장이 짐 들라고 한 건 다 네가 날 괴롭히려고 만들어낸 거지? 애초에 조장이 다 들고 가는 거였으면 큰 물통 하나를 준비하지 뭐 하러 번거롭게 일곱 개나 준비해? 마치 일곱 명이 하나씩 들고 가라는 것처럼.”

“…….”

나는 사상 처음으로 뻣뻣대마왕의 ‘뜨끔’한 표정을 볼 수 있었다. 원래의 싸늘한 표정에서 눈이 살짝 커진 그런 표정이었지만 충분히 감상할 가치가 있었다.

“실격 여부를 떠나 너는 특별 훈련에 포함된다.”

“그딴 게 어디 있어!”

“이제 가라.”

“아니, 농담이지? 솔직히 사실을 말했다고 이런 벌을 주는 게 어디 있어! 요하네스는 자유로운 곳 아니야? 학생들의 권리를 인정해 주는 그런 곳이 아니냐고!”

“당장 안 가면 훈련의 강도를 높여줄 수도 있다.”

입이 쫙 벌어진다.

이건 부당을 넘어서서 억지다.

"그럼 안 가. 어차피 실격하든 말든 훈련은 하는 거잖아."

"……."

뺏뺏대마왕의 표정이 미미하게 바뀌었다.

"하아~ 그건 생각 못했다, 이거지?"

뺏뺏대마왕은 잠시 턱을 매만졌다. 그 모습을 보자니 괜히 딴죽 걸었다는 생각이 들었다. 또 무슨 사악한 암수를 꾸미고 있는지 알 수 없었다.

"실격하면 다시 공통 과정을 밟게 하겠다."

나는 황급히 다시 1조로 돌아갔다.

절대로 실격은 하지 않을 거라는 다짐을 하면서…….

"괜찮아?"

따뜻한 음성. 이게 착한몸매의 감미로운 음성이었으면 좋겠지만, 굵고 느끼하기 짝이 없는 넓적얼굴의 것이니 눈살이 자연스럽게 찌푸려졌다.

"안 괜찮다면!"

내가 소리를 지르자 넓적얼굴이 몸을 움츠렸다. 정말 덩치도 큰 게…….

"그러니까 내가 들어줄게. 나, 힘 세!"

넓적얼굴은 자랑스럽다는 듯이 말했다.

나도 넓적얼굴이 힘 좋은 건 알고 있었다. 오히려 그래서 놈이 나를 놀리는 것 같았다.

"시끄러워. 정말 돕고 싶다면 길이나 잘 만들어."

지금 대충 점심때가 되어가고 있을 텐데 망자의 숲은 어둡기 짝이 없었다. 새벽녘이라고 착각이 들 정도로 말이다. 이 다 죽어가는 나무들이 또 얼마나 큰지 끝이 보이지 않았다. 게다 나무들이 보기 좋게 심어져 있는 게 아니라 자기 멋대로 여기저기 있어 하늘을 완전히 가리고 있었다.

빛이 간신히 비집고 들어와 주위를 힘겹게 밝히고 있었다. 하지만 오히려 빛이 그렇게 적게 들어와서인지 숲의 음침한 분위기는 더욱 크게만 느껴졌다.

끄으으으.

"……."

우리 조원들은 서로를 멍하니 쳐다봤다.

또 이 소리다. 마치 나무가 움직인다면 이런 소리를 낼 것 같았다. 그 소리 때문에 이 요사스러운 분위기는 더욱 고조되고 있었다.

사삭.

넓적얼굴은 가장 앞에서 길을 만들고 있었다. 이곳에는 나무들만 제멋대로 나 있는 게 아니라, 무릎까지 올라오는 풀도 제멋대로 나 있었다. 넓적얼굴은 그런 풀을 넓게 밟아 다음 사람이 걷기 편하게 길을 만들었다.

"아!"

넓적얼굴의 바로 뒤는 나다. 지도를 통해 주위의 지형을 파악하여 우리가 가야 할 길을 알아내는 게 내 일이었다. 넓적얼굴의 바로 뒤이다 보니 놈이 제대로 밟지 못한 풀에 다리가 긁히기 일쑤였다.

더 문제인 건 이 풀의 대부분이 독을 품고 있다는 것. 이미 경장은 너덜너덜해져서 다리가 드러났고, 풀에 베인 다리는 퉁퉁 부었다.

퍽!

나는 홧김에 넓적얼굴의 등을 때렸다. 때리고 나서는 조금 움찔했지만, 순한 넓적얼굴이었기에 애써 당당한 태도를 되찾았다.

"야! 길 제대로 안 만들어? 이게 길이야?"

넓적얼굴은 미안하다는 듯이 머리만 긁적여 보였다. 그 모습에 다리가 아파 치민 화가 순간 사라진다. 나는 어쩔 수 없다는 듯이 고개를 절레절레 흔들었다.

사실 놈의 옷이 가장 너덜너덜하고 다리의 상처도 제일 많았다. 길을 만드는 건 절대로 쉬운 일이 아니었다. 당연히 고귀한 내가 하는 것보다는 넓적얼굴이 하는 게 수지타산에 맞지만, 그래도 조금, 아주 조금 미안하니까 봐주기로 마음먹었다.

그때 뒤에서 뱁새눈이 흥분한 듯 거칠게 외쳤다.

"너, 지도를 제대로 보고 있기는 한 거야? 아까는 길이 어렴풋이 있기라도 했는데 여기는 아예 없잖아! 지금 길을 개척하는 것도 아니고 이게 뭐야?"

"뭐야? 이 평민 자식이 날 의심하는 거냐? 내가 지도도 제대로 못 보는 것 같아? 글씨도 못 읽는 주제에."

많은 평민들이 글씨를 못 읽었다. 그랬기 때문에 오전 수업 시간에 검술의 이론 대신 글 읽기와 쓰기를 배우고 있었다.

뱁새눈은 그 많은 평민의 범주에 속했다.

놈은 씩씩거리더니 결국 아무런 말도 하지 않고 제자리에 멈췄다.

"어디, 지도를 한번 보기나 하자. 글씨랑 지도랑 같아? 지도는 나도 볼 줄 안다."

"그래. 봐라, 봐!"

나는 조금 떨리는 손으로 지도를 넘겨주었다.

우리 조는 결국 멈출 수밖에 없었다. 뱁새눈뿐만 아니라 깐깐안경 역시 나의 지도 해석 능력에 의심을 품고 있었는지 뱁새눈의 옆에서 지도를 보고 있었다.

그때 깐깐안경이 입을 열었다.

"너, 지금까지 지도를 거꾸로 보고 있었어."

싸늘함이 묻어 나오는 음성이었다.

"……."

"……."

모두가 말문이 막혔다. 다른 조원들이 모두 나를 멍하니 바라봤다. 그들이 나를 한심하다는 듯이 노려보고 있었지만 나는 딱히 할 말이 없었다.

"우, 웃기지 마. 어떻게 내가 거꾸로 보고 있다는 걸 알아?"

사실 처음부터 무엇인가가 이상하다는 생각은 하고 있었다. 하지만 솔직히 내가 어떻게 거꾸로 보고 있었단 말인가. 비록 처음 지도를 본 것이기는 해도 길과 강, 산을 구분할 줄 안다.

깐깐안경은 고개를 절레절레 흔들면서 지도의 한 부분을 가리켰다.

"여기 4자가 보이지? 이건 방향을 알려줘. 그러니까 4자로 보이게 들어야 잘 보고 있다는 뜻이지. 그런데 너는 지금까지 반대로 보고 있었어. 그게 무슨 뜻이지?"

"……."

나는 조용히 고개를 돌렸다.

내가 갑자기 약한 모습을 보이자 뱁새눈의 공격이 시작되었다.

"그것 봐. 그렉이 여태까지 헛수고를 하고 있었다는 말이 잖아. 너, 얘 다리 보여? 완전히 독에 절었어. 그런데도 불평 한 번 안 하고 길을 만들고 있었다고. 넌 이 다리를 보면서 아무런 생각도 안 들어?"

"그, 그만 해. 난 괜찮아. 그리고 크리스가 일부러 실수한 것도 아니잖아."

"그래도……."

"괜찮다니까."

뱁새눈은 넓적얼굴의 말에만 약했다.

괜히 뱁새눈의 말을 들으니까 마음이 무거웠다. 넓적얼굴 이 괜찮다는데 왜 뱁새눈이 극성인지.

"그럼 여기는 어디야?"

가장 뒤에서 따라오고 있던 요한이었다. 그의 음성에는 묘한 활기가 있었다. 무거웠던 분위기를 모두 떨쳐 내는 그런 활기가 말이다.

"이제부터 잘 가면 되잖아?"

놈의 눈웃음은 정말 위험했다. 그 어떤 검보다 무서운 병기 가 될 수 있을 거라고 확신했다.

"그래, 이번에는 모두 다 같이 힘내서 가자."

이번에는 착한몸매였다. 착한몸매는 요한과는 다른 의미에서 참으로 '묘한 활기' 를 지녔다. 어디론가 사려졌던 힘을 다시 만들어내는 그런 활기를.

다시 봐도 정말 완벽한 몸매다. 굴곡도 아주 두드러지고, 몸에 끼지는 않지만 그녀의 체형을 완벽하게 드러내는 경장은 정말 나에게 있어 일등공신이었다. 어쩌면 저렇게 탐스러운 몸맬…….

"크리스, 나침반은 없어?"

"흐으으."

"……."

나도 모르게 침이 입에서 흘러나왔다. 나를 이상하게 쳐다보는 조원들의 시선을 받고 나서야 정신을 차릴 수 있었다.

"나, 나침반? 안 줬어!"

그녀의 앵두 같은 입술이 눈에서 아른거린다. 고개를 세게 저어 정신을 대충 차렸다.

"지도는 주고 나침반은 안 주는 게 어느 나라 법이지?"

깐깐안경이 안경을 고쳐 썼다. 그녀의 싸늘한 음성에 정신이 확 깨는 기분이었다. 가만히 생각을 해보니…….

'내가 안 받은 거지?

뺏뻣대마왕에게 큰소리까지 치면서 받아온 신발이 생각난

다. 푹신푹신한 게 마음에 들기는 했지만, 조금씩 땀이 차는 게 갑갑하게 느껴지기도 했다. 하지만 확실히 나침반보다는 좋은 신발이었다.

'그 사실은 말하지 않는 게 낫겠지?

내 신발이랑 나침반을 바꿨다는 말을 이해할 평민들이 아니었다. 내 소중한 발을 보호하기 위해 나침반을 받지 않았다고 하면…….

"……!"

깐깐안경의 예리한 눈빛과 마주치자 사고가 정지했다. 무엇인가를 탐색하려는 눈빛은 언제나 두렵다.

"그, 그럼 길을 어떻게 찾지?"

넓적얼굴은 여전히 말을 더듬었다. 생각보다 더 소심한 모양이다.

깐깐안경은 여전히 안경을 고쳐 쓰면서 말했다.

"해가 뜨는 쪽을 알 리가 없고, 해가 대충 어느 쪽으로 움직이는지 계속 앉아서 보고 싶어도……."

일행은 일제히 위를 쳐다봤다.

물론 해는커녕 구름 한 점도 구경할 수 없었다. 아니, 하늘도 볼 수 없었다.

그때 뱁새눈이 아는 척을 했다.

"나무를 깨끗하게 잘라내면 나이테로 방향을 알아낼 수

있지?”

나는 놈에게 무슨 말도 안 되는 소리냐고 구박하려 했다. 그전에 깐깐안경이 입을 열었다.

“이런 우거진 숲에서는 햇빛이 거의 차단되기 때문에 나이테로는 절대로 구분할 수 없어.”

“…….”

뱁새눈은 얼굴을 붉히며 고개를 돌렸다.

답답한 나머지 내가 입을 열었다.

“다른 방법은 없냐?”

“낮 12시에 그림자의 방향을 보면 그게 대충 북쪽인데, 이곳에 그림자가 생길 리가 없고, 북쪽 잎이랑 남쪽 잎의 수에 따라 방향을 알 수 있지만 그것 역시 햇빛이랑 연관되어 있어.”

“…….”

머리가 지끈지끈 아파오기 시작한다.

불필요한 지식은 두통을 일으킨다.

“그러니까 아무 방법도 없다는 거네?”

깐깐안경은 묵묵히 고개를 끄덕였다.

그녀도 아무런 도움이 되지 않았다. 말은 많이 했지만 결국 도움이 되는 내용은 전혀 없었다.

그때 잠자코 있던 주먹코가 입을 열었다.

“이 나무 위에 올라가면 그림자의 방향을 알 수 있지 않
나?”

“……”

아직 주먹코랑 어색했기 때문에 뭐라고 말해야 할지 몰랐
다. 놈의 얼굴, 몸짓, 목소리 등 그 모든 게 거슬렸다. 나만 그
와 어색한 게 아니라 별 대화가 없었기에 다른 조원들도 할
말을 찾지 못하고 있었다.

잠시 어색한 정적이 흘렀다.

그 정적을 깬 건 깐깐안경이었다.

“아마도 그림자는 어디에든 있기 마련이니 방향을 알 수
있겠지.”

주먹코는 그녀의 말을 들으며 검을 풀어 바닥에 놓고 있었
다. 그 이후에는 가볍게 스트레칭을 했다. 그렇다는 말
은…….

“너, 올라가려고?”

내가 묻자 주먹코가 잠시 흠칫했다. 그리고는 작게 고개를
끄덕였다.

“그림자가 생기는 쪽이 북쪽이라고?”

놈이 짧은 연갈색 머리를 긁적이며 깐깐안경에게 물었다.

“미묘한 오차가 있겠지만 대충 북쪽이라고 할 수 있어.”

말도 참 깐깐하게 한다.

"그렇단 말이지."

주먹코는 나무의 끝을 보려는 이유에선지 위를 쳐다봤다. 나 역시 위를 올려봤지만, 정말 무식하게도 큰 나무인지라 끝이 보이지 않았다.

절대로 올라갈 수 있는 나무가 아니었다. 죽었는지 살아 있는지도 모르는 나무에는 올라갈 생각도 없었다. 나무가 조금 물렁물렁한 건 물론 썩어 문드러진 색깔은 전혀 안전해 보이지 않았다.

끄으으으.

"……."

조원들 간에 묘한 정적이 흘렀다.

소리까지 내는 이상한 나무에 목숨을 걸고 올라갈 생각은 눈곱만큼도 없었다.

주먹코의 이마에 식은땀이 흐른다. 후회하는 기색이 역력하게 드러났다.

"무서우면 올라가지 말든가. 꼴에 폼은 잡아가지고."

별로 기대하지도 않았다.

"하앗!"

주먹코는 자존심이 적잖게 상했는지 붉어진 얼굴로 나무를 타기 시작했다. 둘레가 상당해서 타는 게 거의 불가능해 보였지만, 주먹코는 비상식적으로 덩치가 좋은 녀석이었다.

넓적얼굴을 위축시킬 정도로.

타압, 쇄아! 타압, 쇄아!

"……."

주먹코가 나무를 오르는 모습에 조원들은 물론 내 입까지 쫙 벌어졌다.

도저히 입이 다물어지지 않았다.

주먹코는 그야말로 나무 타기의 기재였다. 기둥을 잡고 세게 밀어내려 그 반발력을 통해 위로 올라가 더 높은 부분을 잡는다. 주먹코는 계속해서 그 과정을 반복했다. 정말 팔 힘만은 괴물이라고 할 수 있었다.

오래 지나지 않아 주먹코는 정말 나무의 끄트머리에 도착했다. 놈은 주위를 둘러보는 듯싶었다. 그것도 한참을. 무슨 그림자를 찾는 게 오래 걸리는 일이라고…….

쾅!

"……."

주먹코는 어느새 바닥에 내려와 있었다. 그 굵은 나무를 봉 타듯 미끄러지듯이 내려온 것이었다.

"너……."

"……?"

"정글의 왕자 주먹코구나."

"……."

솔직한 감상평을 내렸는데 조원들이 한심하다는 듯이 고개를 절레절레 흔들었다. 착한몸매는 그들의 이해할 수 없는 반응에 동참하는 대신 아찔한 미소를 지어 보였지만, 힘이 없는 걸 보면 다른 조원들과 생각이 크게 다른 것 같지는 않았다.

나는 황급히 화제를 돌렸다.

"어느 쪽이 북쪽이야?"

주먹코는 떫은 얼굴로 왼쪽을 가리켰다. 놈의 태도가 상당히 거슬렸지만, 어쨌든 나무를 타고 올라간 공로가 있기에 참기로 했다.

"흐음."

나는 턱을 매만지며 지도를 유심히 쳐다봤다. 저쪽이 북쪽이라면…….

"……."

나는 지도를 멍하니 쳐다봤다. 누가 만들었는지 참 조잡한 지도였다. 이걸로 어떻게 보물찾기를 하라는 건지 이해할 수가 없었다.

"……."

나는 혹시나 해서 지도의 오른쪽 아래에 그린 이가 있나 쳐다봤다. 그리고 찾았다.

by. 발레키.

발레키는 존재하지 않는 곳에서도 사람의 힘을 빼는 독특한 재주가 있었다.

그때 깐깐안경이 옆으로 다가왔다.

"또 뭐가 문제지?"

"누, 누가 문제 있대?"

나는 흠칫 놀라 말을 더듬으며 그녀에게 말했다.

그녀는 내가 뭐라고 하는지 신경도 쓰지 않으면서 지도를 유심히 쳐다봤다. 시간이 흐르면 흐를수록 그녀의 싸늘한 기운은 강렬해지기만 했다.

"여기가 어딘지 전혀 모르겠다, 이거지?"

그녀의 날카로운 눈매가 왼쪽으로 살짝 올라갔다.

"꿀꺽."

나는 그녀를 멍하니 쳐다볼 수밖에 없었다. 아니라고 하고 싶었지만… 그녀의 미동도 하지 않는 눈동자를 보니까 말이 나오지 않는다.

대신 나는 뱁새눈을 노려봤다. 역시나 생각대로 놈은 막 불만을 표하려 하였다. 그러다 내 눈과 마주치자 고개를 돌려 버렸다.

깐깐안경은 지도를 유심히 봤다.

그리고 주위의 나무들도 눈에 담아두는 것 같았다. 난 아무리 봐도 여기나 다른 곳이나 다 똑같아 보였다. 나무만 빽빽한 숲. 아무리 걸어도 나무만 빽빽한 숲으로밖에 보이지 않는다. 가끔 바위가 하나씩 있기는 했지만, 지도에는 그런 부분이 표시되어 있지 않았다.

"……."

깐깐안경은 멍하니 나를 봤다. 혹시나 '이런 지도도 못 보냐? 여기잖아!' 라고 말할까 봐 눈을 질끈 감았다. 귀도 막는 센스를 보였다.

토닥토닥.

"……?"

나는 등에서 느껴지는 토닥거림에 눈을 떴다. 깐깐안경은 이해할 수 있다는 표정으로 고개를 끄덕이고 있었다.

"그래, 이런 지도로는 길을 잃을 수밖에 없어! 그치?"

갑자기 의기양양해진다. 역시 길을 잃은 건 내 탓이 아니었다. 순전히 그림을 날림으로 그린 발레키의 탓이었다. 깐깐안경에게 인정받으니까 답답했던 가슴이 뻥 뚫린 기분이었다.

그때 깐깐안경을 제외한 조원들이 우리들을 멍하니 바라봤다.

나는 놈들을 가리키며 말했다.

"그러는 너희들은 찾을 수 있을 거 같아? 깐깐안경도 못 찾았어! 그런 한심하다는 눈길로 보지 마!"

사람이라면 충분히 이해할 수 있는 언어로 이해시키려 했지만 놈들의 표정은 여전히 좋지 않았다. 그때 뱁새눈이 참지 못하고 입을 열었다.

"그게 문제가 아니잖아! 결국 우리는 길을 잃어버렸다는 거잖아, 멍청아!"

"……."

뱁새눈에게 멍청이라는 소리를 들었다는 사실에 머리가 멍해졌다.

그리고 뱁새눈의 말에 일리가 있다는 사실에 또다시 머리가 멍해졌다. 나도 알고는 있었지만 그 중요한 사실을 뱁새눈이 지적하다니……. 아니, 뱁새눈에게 지적당하다니!

마지막으로 길을 잃었다는 사실이 실감되어 다시 또 머리가 멍해졌다.

"……."

우리는 서로를 멍하니 마주 봤다.

결국 우리는 망자의 숲에서 길을 잃었다.

4

우리는 가만히 앉아서 의논을 했다. 대책없이 돌아다니다

가는 숲의 깊숙한 곳에 처박히게 되어 도우미들도 못 찾는 곳
에 이르게 될 가능성이 높아 더 이상은 움직이지 않기로 했
다.

그것도 무려 두 시간 동안.

처음에는 조금 발전적인 방향으로 의논이 진행되어 가고
있었다. 의논된 것들 중에서 이곳을 기점으로 흩어져 다른 조
를 찾아 이곳이 어딘지 물어 다시 정해진 지점에 모인다는 방
법이 그나마 가장 실현 가능성이 높았다.

하지만 정확한 시점에 다 모여야 하는데 그 시간을 맞추기
도 힘들고, 혹은 너무 많이 나가 돌아오는 길을 잃으면 상황
이 더 나빠질 수도 있다고 지적하는 뱁새눈 때문에 그 안건은
결국 흐지부지되었다.

결국 이런저런 대책도 다 쓸모가 없어 보이면서 의논의 방
향이 조금 다른 쪽으로 향하게 된다.

"이게 모두 너 때문이잖아!"

열띤 토론에 의해 잔뜩 열 받은 뱁새눈이 결국 폭발했다.
물론 나 역시 가만히 앉아서 희망이 없음을 따지는 토론에 기
분이 좋을 리 없었다.

"죽고 싶냐? 내 탓이라고? 누구 탓으로 돌리고 싶으면 발레
키 탓으로 돌리지 왜 나한테 돌리냐!"

내 기세에 뱁새눈이 수그러드는 것 같았지만, 그것은 잠시

에 지나지 않았다.

"그래도 처음부터 길을 잘 왔으면 상관없을 거 아니야! 아무리 이상한 지도라고 하지만, 가야 할 방향은 제대로 그려놨잖아!"

"……."

확실히 우리 조원이 가야 할 방향이 제대로 표시되어 있기는 했다. 다만 문제는 그 이외의 곳들이 날림으로 그려져 있다는 사실.

비록 맞는 말이기는 했지만, 뱁새눈에 의해 말문이 막혔다는 사실이 마음에 안 들었다.

"그럼 어떻게 하라고! 나 같은 귀족은 정교한 지도만 취급한다고! 솔직히 이런 게 지도냐? 너 같은 평민이면 몰라도 나랑 이 지도는 수준이 안 맞아!"

"……."

뱁새눈은 한심하다는 눈빛을 보이며 자리에 털썩 앉았다. 여전히 불만에 가득 찬 얼굴이었다.

어색한 정적이 흘렀다.

모두가 나를 공공의 적으로 모는 분위기였다. 가장 믿었던 요한마저 실망한 기색이 역력했다. 그의 모습을 보니 마음이 무거웠다. 나한테 기대를 했던 녀석인데…….

바스락.

갑작스런 소리에 조원들의 시선이 쏠렸다. 우거진 나무 사이로 나온 인물은 꽤나 낯이 익었다. 은빛이 섞인 백발이 어깨에 닿는, 잘 깎아내린 조각상이란 느낌이 들게 하는 인물. 인공의 냄새가 물씬 풍기는 그는 발레키였다.

놈은 '헤헤' 웃으면서 머리를 긁적였다.

"나름대로 공들인 지도인데 너무 비하하신다~"

"……."

어처구니가 없어서 말이 안 나온다.

나는 지도를 들어 놈의 얼굴에 갖다 대었다.

"정말로?"

나는 놈이 '공들인 지도'의 한 부분을 가리켰다. 특별히 중요한 부분은 아니었지만 그래도 이건 너무했다. 놈의 '산'은 정말 기가 막혔다.

그러니까 산을 그려야 하는 자리에 산을 썼다고 할까? 그냥 '산'이라고 써놓았다. 이게 어디 지도인가.

발레키는 입을 멍하니 뻥긋거렸다.

하지만 그것도 잠시,

"조금 심하기는 하네요."

묵묵히 고개를 끄덕이며 수긍한다. 하지만 거기에서 끝이었다. 미안하다 같은 그런 형식적인 말도 없었다. 그냥 '오, 그렇네?' 이런 식의 반응이라고나 할까?

“뭐가 ‘조금 심하기는 하네요’ 야! 이런 지도를 주니까 우리가 길을 헤맸잖아!”

그때 뱁새눈이 끼어들었다.

“처음부터 지도를 거꾸로 보고 있던 게 누군데.”

“…….”

발레키는 ‘어떻게 그런 사람이 존재할 수 있어?’ 라는 눈빛으로 날 봤다. 발레키에게만은 저런 눈빛을 받고 싶지 않았는데…….

“제 지도가 살짝 이상하기는 하지만, 그래도 각 조가 가야 할 길은 제대로 그려놓았답니다. 나침반만 있으면 길을 잃을 리 없는데……. 그런데 정말로 지도를 거꾸로 보고 계셨습니까?”

발레키의 ‘한심하다’ 는 눈빛은 치욕적이었다. 누가 누구 보고 한심하다는 건지…….

하지만 난 발레키의 눈빛을 회피할 수밖에 없었다. 별로 대답하고 싶은 질문이 아니었다.

“근데 나침반은 주지도 않았잖습니까.”

깐깐안경이 대들었다. 그녀의 유난히 싸늘한 어조를 보아서는 꽤나 열 받은 모양이었다. 아마 모든 게 완벽한 걸 좋아하는 그녀로서 지도는 주고 나침반은 안 줬다는 사실이 불만이리라. 근데 나침반은…….

“……!”

나는 황급히 ‘그게 또 무슨 호랑이가 강아지한테 절하는 소리입니까?’ 라는 표정으로 항변하려는 발레키의 입을 틀어 막았다.

“근데 여긴 왜 왔어?”

나는 미소를 지으면서 발레키에게 물었다. 발레키는 한쪽 눈썹을 들어 보이며 왜 자신의 입을 막는지에 대한 의문을 표했지만 나는 정중하게 무시했다.

“왜 왔냐고?!”

대답을 하지 않자 재촉했다. 화제를 최대한 빨리 바꾸는 게 급선무였다.

“음음.”

발레키가 꿈틀거렸다. 난 아직도 그의 입을 막고 있다는 사실을 그제야 알았다.

“하하! 미안. 근데 왜 왔다고?”

발레키는 얼굴을 찡그리며 손수건을 꺼내 입을 깨끗이 닦았다. 마치 무엇인가 지저분한 게 입에 닿았다는 듯이……. 놈의 뒤통수를 후려갈기려는 충동을 가라앉혀야만 했다.

발레키는 수상쩍은 표정으로 입을 열었다.

“도우미들이 점심을 지급하잖아요. 1조를 찾느라 조금 헤맸어요. 그런데 어떻게 여기까지 오시게 되었는지…….”

두 시간이나 늦게 온 걸 '조금' 헤맸다고 표현하는 발레키를 어떻게 처리해야 할지 잠시 고민했다.

"아! 그럼 넌 여기가 어딘지 알겠다? 지도로 좀 가르쳐 줄래?"

그래도 발레키가 어딘가 쓸모가 있다는 사실에 감탄을 하면서 놈의 대답을 기다렸다.

발레키는 음흉한 미소를 지으며 턱을 매만졌다.

"……."

놈에 관한 한 나는 박사였다.

분명히 '호오, 이걸 어떻게 써먹을 수 있을까?'라는 눈빛이었다.

나는 눈에 힘을 주었다.

"빨리 대답 안 해! 다 너 때문에 이렇게 헤맨 거 아니야!"

그때 발레키의 눈빛이 또다시 바뀌었다. 흥미롭다는 듯이…….

"그래도 헤맨 것치고는 잘 헤맸네요? 그 어려운 관문들도 이리저리 잘 피하고, 보물에도 꽤 가까워졌는데요? 아마 다른 조들보다 한 시간은 더 앞서 왔을걸요?"

"……."

나는 내 귀를 의심했다.

우리는 서로 아주 오묘한 시선을 교환했다.

나는 발레키의 말을 정리했다.

"그러니까 우리가 앞서 있다는 거지?"

발레키는 고개를 끄덕였다.

"……."

다시 들어도 이상한 기분이다. 잘난 사람은 실수를 해도 좋은 결과가 나타난다, 이건가? 내가 잘났다는 건 알았지만 이 정도로 잘났던가? 조금 얼떨떨하다.

발레키는 우리 조원들이 이 오묘한 순간을 음미하는 동안에 도시락을 꺼내주었다. 그가 내 지도를 빼앗아 무엇인가를 표시하는 동안에도 우리는 멍하니 앉아 이 희한한 상황을 해석하려 하고 있었다.

"이 X 자가 지금 이곳이에요. 그리고 마지막 관문은 O으로 표시했답니다. 마지막 관문을 통과해야만 보물로 이를 수 있기 때문에 이곳을 표시한 거랍니다. 이 정도면 많이 도와드린 거죠? 그럼 저는 이만 퇴장하겠습니다."

발레키는 그렇게 우리의 머릿속에 엄청난 혼란을 심어주고는 사라졌다.

발레키가 사라지고 한참이 지나서야 간간안경에 의해 그 이상한 정적이 끝났다.

"우리가 아무렇게나 길을 헤매서 관문들을 이리저리 피하여 마지막 관문에까지 이르게 될 확률은 얼마나 되지?"

관문이 사실 몇 개인지는 잘 모른다. 하지만 꽤나 많다는 사실은 짐작할 수 있었다. 하루 종일 하는 대회이니 분명했다.

"……."

깐깐안경의 질문에 대답할 수 있는 사람은 없었다.

5

"……."

이 상황을 어떻게 표현해야 할지 몰랐다. 또다시 이런 상황에 처하게 되다니……. 정말 신은 우리의 편이 아닌지도 모른다.

"……."

우리는 시선을 교환했다. '이제는 어쩌지?' 라는 뜻이 담겨 있었다. 그 다음에 교환한 시선은 '내가 어떻게 알아' 라는 뜻이 담겼고, 마지막에 교환한 시선은 '왜 우리는 항상 이런 식이냐' 라는 체념이 역력히 드러나는 뜻이었다.

뱁새눈은 더 이상 따질 힘도 없다는 듯 작게 중얼거렸다.

"어떻게 또 길을 잃을 수 있지?"

"……."

일행은 자연스럽게 원을 만들어 앉았다. 바닥에 주저앉았다는 표현이 더 정확했다. 이미 경험해 보았기에 쓸데없는 논쟁은 없었다.

우리는 길을 또 잃었다.

발레키가 친히 표시까지 해주었지만 그렇게 도움이 되지 않았다. 우리는 이미 조가 가야 할 길을 벗어났기 때문에 '예의상' 있는 '길'로 추정되는 곳을 따라왔다가 결국에는 길을 잃게 되었다.

나를 탓하는 사람은 없었다.

나를 못 믿는 깐깐안경까지 합세해서 지도를 보고 있었기 때문에 더 이상 이 모든 상황이 내 탓이 아니었다. 이젠 정말로…….

"다 발레키 탓이야."

내 말에 다른 조원들도 힘없이 고개를 끄덕였다. 남을 힘빠지게 하는 재주 말고도, 간단한 지도를 이 세상에서 가장 난해한 지도로 탈바꿈하게 하는 재주를 가졌는지는 몰랐다.

"휴우."

나는 한숨을 쉬었다.

이렇게 가만히 있을 수는 없었다.

"아까 생각했던 대책으로 나가는 게 좋겠지? 이 지점을 기준으로 흩어져. 그리고 정확하게 5분 후에 다시 이곳으로 모여. 바보가 아닌 한 5분 만에 이곳을 찾는 길을 잃을 리는 없겠지."

"……."

아무도 반박하지 않았다.

사실 다른 대책도 없었다.

또 대책없이 돌아다니다가는 어떻게 될지 아무도 모른다. 지금까지는 운이 좋았을 뿐이다. 또 운이 좋을 확률은 아예 없다고 할 수 있었다.

"뒤처지는 놈은 두고 간다. 알았어?"

모두 고개를 힘없이 끄덕였다.

우리는 아무것도 한 게 없었다. 그런데도 지쳤다. 길을 헤매는 것만큼 정신적으로, 육체적으로 피곤한 건 없었다.

"난 조장으로서 이곳에서 기다리고 있겠어. 그럼 모두 다른 방향으로 흩어져."

"……."

방금까지는 뜨거운 땡볕 아래의 강아지마냥 힘겹게 고개나 끄덕이던 놈들의 눈빛이 살아났다.

가장 먼저 살아난 놈은 뱁새눈이었다.

"그딴 게 어디 있어! 너만 편하게 쉬려고?"

나는 무슨 말이냐는 듯 고개를 절레절레 흔들었다.

"조장으로서 기다리겠다니까. 돌아오는 사람이 이 지점을 헷갈려 할 수도 있잖아. 그런 일이 있어서는 안 되지. 자아,

잡소리는 하지 말고 무조건 일직선으로 나가는 거야. 그래야 돌아오기가 쉬우니까. 알았어? 정확하게 5분 후에 이곳으로 오는 거다.”

“…….”

조금도 수긍하는 얼굴이 아니었지만 조원들은 흩어지기 시작했다. 가장 마지막까지 ‘웃기지 마’ 라는 눈빛을 보내던 뱁새눈 역시 시야에서 사라졌다.

“휴우!”

나는 바닥에 누웠다. 여전히 하늘은 보이지 않았고, 숲의 요기는 건재했다.

그렇지만 편했다.

‘빨리 끝났으면 좋겠다.’

보물이고 뭐고 다 필요없다.

비록 끔찍하게 더러운 침대가 나를 기다렸지만 그 침대마저 그리운 지금이었다.

그래도 다른 조원들처럼 모르는 길을 헤매지 않아도 되어 기분이 좋았다.

5분이 아니라 10분을 보냈어야 하는데…….

끄으으으!

“…….”

이 빌어먹을 소리. 자주 들었지만 단 한 번도 익숙하게 들

리지 않았다. 언제나 꺼림칙하고 온몸의 털이 일어나는 느낌
을 준다.

'그냥 나도 갈 걸 그랬나?'

어째 가만히 있어서인지 이 어둠이 무섭게만 느껴진다. 혹
시 짐승이 사는 건 아닌지, 독벌레가 있는 건 또 아닌지…….

'젠장.'

6

"으음?"

몸이 천근만근 무겁게만 느껴진다. 물먹은 솜이 된 느낌이
무엇인지 알 것만 같다. 눈꺼풀은 또 왜 이렇게 무거운
지…….

"으윽."

몸을 한번 일으키려고 했지만 꿈쩍도 할 수 없었다. 이 빌
어먹을 몸이 내 명령을 무시한다. 무시만 하면 조금 덜 신경
쓰이는데 오히려 바늘에 찔리는 듯한 고통으로 반항까지 한
다. 확 잘라 버릴 수도 없고…….

눈을 간신히 떴다.

깜빡 잠이 든 모양이다. 덕분에 시간 개념을 완전히 잊어버
렸다. 아무리 그래도 5분은 지났을 텐데 주위에는 아무도 없

었다.

"……."

뇌리를 스치는 생각에 몸이 부르르 떨린다.

"에이."

나는 그냥 망상에 지나지 않은 생각으로 치부해 버렸다.

"……."

하지만 머릿속에서 쉽사리 사라지지 않았다.

"에이!"

아무리 그래도 여섯 명이 모두 이곳을 못 찾아왔을 리가 없었다. 뱁새눈이나 넓적얼굴이면 모를까, 깐깐안경은 절대로 일직선으로 갔다가 오는 단순한 행동에 실패할 리 없었다.

'하지만 이 숲이 조금 이상하기는 한데?

요사스러운 기운을 내뿜는 이 숲은 길을 잃게 하는 독특한 마기가 있었다. 여러모로 쓸모없는 숲이었다. 그냥 확 밀어버리지.

나는 몸을 힘겹게 일으켰다.

도대체 이 숲에서는 시간 개념을 알 수가 없었다. 햇빛이 들어와야 '아, 대낮이구나' 혹은 '저녁이 되어가네' 등등 시간을 짐작이라도 할 수 있는데 여기는…….

"아침도 밤이고, 밤도 밤이고……. 밤밖에 없구나."

한숨밖에 안 나온다.

사방을 돌아다니며 조원들의 흔적이라도 찾을 수 있나 두리번두리번거렸다. 사실 가만히 있으면 불안감이 더 고조되기 때문에 이리저리 바쁘게 돌아다니는 거였지만, 어쨌든 겸사겸사 귀한 몸을 움직였다.

“……”

소름 끼칠 정도의 고요함.

새라도 짹짹거리고 있으면 두려운 느낌이 덜할 텐데 아무것도 들리지 않으니까 솔직히 무섭다.

사내 크리스티안, 두려움이라고는 모르고 살았건만. 겨우 이런 숲에 굴복할 수는 없는데…….

그렇지만 이 적막감에는 미쳐 버릴 것만 같았다.

제발 무슨 소리라도 들렸으면 좋겠다.

돌아오는 조원들의 발걸음 소리면 더할 나위 없이 좋겠지만, 작은 바스락거림이라도 좋을 것 같았다.

제발 아무 소리나 들렸으면…….

끄으으으.

“……”

하지만 나무가 움직이는 듯한 이 소리는 내가 듣고 싶었던 소리가 아니었다. 아니, 차라리 아무런 소리가 안 들리는 게 더 좋았다.

이 소리를 들으니 더 미칠 것만 같았다.

나무가 제 발로 걸어 여기저기를 움직이는 모습이 머릿속을 차지했다.

절대로 아름다운 동화의 한 장면이 아니었다.

사악하게 웃으면서 사람을 죽이는 그런 뺏뺏대마왕보다 더 무서운 나무였으니까…….

제발 다른 소리가 들렸으면 좋겠다.

'끄으으으' 도 아닌, 사람이 살아 있는 듯한 그런 소리 말이다. 내가 혼자가 아니라는 느낌을 전해줄 수 있는 살아 있는 소리…….

"꺄아아아!"

"……."

나는 내 귀를 의심했다. 단순한 환청이라 치부하기에는 그 '꺄아아아' 소리가 계속해서 메아리치고 있었다. 아니, 어쩌면 그냥 내가 머리로 만들어낸 소리일 수도 있다.

'분명히 그럴 거야.'

그렇지 않고서는 이곳에서 누가 소리를 지를 리가 없었다. 이 숲은 아주 안전하…….

'그것도 아닌데?'

몸이 부들부들 떨리기 시작했다.

진정하고 싶었지만 그럴 수가 없었다. 누군가가 움직이는 나무에 의해서 몸통이 양분되는 장면이 머릿속을 가득 채웠다. 애써 다른 생각을 해보려 했다. 하지만 그 어떤 생각을 해도 지워질 기색이 보이지 않았다. 심지어는 착한몸매와 '이상적인' 관계를 가지는 생각까지 했는데 여전히 사악한 나무가 '킬킬킬' 거리며 웃고 있었다.

"……."

'킬킬킬'이 아니라 '끄으으으'가 맞는 것 같다.

"에이."

나는 고개를 세차게 흔들었다. 벌써 미쳐 가고 있는 모양이다.

머리가 식자 다른 생각이 들었다.

'가봐야 하나?'

누군가가 소리를 쳤다는 건 위험에 빠졌다는 소리다. 그렇다면 인간 된 도리로 도와주러 가야 하는 게 분명한데…….

"……."

나에게는 움직이는 사악한 나무를 이길 자신이 조금도 없… 그럴 리가 없지만, 어쨌든 그럴 자신도 없을 뿐만 아니라 움직일 용기도 없었다.

그냥 못 들은 척하는 게 더 쉽다.

아니, 환청을 들은 것이다.

혼자 있다 보니까 두려움에 정신이 약간 이상해져 환청을 들은 것이다. 이제는 정신을 차렸으니까 그런 어이도 없는 환청이 들릴 리가 없…….

"꺄아아아!"

"……."

머리가 하얗게 지워지는 느낌. 너무도 소름 끼쳐 아무런 생각도 안 나고 움직일 수도 없었다.

아까보다 더 끔찍한 비명이었다.

누군가의 도움을 절박하게 필요로 하는 비명이 분명했지만 몸이 움직이지 않았다.

내가 착한 놈은 아니어도 기본적인 윤리는 아는 놈인데 움직일 마음이 조금도 생기지 않았다.

특히 움직이는 사악한 나… 무일 리는 없었지만, 그래도 사람을 저렇게까지 궁지에 몰아넣는 놈과는 만나고 싶지 않았다.

아무런 생각도 나지 않았고, 아무런 생각도 하고 싶지 않았다.

"그래! 환청이야, 환청!"

가만히 앉아서 생각하는 것만으로는 이 두려움을 떨치기 힘들었다. 원으로 돌면서 나는 크게 말했다. 조금, 아주 조금 도움이 된다.

본능적으로는 알고 있었다.

분명히 환청이 아니라는 사실을.

하지만 애써 무시하고 있었다. 이 대회는 도우미들도 있다. 발레키 같은 못 미더운 도우미도 있었지만, 뻣뻣대마왕, 코베 등 꽤나 쓸 만한 도우미도 있었다. 만약 학생이 지금 절박한 상황에 빠져 있다면 그들이 도움을 주기 위해 이미 도착했을 것이다.

"맞아. 분명히 그랬을 거야."

나는 애써 안심한 척했다. 분명히 걱정도 되고 불길한 생각에 몸이 부들부들 떨리기도 했지만 애써 괜찮은 척했다.

어쨌든 비명 소리가 또 이어지지 않았다. 그렇다는 말은 분명히 누군가가 가서 도와주고 있다…….

"……."

퍽퍽!

나는 내 자신의 머리를 때렸다. 도대체가 이 머리는 긍정적인 생각을 할 줄 모른다. 또다시 생기는 불길한 생각 때문에 몸이 주체할 수 없을 정도로 떨린다.

"아악!"

너무 세게 때렸다.

머리를 매만지며 바닥에 엎어졌다. 정말 아무런 생각도 안 난다. 앞으로 이상한 생각이 들면 이런 방법을 써야겠다. 이렇게 잠시만 있어도 안 아프니까 희생을 조금 해서라도 이 방법을…….

"……."

머리가 금세 괜찮아져서인지 이미 움직이는 사악한 나무에게 의해 먹힌 '내 도움이 절박했으나 이미 운명을 달리한' 여인의 모습이 머릿속에서 또 아른거렸다.

나는 절대로 이 정적이 '내 도움이 절박했으나 이미 운명을 달리한' 여인이 죽어서가 아니라, '내 도움이 절박했으나 이미 도우미의 도움으로 위기를 극복한' 여인이 구출되어서라고 생각하고 싶었다.

그냥 그렇게 생각했으면 좋겠지만, 직접 목격하지 못한 한 단정 지을 수는 없었다. 나는 안타깝게도 그냥 믿으면 좋겠지만 '보는 게 진리다' 라는 말을 믿는 사람이었기 때문에…….

'가봐야 되나?'

꽤나 오랫동안 잠잠했다. 이 정도면 안심하고 가도 될 것이다. 게다가 가서 발레키나 뻣뻣대마왕을 만나면 마지막 관문까지 안내해 달라고 할 수도 있었다.

탁!

나는 이마를 탁! 쳤다.

"왜 이 생각을 못했지?"

너무도 기발해서 말이 밖으로 나왔다.

나는 생각난 김에 바로 발걸음을 옮기기 시작했다. 분명히 가까운 곳에서 들린 비명 소리였다. 그렇게 멀지 않은 곳에서 '그 어떤 일'이 벌어졌다.

바스락바스락.

나는 계속해서 소리의 발원지를 찾기 위해 움직였다. 물론 수시로 뒤를 쳐다봐 내가 기다리기로 한 지점을 확인했다. 더 멀리 갈수록 헷갈리기는 했지만, 그래도 내가 바보가 아닌 한 다시 돌아갈 수 있을 것이다.

"……."

조금 불안하기는 했지만 분명히 돌아갈 수 있을 것이다.

"흐음."

나는 천천히 걸으면서 턱을 매만졌다. 내 생각이 맞는다면 분명히 그 현장에 충분히 가깝게 왔는데…….

'돌아갈까?'

어째 걸음을 하나씩 옮길 때마다 드는 건 불안감뿐이었다. '그냥 돌아가자'라고 누군가가 나에게 속삭이고 있었다. 마음 같아서는 당장 돌아서고 싶었지만 한편으로는 호기심이 일었다.

"크하하하!"

"……."

소름이 쫙 돋는다. 발걸음이 저절로 멈춰진다. 아무 생각도 안 난다. 몸이 떨리기 시작한다. 공포라는 걸 인지하게 된다. 엉덩방아를 찧었다. 저절로 뒷걸음질쳐진다.

그냥 두렵다.

도대체 누가 저런 웃음소리를 낼 수 있을까. 아니, 소리는 비슷하게 낼 수 있겠지. 그렇지만 저 분위기. 소리만으로도 사람을 공포에 떨게 할 수 있는 특유의 분위기. 그건 흉내 낼 수 없다.

'돌아가자!'

나는 당장에 자리에서 일어났다. 하지만 바로 엉덩방아를 찧었다. 다리가 후들거려서 서 있을 수가 없었던 것이다. 여태껏 이 정도로 공포를 느낀 적이 있었던가?

"후우우!"

심호흡을 했다. 웃음소리만 듣고 이렇게까지 겁먹었다는 사실이 한심했다.

한참이 지나서야 그 공포가 무뎌졌다. 공포가 무뎌지자 떠오르는 건 호기심이었다. 저 나무를 넘어서면 분명히 '그 현장'이 있을 것이다. '그것'의 웃음소리는 분명히 저 건너편에서 들렸다. 겨우 열 걸음이었다. 보고 싶은 마음 반, 그냥 돌아가고 싶은 마음 반.

계속해서 고민했다.

앞으로 가야 할지 뒤로 가야 할지.

하지만 결국에는 한 걸음 한 걸음 나아가기 시작했다. 시간이 흐르니 공포는 완전히 사라졌다. 오히려 공포에 대한 반감이 일기 시작했다.

"……!"

나는 황급히 나무 뒤에 숨었다. 웃음소리의 '그것' 이 있어서가 아니다. 누군가가 나무 너머에 홀로 누워 있었다. 자세히 보지는 않았지만 단순히 잠을 자고 있어 누워 있는 것으로 보이진 않았다.

나는 다시 한 번 심호흡을 했다.

두근두근.

심장이 미친 듯이 뛴다.

이번에는 작정을 하고 들여다봤다. 아니, 또 나무에 숨을까 봐 달려나갔다.

"……!"

그리고는 돌부리에 걸려 넘어졌다.

그때 코끝을 괴롭히는 냄새가 있었다. 어딘가 친숙하지만 그렇게 친숙하지도 않은, 헛구역질이 나게 하는 그런 역겨운 냄새…….

나는 천천히 고개를 들었다.

"……!"

나는 다시 뒤로 엎어졌다. 그리고 계속해서 뒷걸음질쳤다. 그

현장에서 최대한 멀리 떨어지고 싶었다. 손이 까지고 발의 감각
이 무뎌져도 계속해서 엉덩방아를 찧은 채로 뒷걸음질쳤다.

펑!

그러다 나무에 부딪쳤다. 그제야 나는 정신을 조금이나마
찾을 수 있었다.

누구인지는 확인할 겨를이 없었지만 분명 그건 시체였다.
그것도 참혹하게 살육당한. 그 목적이 무엇이었는지는 정확
하게 모르지만 사람을 죽이는 게 즐거워서 하는 게 분명했다.
그렇지 않고서는 저런 식으로 수십 번, 아니, 수백 번 검을 휘
두를 수가 없었다.

호기심.

참으로 무서운 인간의 본능이었다.

나는 다시 이상한 힘에 이끌려 시체에 다가가기 시작했다.
내가 아는 사람일 확률은 극히 드물었지만, 그래도 이곳의 학
생인지 아닌지는 알 수 있었다.

나는 천천히 기어갔다.

몸이 심각하게 떨렸지만 그래도 갔다.

"흐읍."

또다시 헛구역질이 났다.

웅덩이를 이루는 피에서부터 역겹기 짝이 없는 검상
들……. 눈을 질끈 감았다. 이 모든 게 꿈이었으면 좋겠다. 이

대회가, 아니, 이 요하네스가!

다시 눈을 떴을 때는 나와 항상 말다툼을 하던 그 건방진 하녀가 있었으면 좋겠다.

꼬박꼬박 말대꾸해도 좋다.

폭신폭신한 침대에서 일어나 그녀의 지루하기 짝이 없는 얼굴을 보고 싶었다.

아버지.

그 싸늘한 인간도 보고 싶었다. 비록 이렇다 할 추억은 없었지만 우리 집에서 깨어났으면 좋겠다.

"……."

다시 눈을 떴을 때는 여전히 지옥이었다. 악마에 의해서 철저하게 괴롭힘을 당하다 죽은 시체가 놓여진 그런 지옥이었다.

분명히 악마가 어딘가 있을 것이다.

나는 다시 한 번 시체를 유심히 쳐다봤다.

얼굴을 알아볼 수 없을 정도로 상처가 심했다. 얼굴뿐만 아니라 온몸의 상처가 심했다. 온몸이 너덜너덜해졌을 정도이고, 근육은 아주 다져진 듯한 느낌이었다.

얼마나 괴로웠을까?

그 혹은 그녀가 느꼈던 고통은 얼마나 심했을까? 같은 검에 수백 번 베이면서 무슨 생각을 하고 있었을까? 도움을 얼마나 절실히 원했을까? 내가 근처에 있었다는 걸 알고 있었을까? 그래서 그렇게 비명 소리를 크게 자주 냈던 것일까? 그 혹은 그녀가 괴로워하는 동안 나는 무서워서 오지도 못했다는 걸 알면 저주할까? 그 혹은 그녀가 지금 저승에서 나를 저주하고 있을까?

나도 모르게 그 혹은 그녀를 살짝 일으켰다. 그냥 팔베개를 해줬다고 할까. 나도 왜 갑자기 그런 행동을 했는지 이해할 수가 없었다. 동정심에서? 아니, 어쩌면 기이하게 꺾인 목이 보기 괴로워서였으리라.

미안했다.

정말 미안했다.

일찍 와주지 못해서, 그 혹은 그녀의 희망을 저버려서. 가줄 수 있었는데, 조금이나마 도와줄 수 있었는데 두려움에 그냥 피해서, 알고 있었으면서도 공포에 굴복하여 도망쳐서…….

눈가가 촉촉하게 젖어 들어갔다.

내가 그 혹은 그녀의 입장이었다고 생각하면…….

그때였다.

바스락.

나무를 넘어 다가온 일행이 있었다. 모두가 눈에 익었다. 우리 조원들이었다. 넓적얼굴, 뱁새눈, 깐깐안경, 착한몸매,

주먹코, 요한.

그리고 한 명이 더 있었다.

"뻣뻣대마왕."

그를 보니 안심이 된다. 왠지 모르게 불안하기만 했는데, 따뜻한 감정이 자라난다고 할까? 뻣뻣대마왕을 보고 이런 기분을 느낄 줄은 몰랐다.

"……."

그런데 뭔가가 이상하다.

조원들이 나를 쳐다보는 눈빛.

그건…….

"……."

나는 내 팔에 놓인 시체를 바라보고 그들을 바라봤다. 사고가 정지하고 몸이 다시 부들부들 떨리기 시작한다. 그들의 눈빛. 그건 의심이었다.

그들은 내가 그 혹은 그녀의 생명을 앗은 사람이라고 생각하고 있었다.

의심이라고 하기보다는 그냥 그 사실을 믿고 있다고나 할까?

해명을 하기 위해 입을 열었다.

하지만 그 어떤 말을 해도 변명처럼 들릴 거라는 사실에 입은 허공중에 뻥긋거리기만 했다. 하고 싶은 말은 많았지만 아무 말도 할 수 없었다.

　잘못된 시간에 잘못된 장소.

　누명을 쓰는 데에는 그것으로 충분했다.

　그들은 나를 '살인자' 로 보고 있었다.

『요하네스』 2권에 계속…

지금 유전자가 말하는 사랑과 성의 관한 솔직 대담한 진실이 펼쳐집니다!

남편의 후광을 등에 업는 것은 까마귀와 인간뿐…

모두에게 바보 취급받던 독신 암컷이 단번에 인생대역전을 해서
서열 1위인 수컷의 아내 자리를 차지하게 될 수도 있다는 말입니다.
모든 여성이 이상형의 남자와 결혼할 수 있는 것은 아닙니다.
적당한 선에서 타협하여 적당한 사람과 결혼하지요.
하지만 솔직히 말해서 당연히 멋진 남자가 더 좋지 않겠습니까?
따라서 여성은 생각합니다.
'그럼 어떻게 하지? 유전자만이라면 가질 수 있어!'
그리하여 장기계획형이나 단기승부형과 같은 여러 가지 방법의
외도가 생겨나는 것입니다.
물론 모든 여성이 이를 실행에 옮기지는 않습니다.

하지만 기회가 있다면 어떨까요?
다른 조건과 이미 타협을 봤다면?
남편이 사소한 일은 눈치 못 채는 둔한 남자라면?
뭔가 유전자의 음모가 느껴지지 않습니까?

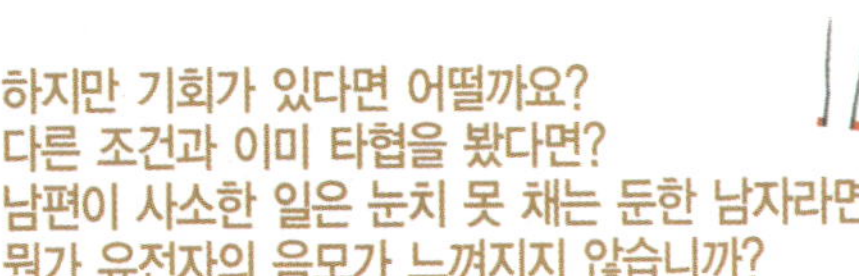

실패를 모르는 남자 선택법!
「내 남자친구는 왼손잡이」 법칙

어째서 여성은 왼손잡이 남성에게 마음이 끌리는 걸까요?

여기서 기억해야 할 것은 몸의 좌우와 뇌의 좌우는 원칙적으로 반대 관계라는 점입니다.
따라서 왼손잡이 남성은 우뇌가 발달했습니다.
발달했다는 사실이 왼손잡이를 통해 반영된 것입니다.

그리고 두 번째로 생각해야 할 것은 우뇌는 남성 호르몬의 일종인 테스토스테론에 의해 발달한다는 점입니다.
요약하자면 왼손잡이 남성은 우뇌가 발달했는데, 그것은 테스토스테론 수치가 높기 때문입니다.
그것은 다름 아닌 생식 능력이 높다는 것을 의미하지요.

「내 남자 친구는 왼손잡이」에 감춰진 의미는… 내 남자 친구는 생식 능력이 높아… 인 것입니다.

초등학생이 반드시 읽어야 할 좋은 책 49권

각 학년별로 초등학생이 반드시 읽어야할 좋은 책을 선정하여 통합논술의 기본이 되는 '올바른 독서법'을 일깨워 줍니다.

교과서와 함께하는 초등학교 통합논술

초등1학년 | 값 12,000원 | 초등2학년 | 값 9,500원 | 초등3학년 | 값 11,000원 | 초등4학년 | 값 9,500원 | 초등5학년 | 값 9,500원 | 초등6학년 | 값 11,000원

♣ 혼자 할 수 있어요.

엄마가 책 읽는 방법을 가르쳐 주어도 좋아요.
독서지도하는 선생님이 가르쳐 주어도 좋답니다.
"초등 교과서와 함께하는 **통합논술 시리즈**"는
아이 스스로 독서할 수 있도록 꾸며진 책이에요.
엄마와 선생님은 요령만 가르쳐 주시면 된답니다.

♣ 교과서의 중요한 내용이 총정리되어 있어요.

각 학년별로 중요한 교과 내용이 함께 수록되어 있어요.
초등학생은 교과서 내용을 충실하게 공부해야 합니다.
아울러 그와 병행한 독서가 대단히 중요하지요.
"초등 교과서와 함께하는 **통합논술 시리즈**"는
두가지 방법 모두 알려준답니다.

♣ 이 책은 훌륭하신 선생님들이 함께 쓰신 책이랍니다.

동화작가 선생님들이 쓰셨어요. 소설가 선생님도 쓰셨답니다.
국어 논술독서지도 선생님들도 함께 쓰셨지요.
"초등 교과서와 함께하는 **통합논술 시리즈**"는
엄마의 마음으로 모든 선생님들이 함께 꾸민 책이랍니다.

입소문을 통해 아는 분은 다 알고 계십니다!
올 한해 공인중개사 최고의 화제작!

1~2권 합본 | 이용훈 지음
3~4권 합본 | 이용훈 지음
5~6권 합본 | 이용훈 지음
용어해설 | 이용훈 지음

수험생 기본 필독서
만화 공인중개사

제목 : 만화공인중개사 쓰신 분에게 감사드립니다.

학원을 두 달 다녔어요. 근데 과연 그 숫자 외우기 그런 게 몇 문제나 나올까 생각을 했어요.
아니라는 생각이 드네요. 학원강의를 뒤로하고 서점을 갔어요. 내 머리에 가장 이해될 수 있는
책이 없나 하구요. 거기서 만화를 발견했어요. 무조건 세 번 봤어요. 3개월 걸렸어요. 문제집을 보라고
했는데 그건 시행을 못했어요. 근데 합격을 했네요.
어떻게 감사의 말을 해야 될지……
도서관에서 만화책 들고 다니니까 사람들이 비웃더라구요. 만화책으로 공인중개사를 공부한다고
미친 사람처럼 보더라구요. 근데 그거 다 감수하고 했던 내가 자랑스럽습니다.
어떻게 감사의 말을 해야 할지… 정말 감사합니다.
부디 행복하세요. 제 나이 41살에 좋은 스승을 만난 것 같습니다.
엎드려 감사드립니다.

−본사 홈페이지에 독자분이 올린 메일 中 에서 발췌−

BOOK Publishing CHUNGEORAM

이명박

기도하는 리더십
이명박의 삶과 신앙 이야기

젊은이들에게 성공 신화의
주역으로 주목받고 있는

이명박!
과연 그 이유를 어디서 찾을 것인가.
그것은 기도하는 삶이었다!

이명박 기도하는 리더십 | 이채윤 지음 280쪽 | 9,900원

기도하는 삶이
지금의 이명박을 만들었다!
leadership

『이명박 기도하는 리더십』은 이명박의 탄생과 신앙, 그리고 그간의 업적을 한눈에 볼 수 있는 책이다. 한편으로는 신앙 간증서라고 말할 수도 있겠지만, 이명박의 삶은 신앙과 떨어뜨려 놓고는 생각할 수 없는 관계에 있다.
이 책, 『이명박 기도하는 리더십』은 대한민국 성장의 역사, 그 주역이었던 이의 삶을 통하여 이 시대의 젊은이들에게 부족한 정신들을 일깨워 줄 수 있을 것이며, 앞으로 더욱 큰 신화를 만들고 추진해 갈 이명박의 비전을 알고자 하는 이들에게 적합한 서적일 것이다.

BOOK Publishing CHUNGEORAM